U0575318

# 孩子最爱看的
# 思维故事书

潘鸿生◎编著

云南出版集团

云南人民出版社

**图书在版编目（CIP）数据**

孩子最爱看的思维故事书／潘鸿生编著．－－昆明：
云南人民出版社，2020.9
ISBN 978-7-222-19456-4

Ⅰ．①孩… Ⅱ．①潘… Ⅲ．①儿童故事－作品集－世
界 Ⅳ．① I18

中国版本图书馆 CIP 数据核字 (2020) 第 149672 号

责任编辑：刘　娟
装帧设计：周　飞
责任校对：吴　虹
责任印制：马文杰


**孩子最爱看的思维故事书**
HAIZI ZUI AIKAN DE SIWEI GUSHISHU

潘鸿生　编著

出版　　云南出版集团　　云南人民出版社
发行　　云南人民出版社
社址　　昆明市环城西路 609 号
邮编　　650034
网址　　www.ynpph.com.cn
E-mail　ynrms@sina.com
开本　　710 mm × 960mm　1/16
印张　　18
字数　　200 千
版次　　2020 年 9 月第 1 版第 1 次印刷
印刷　　永清县晔盛亚胶印有限公司
书号　　ISBN978-7-222-19456-4
定价　　45.00 元

如有图书质量及相关问题请与我社联系
审校部电话 0871-64164626 印制科电话：0871-64191534

云南人民出版社公众微信号

# 前　言

　　21世纪，唯一不变的就是变化。要在不断变化的环境中拥有主动权，唯一的途径就是不断创新。

　　创新是人类不断前进的推动力，它能化腐朽为神奇，使荒漠成为绿洲。世上每一次伟大的成功，都是从创新开始的。创新就像哈佛大学的一位教授所说的那样："你只要离开人们常走的大道，潜入森林，你就可能会发现前所未有的东西。"

　　创新是人的所有能力中最重要、最宝贵、层次最高的一种综合性能力，一个人只有具有了创新能力，他才能想到别人所想不到的，创造出别人所创造不出来的成果，从而取得更大的成就，成为更加优秀的人。

　　在现代社会中，创新教育已经成为教育的主旋律。对于孩子一生的学业与发展前途来说，考试成绩与排名不重要，重要的是孩子是否有创新的素质和能力。就像19世纪俄国最伟大的作家列夫·托尔斯泰说的那样："如果学生在学校里学习的结果是使自己什么也不会创造，那他的一生将永远是模仿与

抄袭。"

　　创新是孩子智慧的源泉，也是促进潜能发展的原动力，是将来孩子卓越发展的基础。有创新意识的孩子，可以更好地适应周围的环境，将自己所学到的知识运用到现实生活中。从小培养孩子的创新思维，对孩子未来的发展极为重要。

　　本书以挖掘和激活孩子创新潜能和创新思维为主线，精心挑选了近200个寓意深刻、耐人寻味的创新故事，内容涉及古今中外的发明创造，以及生活中的新观念、新方法。每个故事前面配有一则精练的名人名言，后面配有精彩独到的智慧点拨，挖掘故事深层的内涵，揭示创新的方法，给大家带来启迪。

孩子最爱看的

思维故事书

目　录

## 第一章　创新能化腐朽为神奇

## 第二章　发明创造就在身边

## 第三章　思考撬动创新细胞

# 第四章　把握生活中的灵光一闪

# 第五章　创新带来财富

## 第六章　换个方向就是第一

## 第七章　敢于异想天开

## 第八章　奇迹在探索中产生

# 第一章
# 创新能化腐朽为神奇

# 第一章

## 创新能力及其培养规律

# 两个书法家

对于一个艺术家来说，如果能够打破常规，完全自由进行创作，其成绩往往会是惊人的。

——卓别林

在清代乾隆年间，有两个书法家，一个极认真地模仿古人，讲究每一笔每一画都要酷似某某，如某一横要像苏东坡的，某一捺要像黄庭坚的。自然，一旦练到了这一步，他便颇为得意。另一个则正好相反，不仅苦苦地练，还要求每一笔每一画都不同于古人，讲究自然，一直练到了这一步，他才觉得心里头踏实。

那么，究竟谁的字更高明呢？后人无从知晓。但有一个情节是这样讲的——有一天，第一个书法家嘲讽第二个书法家，说："请问仁兄，您的字有哪一笔是古人的？"后者并不生气，而是笑眯眯地反问了一句："也请问仁兄一句，您的字，究竟哪一笔是自己的？"前者听了，顿时哑口无言。

## 【智慧点拨】

模仿不是成功的捷径，不要以为按部就班或者人云亦云最稳妥，创新才是最好的生存之道。只有创新才能获得生存的时间和空间。

# 不要一味地迷信权威

独立思考能力，对于从事科学研究或其他任何工作，都是十分必要的。在历史上，任何科学上的重大发明创造，都是由于发明者充分发挥了这种独创精神。

——华罗庚

意大利著名画家达·芬奇也是一个不迷信权威的人。他的丰富实践，他的过人智慧、好奇心和独立精神，使他质疑当时流行的许多理论和教条。例如，在进行地理探索的过程中，他在伦巴第山峰发现了化石和贝壳。当时的流行观点认为这些化石和贝壳是《圣经》中的洪水的沉积极物。但是，达·芬奇的论辩是建立在逻辑思考和现实世界的基础上，而不是建立在神学的基础上。他一一反驳每一条基于传统智慧的假说，最后下结论说："这样的观点不应该存在于任何具有深厚逻辑思维的大脑之中。"

研究地理学说时，达·芬奇手拿各种各样的化石，走遍了伦巴第的山谷。学习解剖时，他解剖了三十多具人类尸体和数不清的动物尸体。同他对化石的研究一样，他的解剖学研究也是对当时权威论点的直接挑战。他写道："很多人认为他们有理由责备我，因为我的论证同他们的幼稚头脑所顶礼膜拜的权威观点相左。但他们从来没有考虑过我的观点是建立在简单和平常的经验事实之上，而这些经验事实才是真正的权威。"

在达·芬奇的一生之中，他曾骄傲地宣称自己是"不迷信权威的人"和"经验的门徒"。他说过："对我来说，那些没有建立在经验、公理和亲自实践基础之上的科学理论都是一纸空文，谬误百出。经验的起源、手段或者结果都经过了人类的感觉验证。"

达·芬奇崇尚思维的创新和独立，他反对一味模仿，敢于挑战权威，并且进行独立思考，这在任何时代都是无与伦比的。

**【智慧点拨】**

生活中，人们总是认为权威人物往往是正确的楷模，服从他们会使自己具备安全感，增加不会出错的"保险系数"。人们对权威普遍怀有崇敬之情。然而，我们却应该认识到，权威人士也是人，是人就有弱点和不足之处，我们决不能对权威过于迷信，而应该在事实的基础上判断权威的观点。

值得注意的是，我们提倡要敢于向权威挑战，并不是要否定一切权威。我们要尊重权威，但不要迷信权威。这就要求我们要在权威面前保持一份清醒的头脑，有自己独立的思考能力。

# 霍英东创新之道

敢于打破常规，创造成功的人，并不只是那些功成名就的人，也可能是你，普通的你。

——彼得·德鲁克

霍英东是香港著名的大富豪，他的成功之道就在于先行一步，"吃第一只螃蟹"。

他进入生意场的第一步是在香港鹅颈桥市场开的一家杂货铺。

第二次世界大战结束以后，他就卖掉了杂货铺，改做煤炭驳运生意。不久，他又和别人一起去东沙岛采集一种可以用来制药的海草。这些小生意锻炼了他的意志，并增加了他赚钱的经验。

20世纪50年代初期，香港的房地产市场刚刚兴起，霍英东慧眼顿开，他觉得发财的机会来了，立即设立了立信置业公司。同行之中的人都纷纷投来怀疑的目光，不知这个默默无闻的新手是不是神经错乱了。

他的第一招就令其他人刮目相看：在香港，房地产都是出售"整栋楼宇"，而霍英东使用的却是房地产工业化的办法，推行住宅与高层商厦结合的方式，并且采用"分层"销售、预定楼房、分期付款等新方法。同行一下子就觉得他的这种方法切实可行，纷纷效仿。仅仅几年时间霍英东就成为香港知名的房地产商人了。

正当其他房地产商人全力以赴进行"房地产"大战的时候，霍英东的心中又产生出了新的主意。他想，大家都在全力修建房屋，一定急需大量的沙子。他马上花重金到国外买回来了大型挖沙船。这种大型挖沙船20分钟就可以挖出2000吨沙子，沙子进船就近卸货，白花花的"银子"就到手了。很多人看到霍英东"发"了，急忙奋起直追……可是，此刻霍英东已经取得香港海沙供应的专利权了。

霍后面追兵很紧，霍英东心生一计：众所周知，香港的土地寸土寸金，填海造地大有前途。他觉得，这一招必须下快棋！

决心一定，他立即从荷兰、美国等地购买各种设备，放开手脚开始了香港规模最大的国际工程——海底水库淡水湖第一期工程。这一工程的开始，标志着外国垄断香港产业的格局被打破，霍英东也因此财源滚滚……可以说，霍英东创富的一生就是一个不断创新的过程。

### 【智慧点拨】

凡是具有创新思维的人，都能够开拓出一条新路。他们可以运用创造性思维制订出新的计划，运用新的方法，最终做出惊人的成绩来。

# 鸡蛋做菜

或者创新，或者消亡。尤其是在技术推动型产业，再也没有比成功消失得更快的了。

——比尔·萨波里托

苏轼的家里有一位手艺高超的老厨师，他做出的菜肴，味道鲜美，样式新颖。因长期受到文化熏陶，竟能背诵许多古诗。

一天，苏轼交给老厨师二两银子，嘱咐说："你用这二两银子去买一些菜，然后给我做一顿合乎诗意的美餐，既要合乎诗意，又要新鲜别致。"

老厨师回到厨房想了想，随即跑到市场上，买了两个鸡蛋，给苏轼做了四个菜。

开饭时，老厨师托盘端出四个菜摆在桌上。

苏轼一看乃是四碗清汤：一只碗里几块蛋清，一只碗里两个鸡蛋黄，一只碗里飘着两个蛋壳，一只碗里浮一层白沫儿。

"二两银子，就做这么四道清汤吗？"苏轼厉声责问老厨师。

老厨师答道："先生不要生气，这可是一桌新鲜别致的唐诗菜呢！装着两个蛋黄的那碗菜是'两个黄鹂鸣翠柳'，装着两个鸡蛋清的那碗菜是'一行白鹭上青天'，浮着蛋沫儿的那碗菜是'窗含西岭千秋雪'，飘着两个蛋壳的那碗菜是'门泊东吴万里船'。先生，您看这菜符合您的要求吗？"

"符合诗意，不错！不错！"苏轼听后仰天大笑。

**【智慧点拨】**

创新是大脑的思维魔法，它带给人类斑斓的想象和富有创意的思维。

# 降雨弹

如若说，在创新尚属于人类个体或群体中的个别杰出表现时，人们循规蹈矩的生存姿态尚可为时代所容，那么，在创新将成为人类赖以进行生存竞争的不可或缺的素质时，依然采用一种循规蹈矩的生存姿态，则无异于一种自我溃败。

——金马

越南战争时期，越共通过一条有名的"胡志明小道"，向前线运送战备物资。

对美国侵略者来说，他们自然无法容忍从"大动脉"上源源不断地向越南共产党输送"新鲜血液"的事情。他们出动了大批的轰炸机，向"胡志明小道"地区投下了许多炸弹，可由于小道的路面被葱郁的热带雨林覆盖，飞机很难找到准确的轰炸目标，结果命中率很低，即使个别地段被美军炸毁，经过修复，很快就又能投入使用了。

在这以后，美军想出种种办法，企图掐断"胡志明小道"，可是这些方法都未能奏效。最后，美军不得不放弃对"胡志明小道"的进攻。

数年后的一天，阳光明媚，天气晴朗。小道的上空又传来久违的"隆隆"的飞机声。行进在"胡志明小道"上的越共军队，以为美军故伎重演，又要开始轰炸，便停止前进，隐蔽在道路周围的丛林中，并做好防空准备。

可令人惊奇的是，美军飞机并没有像数年前那样投下炸弹，而只是在小道上空兜了几圈就回去了。

越共军队的战士们见美军飞机走了，便拍了拍身上的尘土，又重新坐上汽车。小道上，又像往常一样穿梭着车辆。

可是，不一会儿，晴朗的天空忽然像淘气的孩子变了一副面孔，倾盆大雨浇在"胡志明小道"上。于是，路面变得泥泞不堪，来往的车辆几乎无法行驶。

此后一连几天，美军飞机经常光顾"胡志明小道"的上空，而每次美军飞机一来，随后必然要下一场大暴雨。结果，连续不断的暴雨冲毁了道路，使每天车辆的通行量仅为原来的十分之一，小道陷于半瘫痪状态。

越共军队的将领们感到奇怪："难道美军发明了能'呼风唤雨'的新式武器？"

的确，美军发明了一种可产生暴雨的新式武器——降雨弹。

原来，美军在采取轰炸等措施无效的情况下，并不甘心放弃破坏"胡志明小道"的想法，他们委托美国陆军武器研究所的专家们研究一种更有效的炸弹。这种炸弹可以凝结雨云，使"轰炸"的地区在短时间内降下大雨，从而达到"轰炸"的效果。降雨弹使美军在这场斗争的较量中占了上风。

【智慧点拨】

成功的路不止一条，一条路不通，可以另辟蹊径，从思维方式上做一些调整，换一条路找另一个方法，不要埋头在一条死胡同里辛苦行走。

# "安静的小狗"休闲鞋

作出重大发明创造的年轻人，大多是敢于向千年不变的戒规、定律挑战的人，他们做出了大师们认为不可能的事情来，让世人大吃一惊。

——费尔马

"安静的小狗"是一种松软猪皮便鞋的牌子，由美国沃尔弗林环球股份公司生产。

当"安静的小狗"问世时，有几个调查策划文案先后摆在营销部经理埃克森的桌上，他很不满意，因为文案里的方法太模式化了。埃克森的好友得知他的烦恼后说："我看看是什么样的休闲鞋，不妨让我先试穿一下。"

埃克森从柜子里捧出一双样品递给好友，看着他穿上在屋里走了几圈。"还别说，真不错，我都有点舍不得脱了。"好友边说边低头爱惜地望着那双鞋，"这鞋多少钱一双?能不能先卖给我一双?"好友一连问了好几声，都未见埃克森回答，便抬起头，见埃克森正伏案飞快地写着什么。很快，一份新颖的策划文案在埃克森的指挥下付诸实施。

他们先后把200双鞋无偿送给200位顾客试穿一个月。一个月后，公司派人登门收回。试穿者若想留下，每双鞋付5美元。其实，埃克森并非想收回鞋，而是想知道5美元一双的休闲鞋是否有人愿意买。结果，绝大多数试穿者都把鞋留了下来。得到这个信息后，公司决定大规模生产，并以每双8美元的价格销售了几万双这种名为"安静的小狗"的休闲鞋。

**【智慧点拨】**

创新手段在营销方面尤其重要。只要你敢于想象，大胆地创新，另辟蹊径，便能达到"柳暗花明又一村"的境界。

# 保持本色

即使你很成功地模仿了一个天才，你也缺乏他的独创精神
——埃·哈伯德

蜚声世界影坛的意大利著名电影明星索菲亚·罗兰能够成为令世人瞩目的超级影星，是和她对自己价值肯定以及她的自信心分不开的。

为了生存，以及对电影事业的热爱，16岁的罗兰来到了罗马，想在这里涉足

电影界。没想到，第一次试镜就失败了，所有的摄影师都说她够不上美人标准，都抱怨她的鼻子和臀部。没办法，导演卡洛·庞蒂只好把她叫到办公室，建议她把臀部削减一点儿，把鼻子缩短一点儿。一般情况下，许多演员都对导演言听计从。可是，小小年纪的罗兰却非常有勇气和主见，拒绝了对方的要求。她说："我当然懂得因为我的外形跟已经成名的那些女演员颇有不同，她们都相貌出众，五官端正，而我却不是这样。我的脸毛病太多，但这些毛病加在一起反而会更有魅力呢。如果我们的鼻子上有一个肿块，我会毫不犹豫把它除掉。但是，说我的鼻子太长，那是无道理的，因为我知道，鼻子是脸的主要部分，它使脸具有特点。我喜欢我的鼻子和脸本来的样子。说实在的，我的脸确实与众不同，但是我为什么要长得跟别人一样呢？"

"我要保持我的本色，我什么也不愿改变。"

"我愿意保持我的本来面目。"

正是由于罗兰的坚持，使导演卡洛·庞蒂重新审视，并真正认识了索菲亚·罗兰，开始了解她并且欣赏她。

罗兰没有对摄影师们的话言听计从，没有为迎合别人而放弃自己的个性，没有因为别人而丧失信心，所以她才得以在电影中充分展示她与众不同的美。而且，她的独特外貌和热情、开朗、奔放的气质开始得到人们的认可。后来，她主演的《两妇人》获得巨大成功，并因此而荣获奥斯卡最佳女演员奖金像奖。

**【智慧点拨】**

最能扼杀创新性的就是做任何事都去模仿或追随前人。如果你总是试图去模仿别人，那是不会取得成功的。成功是个人的创造，是由创始的力量所造成的，所以我们要勇于去做成功路上的创始者。与其一味地模仿别人，还不如充分利用自己的优势，创造一片属于自己的天地。

# 二字箴言

企业的成败在于能否创新，尤其是当前新旧体制转换阶段，在企业特殊困难时期，更需要有这种精神。

——黄汉清

在每个IBM公司管理人员的桌上，都摆着一块金属板，上面写着"创新"这个词。这二字箴言，是IBM的创始人汤姆·沃特森提出的。1911年12月，沃特森还在担任国际收银公司销售部门的高级主管。有一天，天气十分寒冷，沃特森主持了一项销售会议。会议进行到了下午，气氛沉闷，无人发言，大家都显得焦躁不安，有人甚至在闭目养神。

看着大家无精打采的样子，沃特森在黑板上写下了创新两个字，然后对大家说："我们共同的缺点是，对每一问题都没有去充分地思考，别忘了，我们都是靠动脑筋赚得薪水的。"

在场的国际收银公司的总裁巴达逊对"创新"大为赞赏，当天，这个词就成为国际收银公司的座右铭。3年后，它随着沃特森的离职，变成了IBM的箴言。

"创新"是沃特森从多年的推销员经验中总结孕育出来的。他1895年进入国际收银公司当推销员，从公司的"推销手册"中学到许多推销的技巧，但理论与实践总有一段距离，所以他的业绩一直很不理想。同事告诉他，推销不需要特别的才干，只要用脚去跑，用口去说就行了。沃特森照做了，还是到处碰壁，业绩很差。

后来，他从困境中慢慢体会出，推销除了用脚与嘴巴之外，还得靠大脑。想通了这一点后，他的业绩大增。3年后，他成为业绩最高的推销员。这就是"创新"二字箴言的由来。

【智慧点拨】

"创新者生，墨守成规者死。"这是一条被无数事实证明了的真理。我们只有不断地在思维上创新，在行为上创新，在事业上创新，才能顺利地敲开成功的大门。

# 把斧子卖给布什总统

> 创造，或者酝酿未来的创造，是一种必要性；幸福只能存在于这种必要性得到满足的时候。
>
> ——罗曼·罗兰

美国布鲁金学会以培养世界杰出的推销员著称于世。它有一个传统，在每期学员毕业时，设计一道最能体现销售员实力的实习题，让学员去完成。

克林顿当政期间，该学会推出一个题目：请把一条三角裤推销给现任总统。8年间，无数的学员为此绞尽脑汁，最后都无功而返。克林顿卸任后，该学会把题目换成：请把一把斧子推销给布什总统。

布鲁金学会许诺，谁能做到，就把刻有"最伟大的推销员"的一只金靴子赠予他。许多学员对此毫无信心，甚至认为，现在的总统什么都不缺，再说即使缺少，也用不着他们自己去购买，把斧子推销给总统是不可能的事。

然而，有一个叫乔治·赫伯特的推销员却做到了。这个推销员对自己很有信心，认为把一把斧子推销给小布什总统是完全可能的，因为小布什总统在得克萨斯州有一个农场，里面长着许多树。

乔治·赫伯特信心百倍地给小布什写了一封信。信中说：有一次，有幸参观了您的农场，发现种着许多矢菊树，有些已经死掉，木质已变得松软。我想，您一定需要一把小斧子，但是从您现在的体质来看，小斧子显然太轻，因此你需要一把不甚锋利的老斧子，现在我这儿正好有一把，它是我祖父留给我的，很适合砍伐枯树……

后来，乔治收到了小布什总统15美元的汇款，从而获得了刻有"最伟大的推销员"的金靴子。

**【智慧点拨】**

创新不容易但并不神秘，可以说，任何人都可以创新。只要做有心人，养成勤于思考的良好习惯，不因眼前的困难而退缩，就可能会有创新。

# 书呆子

变或可存，不变则削，全变乃存，小变仍削。

——康有为

战国时期，秦国有个人叫孙阳，精通相马，无论什么样的马，他一眼就能分出优劣。他常常被人请去识马、选马，人们都称他为伯乐。

后来，为了让更多的人学会相马，孙阳把自己多年积累的相马经验和知识写成了一本书，配上各种马的形态图，书名叫《相马经》。目的是使真正的千里马能够被人发现，尽其所才，也为了自己一身的相马技术能够流传于世。

孙阳的儿子看了父亲写的《相马经》，以为相马很容易。他想，有了这本书，还愁找不到好马吗？于是，就拿着这本书到处找好马。他按照书上所画的图形去找，没有找到。又按书中所写的特征去找，最后在野外发现一只癞蛤蟆，与父亲在书中写的千里马的特征非常像，便兴奋地把癞蛤蟆带回家，对父亲说："我找到一匹千里马，只是马蹄短了些。"父亲一看，气不打一处来，没想到儿子竟如此愚蠢，悲伤地感叹道："所谓按图索骥也。"

　　无独有偶。有一个书生，性情孤僻，好讲过去的章法，实际上都迂腐不能施行。有一天，他偶然弄到一本古代兵书，研读之后，自称能带10万兵。恰好当时有土匪，他自己练兵和土匪较量，结果大败，他自己也差一点儿被活捉了去。

　　后来，他又弄到一本古代讲水利的书，钻研了有一年时间，自吹可以使千里之地成为沃土，画了图游说州官。州官也好事，就叫他在一个村子里试验。刚挖好了沟渠，洪水来了，顺着沟渠灌进来，一场大水，人几乎变成了鱼。

　　从此，他便抑郁想不开，常常在庭院中独自踱步，摇头自语道："古人能欺骗我？"每天叨咕千百遍，只有这6个字，不久，他发病死去。后来在风清月白的晚上，常见他的魂在墓前的松柏下，摇头踏步。仔细听去，嘴里念叨的还是这6个字。有人笑出了声，他的魂突然消失了。第二天，他的魂还和前一天晚上一样，在摇头踏步。

### 【智慧点拨】

　　"书呆子"之所以是书呆子，是因为他们读死书、死读书，不知变通，不知如何将知识灵活运用到现实生活中。任何知识都是理论性的东西，也是抽象的；如果要运用这些知识，就应理论联系实际，结合不同的条件、不同的环境和不同的场合，加以变通。不知变通的人，唯书本是举，做事迂腐，处处碰壁，终将会发现知识解决不了任何问题，被现实碰得头破血流。

# 像蚂蚁学习

　　掌握新技术，要善于学习，更要善于创新。

——邓小平

　　蚂蚁已经在地球上存活了5000~9000万年。科学家估计，目前地球上至少生活着1~10兆亿只蚂蚁。

　　它们能以弱小的身躯，在恶劣的自然环境中生存下来，世世代代繁衍生息，必有自己独特的本领。现在人们意识到，这种本领源自蚂蚁的"集体智慧"。研究人员认为，与人类相比，单个蚂蚁的智慧几乎可以忽略不计，然而当众多蚂蚁聚在一起时，它们能应付许多问题。当蚁群在搬运食物的路线上发现障碍物时，它们会以一种似军队行进过程中传递信息的"接力"方法，迅速找到绕行的最佳路线。蚁群的这种通讯方法启发了人类。

　　以设计有线通信网络拓扑结构为例，当某个节点因数据通过量大发生阻塞时，必须迅速为这些数据流找到新的路径，争取使信号在最短时间内到达。而在密如蛛网的大型通信网络中，这样的节点无以计数，要保证网络中所有的节点都能够动态协调地工作，是一个相当复杂的问题，尽管人们为此做了很多努力，但至今仍未很好解决。

　　蚂蚁用一种非常简单的方法就解决了这个问题。它们在所经过的道路上释放出化学气息，当蚁群中其他成员探测到这种气息后，就会循着特定的路线找到同伴，在这条路线上蚂蚁越多，留下的气味就会越大，于是，就会有更多的蚂蚁参与进来。与此同时，也会有一些蚂蚁去开辟一些新的路线，当原有路线被阻断后，蚁群便会迅速改变路线。而另外一些路线由于选用的蚂蚁较少，气味很快被蒸发掉，便不会有后来者使用。

　　比利时一所大学的计算机网络专家多里格和博纳布两人依此原理，在电子地图上设计了一些"虚拟蚂蚁"，它们爬过图上给出的每一个节点，当到达重要节点时，它们释放出"虚拟"化学气息，然后，再令其他虚拟蚂蚁沿着这条首选路线继续前进，最终在地图上标出最佳路线。这样一种技术，已经用于设计无障碍通讯电话网络和电脑网，并在瑞士用于规划高效交通网。

　　蚁群在搬动物体时使用的通讯方法同样十分奇妙。

　　研究发现，蚂蚁协调动作靠的也是在物体上释放气味，而像我们人类那样相互之间直接交换信息。当力量安排不合理时，蚂蚁会用气味通知其他同伴去加强较弱的一方，最终达到力量平衡，而且，绝不会有浪费"人力"的现象发生。现在，人们已开始把从蚂蚁身上学会的东西用于设计移动重物的机器人。

【智慧点拨】

人类正是通过学习来增长知识、提高本领，并在创新中不断进步的。用从蚂蚁身上学到的东西，改进人类的拓扑理论，构建新的通讯或交通网络，可以说是蚂蚁对人类的一大贡献。

# 杰里米的彩蛋

要创新需要一定的灵感，这灵感不是天生的，而是来自长期的积累与全身心的投入。没有积累就不会有创新。

——王业宁

杰里米一生下来就和别的孩子不一样，他不但身体扭曲变形，反应迟钝，而且身患绝症，如今病魔正一点点地吞噬着他的生命。尽管如此，他的父母仍旧尽最大的努力让他过正常的生活，并且把他送到圣特丽萨小学读书。

杰里米10岁的时候，才读到小学二年级。很显然，他的学习能力非常有限。上课的时候，他会在座位上不停地扭动身子，嘴里流着口水，发出呼噜呼噜的声音。有时他也能很清楚很明白地说话，就好像有一道亮光洞穿了脑中的重重黑暗。但是，这种情况非常少而且短暂。大多数时候，杰里米总是会使桃瑞丝·米勒老师发火。

桃瑞丝·米勒老师想，她还有其他18个孩子要教，而杰里米会使他们分散注意力、不安心学习的。此外，杰里米根本就学不会阅读和书写，为什么还要在他身上浪费更多的时间呢？然而，她觉得有一种罪恶感笼罩了她的心灵。"哦，上帝，"每当生气时她总是大声地祈祷着，"请您帮助我吧！让我对杰里米多些耐心吧！"

从那以后，桃瑞丝老师竭力不让自己老是去注意杰里米制造的噪音和他那茫

17

然的目光。不久，春天来了，孩子们都在兴奋地谈论着即将到来的复活节，桃瑞丝老师发给每个孩子一颗硕大的塑料彩蛋，她对孩子们说："请大家把这个复活节彩蛋带回家去，明天再把它带回来。但要记住的是，明天在把彩蛋带回来的时候，彩蛋里面要放一个能够代表新生命的东西。"

"是。"孩子们异口同声地答应着，除了杰里米。他的眼睛一刻也没有离开桃瑞丝的脸，他甚至没有像以往那样发出任何噪音。

第二天早晨，阳光明媚，鸟声啁啾。19个孩子兴高采烈地来到了学校，他们把各自的彩蛋放进讲台上的一个大柳条篮子里。数学课上完后，就是打开这些复活节彩蛋的时候了。

在第一颗彩蛋里，桃瑞丝发现了一朵美丽的花。"哦，很好。花儿当然是新生命的象征！"坐在第一排的一个小女孩挥舞着双臂叫道："那是我的！"

接着，桃瑞丝打开了第二颗彩蛋。彩蛋里放的是一只惟妙惟肖的塑料蝴蝶，"美丽的蝴蝶是由毛毛虫长大以后变化来的，因此，它也是新生命的象征"。桃瑞丝又打开一颗彩蛋，里面放着的是一块长着苔藓的小石头。

接下来，桃瑞丝打开了第四颗彩蛋，她一下子惊讶得屏住了气，彩蛋里竟然空空如也！这一定是杰里米的，她想，当然，他根本就不明白她布置的作业。为了不使杰里米感到难堪，她轻轻地把那颗彩蛋放到了一边，伸手去拿另外一颗彩蛋。

突然，杰里米大声叫道："米勒小姐，您不打算说说我的彩蛋吗?"

对于杰里米这冷不防的问话，桃瑞丝没有任何准备，她惊慌失措地答道："但是，杰里米，你的彩蛋是空的啊！"

杰里米凝视着桃瑞丝的眼睛，轻声地说："是的，但耶稣的坟墓也是空的啊！"

顿时，大家都惊呆了，教室里鸦雀无声，时间也仿佛停止了。良久，桃瑞丝才回过神来，她问道："你知道为什么耶稣的坟墓是空的吗?"

"哦，当然知道啦！"杰里米大声说道，"耶稣被杀死以后，遗体就放在坟墓里，但是天父又让他复活了！"

**【智慧点拨】**

所有的人都具有创造力。我们天生就具有创造性的本能，指引我们迈向成功。一个弱智的儿童尚且如此，作为健全的孩子们，更应该摆脱思想的束缚，充满信心地去发掘自己的创造能力。

# 聪明的讨账人

如果你要成功，你应该朝新的道路前进，不要跟随被踩烂了的成功之路。

——约翰·D.洛克菲勒

李晔是一家公司的业务员。公司的产品不错，销路也不错，但产品销出去后，总是无法及时收到款。如何讨账便成了公司最大的问题。

有一位客户，买了公司10万元产品，但总是以各种理由迟迟不肯付款，公司派了几批人去讨账，都没能拿到货款。当时李晔刚到公司上班不久，就和另外一位员工一起被派去讨账。他们软磨硬磨，想尽了办法。最后，客户终于同意给钱，叫他们过两天来拿。

两天后，他们赶去，对方给了一张10万元的现金支票。

他们高高兴兴地拿着支票到银行取钱，结果却被告知，账上只有99820元。很明显，对方又耍了个花招，他们给的是一张无法兑现的支票。第二天公司就要放假了，如果不及时拿到钱，不知又要拖延多久。

遇到这种情况，一般人可能一筹莫展了。但是他突然灵机一动，于是拿出200元钱，让同去的同事存到客户公司的账户里去。这一来，账户里就有了10万元。他立即将支票兑了现。

当他带着这10万元回到公司时，董事长对他大加赞赏。之后，他在公司不断发展，5年之后当上了公司的副总经理，后来又当上了总经理。

李晔能有今天的发展，与他凡事懂得变通有关。

### 【智慧点拨】

做事情不可盲目地追求原则和章法，要学会适时地变通。这个世界上没有什么是一成不变的。寻找巧妙方法将困难化解于无形，是每一个善于变通者的通用法则。

# 店小二写"一"字

学问是经验的积累，才能是刻苦的忍耐。

——茅盾

明朝万历年间，中国北方的女真为患一时。朝廷为了要抗御强敌，决心重修万里长城。当时号称天下第一关的山海关，早已年久失修，其中"天下第一关"的题字中的"一"字，已经脱落多时。万历皇帝募集各地书法名家，希望恢复山海关的本来面貌。各地名士闻讯，纷纷前来挥毫，但是没有一人的字能够表达天下第一关的原味。皇帝于是再下诏告，只要中选，就能够获重赏。经过严格筛选，最后中选的竟是山海关旁一家客栈的店小二，真是跌破大家的眼镜。

在题字当天，会场被挤得水泄不通，官家早就备妥了笔墨纸砚，等候应征者前来挥毫。只见主角抬头看着山海关的牌楼，舍弃狼毫巨笔不用，拿起一块抹布往砚台里一蘸，大喝一声："一"，十分干净利落，立刻出现绝妙的"一"字。旁观者莫不报以惊叹不已的掌声。有人好奇地问店小二如此成功的秘诀，这位店小二久久无以回答，后来勉强道：其实，我想不出有什么秘诀，只是在这里当了30多年的店小二，每当我在擦桌子时，就望着牌楼上的"一"字，一挥一擦就这样而已。

原来这位店小二的工作地点，正好面对山海关的城门，每当他弯下腰，拿起抹布清理桌上的油污之际，这个视角正对准"天下第一关"的一字。因此，他不由自主地天天看、天天擦，数十年如一日，久而久之，就熟能生巧、巧而精通，这就是他能够把这个"一"字临摹到炉火纯青、惟妙惟肖的原因。

**【智慧点拨】**

创新是时间的积累，灵感是长期酝酿的爆发。有时看别人做事，一挥而就，好像很简单，其实是长时间苦练的结果。

# 孔子与算盘

我们不能人云亦云，这不是科学精神，科学精神最重要的就是创新。

——钱学森

我国古代的大思想家孔子和算盘有一段很深的渊源。

有一年，鲁国国君要选拔一个能为本国理财的人，大臣们认为孔子的知识渊博，就推荐了他。

谁知，孔子理财不是很顺利。他每天一回到家，就会坐在椅子上叹气，眉头紧锁。经常是旧账还没有算好，新账又来了。眼看账目慢慢地增多，孔子的心急到了嗓子眼，整天吃不好，睡不香。孔子的夫人看到孔子整天焦虑的样子，心里非常着急，很想帮帮他的忙，就问："你是用什么算法算账的？"孔子说："这很简单，都是些加加减减的。"孔夫人低着头想了一会儿，说："每次在得到钱的时候，我都用一根绳子来计算。每月得到多少钱，我就往绳子上穿上几颗珠子，而花去多少钱，我就会从绳子上去掉几颗珠子。虽然方法比较笨重，但是却从来没有出现过错误，你可以用这种方法试试看。"孔子一听，认为很有道理，就按照夫人说的办法去做。几天以后，孔夫人问他方法好不好，他回答说："好倒是好，就是不到十的数字，加加减减还十分方便，但如果超过了十就不好办了。"孔夫人笑着说："你怎么不知道变通啊！你不会多用几根绳子，一根记一到十个，一根记十个到一百个，依此类推，不就很清楚了？"

孔子听了夫人的话后，马上醒悟了。他灵机一动，便挂上十根绳子，每个绳子穿上十个珠子，每天用来算账，既简单又方便。鲁国国君来检查工作，看到孔子将账目算得非常明晰，心里十分高兴。

后来，人们依据这个道理，发明了算盘，并把孔子看作是最早发明算盘的祖师爷。

### 【智慧点拨】

寻找巧妙方法将困难化解于无形，是每一个善于变通者的通用法则。不管做什么事情，要积极开动脑筋，只有懂得变通，才不会被困难的大山压倒，才能发现更好和更便捷的路径。

# "被遗忘的女人"服装公司

创新就是在生活中发现了古人没有发现的东西。

——李可染

有一次，苦于买不到衣服的胖女士安妮走出第六家服装店，真的有些绝望了，难道偌大一个新加坡就真的买不到一件适合自己穿的时装？

从生下第二个孩子开始，不到三年的时间，安妮的体重增加了80磅，到处都买不到像她这样身材的女人可以穿的漂亮时装。时髦的新款没有大号码，有大号码的款式既难看又过时。那些时装设计师和商人们，只注意到那些身材苗条的女人，真的有些忽略了为数众多的肥胖女人。无奈的安妮只好自己动手做起各式各样的时装来。好在对于曾经是服装设计专业高才生的她来说，这并不是一件很困难的事情。

有一天，买菜回家的路上，安妮遇到了两个和她差不多胖的女人。她们惊讶地问她的衣服是在哪儿买的。当得知是安妮自己做的时候，两个胖女人摇着头失望地走了。安妮回到家中，突然一个念头涌上来：能不能开一家服装店，专门出售自己设计的为胖女人制作的有型有款的时装？

第二天安妮就风风火火地干起来。新店开张后，生意出乎意料的火爆。原来，竟有那么多胖女人渴望着专为她们设计的服装。没有多久，安妮的时装公司就拥有了16家分店及无数个分销处。她每年定期去欧洲进布料，在美国各地飞来飞去巡视业务，豪宅、名车也随之而来。最让安妮高兴的是，她每天都可以穿一件自己设计的漂漂亮亮的时装去逛街。

安妮创办的那家时装公司的名字就叫：被遗忘的女人。

不久，美国内华达州举行"最佳中小企业经营者"选拔赛，安妮赢得了冠军。安妮夺冠的秘诀其实很简单，只不过把服装尺码改了一个名称而已。一般的服装店都是把服装分为大中小以及加大码四种，安妮唯一不同的做法就是用人名代替尺码。

玛丽代替小号，林思是中号，伊丽莎白是大号，格瑞斯特是加大号。她们都是女强人。这样一来，顾客上门，店员就不会说"这件加大号正合你身"，取而代之的是"你穿格瑞斯特正合身呢"。

安妮说："我注意到，所有上店里来买大号和加大号的女性，脸上都呈现出不很愉快的表情。而改个名称情况就完全两样了，况且这些人都是名声很响的大人物。"

在挑选店员时，安妮也别具匠心，站在大号和特大号服装前的店员个个都是胖子，无形中又使顾客消除了不好意思的感觉，因而顾客盈门，利润滚滚。

【智慧点拨】

创新是成功的源泉，哪怕只是一点小小的改进、一种新的方式，就会给你带来成功的契机。这一点小小的改变，便是可贵的创新。敢于创新，会让你与众不同。

# 卖板栗

有一件事情是十分清楚的：创新思想不是那些专门从事开发创新思想的人的专有领地。

——斯威尼

在一个古老的村庄，所有的村民都靠着当地盛产的板栗为生。每到秋天，漫山遍野的板栗就给村民们带来了滚滚财富。此时此刻村民们也就忙碌了起来。

村民们的忙碌就像是和时间赛跑，因为谁的板栗先上市谁就会卖一个好的价钱，所谓"物以稀为贵"。等市场上已有许多的板栗之后，价钱就会降低了。于是人们在采集板栗时都争先恐后，采完之后也迅速返回家中，将采回来的板栗按大小、好坏分成不同的等级，再分装好，刻不容缓地沿着乡村公路拿到集市上去卖。

时间长了，许多人都发现一个奇特的现象。村里的人拿第一的永远是杰克，任何人都无法超越他，人们无论怎么努力也都只能抢到第二。而且当第二的人拿着板栗去卖的路上就可看见杰克推着空车回来了。

十几年下来都是如此。人们感到非常困惑："一定是有什么捷径吧！为什么他总是可以遥遥领先呢？"村民们想了许久，终于想了一个办法揭开谜底。这天，他们热情地邀请杰克去餐馆吃饭，说是为了庆祝其中一个人的生日，杰克不知是计，欣然前往。席间，几个村民频频给杰克敬酒，其中一个对他说：

"杰克，你知道吗？我一直都很欣赏你，每次赶集你总是第一，我一定要敬你一杯。"刚喝完，另一个接着又说："杰克，难得我今天过生日，你百忙之中抽时间来为我庆祝，我一定要敬你一杯。"

杰克很快就感到头晕晕的，也就大方地跟几个村民开怀畅饮起来。村民们见时机已到，就开始试探他每次都拿第一的秘诀，杰克闭着眼，笑呵呵地说："我哪有什么捷径啊！只不过是我不用花时间去分我的板栗，你们在分的时候，我就已经上路了，你们分好时，我就开始在集市卖了啊！"村民更纳闷了："为什么你不用分类，那样不是很亏吗？"杰克笑着回答："我在山上摘完之后，就尽挑坎坷不平的路走，这样一路颠簸下来，小板栗自然就到了下面，而大板栗就在上面，也很自然就分好了，我就不用花时间分了嘛！"

众村民你看我，我看你，一句话都说不出来。

【智慧点拨】

创新是成功的基石，打破思维的惰性，跳出惯有的思维习惯，想别人所不想，干别人所不干，最终就会打开成功之门！

# 每天提一条创造性的建议

对于创新来说，方法就是新的世界，最重要的不是知识，而是思路。

——郎加明

美国人奥斯本是个具有很强创造天分的人。1938年，25岁的奥斯本失业了，只有高中文化程度的奥斯本想当个记者。可是，转念再想想，自己没有受过这方面的教育，怎么行呢？

奥斯本是一名个性好强的人，他终于去应聘了。

报刊主编问他："在办报方面你有什么修养与经验？"

奥斯本作了实事求是的自我介绍，"不过，我写了篇文章。"

主编接过来读罢，摇摇头说："年轻人，你的文章不怎么样，甚至还有不少语法、逻辑与修辞上的毛病……"

听到这里，奥斯本的头"轰"地响起来，但是，他还是虚心地听下去了。

主编又说："可是，又独到的东西，是的，又独到的见解。这很可贵！这个独到的东西是创造，也是我们所需要的。凭这一点，我愿意试用你三个月。"

主编握住了奥斯本的手，临走还叮嘱："好好干吧，小伙子！"

欣喜若狂的奥斯本反复体会主编对他说的话，原来创造性有那么重要。他又反复读自己的文章，像严厉的法官那样解剖自己：知识不够，却充满深思遐想，这大概就是创造性吧？

他模模糊糊地意识到人的价值在于创造，他决心要做一个有创造性的人。他还拟定：自到报社上班之日起，就天天提一条创造性的建议。

整整一个星期日，他研究主编给他的一大沓报纸，又买回其他各种报刊进行比较，于是，众多的构想产生了。

星期一是他第一天上班的日子，刚到报社，他便迫不及待地冲进主编的办公室急匆匆地大声说："主编先生，我有一个想法。"

主编瞪大眼睛看着面前的奥斯本，听他一口气说完"想法"后给镇住了。

原来奥斯本说："看来，广告是报纸的生命线，我们又无法与各大报纸竞争大广告；而小工厂、小商店做不起大广告，他们又急于把自己的产品获商品告诉更多的人，我们何不创造条头广告，收费低廉以满足这一层的工商业者的需要？"

这就是现在报纸广泛采用的一条一条的分类广告。当主编弄清奥斯本的"想法"后，兴奋地说："好啊！太好了！真是各了不起的想法！"

奥斯本坚持发挥自己"深思遐想"的长处，坚持每天提一条创造性的建议，也即"日有一创"仅仅两年，就使这份小报发展壮大起来，成为一个实力雄厚的报业托拉斯，他本人也由于获得众多专利，成为拥有巨额股份的副董事长。

【智慧点拨】

　　创新不需要天才。创新只在于找出新的改进方法。任何事情的成功，都是因为能找出把事情做得更好的办法。

# 让玩具木偶活起来

　　天才的主要标记不是完美而是创造，天才能开创新的局面。

——亚瑟·柯斯勒

　　现代玩具之父、美国人瓦列梅克，创业初期手里只有1000美元，可以说是一个真正的穷人。但凭着对玩具进行革命性的改进，他成了富翁。

　　那时候的玩具主要是木偶，硬硬的，没有一丝生气，放在桌上欣赏一下倒还可以，要是让孩子们拿着玩，很快就令人乏味了。瓦列梅克心想，为什么不让这些木偶的手臂活动起来呢？他想了很久，却没有想出什么好办法。

　　有一天，他在马路上等车，等得很是无聊，便观察马路上来往的车辆，看它们是怎样行走的。于是，他特别留心车轮的滚动情形。他看到车轮用轴穿着，装在车厢底下，只要装得牢固，轮子滚动的时候便不会发生障碍了。他突然灵机一动，不由自主地将两支手臂向前伸直，不断地转动着，转了好一会儿，便满面笑容地叫道：

　　"我想到了！我想到了！"

　　瓦列梅克发狂似的奔回家里，连衣服也来不及脱，就拿出一把小锯子和一个长柄的手钻，把桌上的一个木偶拿起，将它的两条手臂锯下，在锯口当中钻了一个小孔，再插进一根小圆铁条，把那两条锯下来的手臂装在小圆铁条上。他轻轻转动木偶左手，它的右手也跟着转动了。"改造"过的木偶逗得小孩儿们大笑。

瓦列梅克马上把这个木偶样子交给一个木匠去仿做，先行试做1000个。

他把做好的木偶拿回来涂色，色彩配置得非常鲜艳悦目。这1000个试验品拿到百货公司推销时，大受欢迎，不到3天，便卖光了。他还接到了12万个转臂木偶的订货单。

瓦列梅克一鼓作气，创造了活腿木偶。后来，瓦列梅克开设了一家拥有370个工人的工厂。有一天，瓦列梅克忽然异想天开，如果这个四肢活动的木偶能够像真人一样在地上行走，一定更受孩子们的欢迎。

但是怎样才能使这个木偶自动地走路呢？

他就这个新概念向别人征求意见，可这种新概念并未引起他朋友的兴趣。有人嘲弄他："亲爱的瓦列梅克，假如你能够制造出一个自动走路的木偶的话，我相信天上的太阳会因此而改变轨道，由西方升起，在东方降落了！"

瓦列梅克没有放弃，他很快从车轮行走的原理中找到了自己想要的答案。

他把自己的新发现写下来，并且附图说明，发送到工厂去，调用了4个老技工来从事这个新的试验。半个月以后，第一个自动行走的木偶制造出来了。整个木偶制造厂的工人都欢天喜地地围拢在一起，观看这个新奇的产品。

瓦列梅克再根据这个原理，把自动木偶的一些小毛病改正了。他抽调了一半工人来从事这项生产，并且要那4个老技工制造一个1米多高的自动木偶，用来放在一家大百货公司的大堂里面，作为广告招徕顾客。这批自动木偶上市了。第一天，光是纽约一地便售出了17万个！瓦列梅克凭借对前人的发明创造进行改进，获得了巨大的成功。

**【智慧点拨】**

发明创造是创新，改进也是创新，哪怕只是小小的改进，有时甚至比发明创造一个东西效果更大。

# 富士通空调器的成功

　　为了产生创新思想，你必须具备：（1）必要的知识；（2）不怕失误、不怕犯错误的态度；（3）专心致志和深邃的洞察力。

——斯威尼

　　在中东的家用电器市场上，日本人长期独占鳌头。但在30多年前，只有在杂货摊上才能找到一些日本产的晶体管收音机。

　　1973年，佐藤泰雄受日本富士通公司指派，到中东地区推销空调器。当时中东的空调器市场被美国货独领风骚。

　　经过一番仔细的考察，佐藤发现，中东地区的酷热气温、含盐分极高的潮湿海风以及从沙漠吹来的尘土，很容易使空调器露在室外的部分生锈、堵塞，因此，一般可用十几年的空调器在这里不过几年就报废了。而美国厂商对这一细小的问题熟视无睹。

　　佐藤认为，这正是富士通空调器打入中东市场的契机。

　　于是，他从日本请来公司的技术人员，对原有产品反复改进，使之适合中东的特殊气候环境，并让公司设计出富丽堂皇的商标和产品说明书，以招徕顾客。依靠优质的产品和售后服务，富士通空调器逐步在当地建立了良好的声誉。

　　1973年石油危机以后，中东产油国一夜之间成了腰缠万贯的巨富，对国外的高档消费品需求急剧膨胀，富士通的空调器便一举占领了中东市场。

## 【智慧点拨】

　　不要以为创造就一定是轰轰烈烈，惊天动地。工作中的小改小革，细节调整同样是一种创造。从细节中找到创新的机会，你就会赢得胜利。

# 尚未凝固的水泥路面

中国留学生学习成绩往往比一起学习的美国学生好得多，然而十年以后，科研成果却比人家少得多，原因就在于美国学生思维活跃，动手能力和创造精神强。

——杨振宁

1899年，大科学家爱因斯坦就读于瑞士苏黎世联邦工业大学，著名数学家明可夫斯基是他的导师。爱因斯坦肯动脑、爱思考的好习惯赢得了导师明可夫斯基的赏识。于是，师徒二人经常坐在一起探讨科学、哲学和人生。

有一次，爱因斯坦在和导师一起讨论科学问题时突发奇想，他就问明可夫斯基：“一个人，比如我吧，究竟怎样才能在科学领域、在人生道路上，留下自己的闪光足迹，做出自己的杰出贡献呢？”

明可夫斯基平时一向才思敏捷，但这次却被学生给问住了，他思考了很长时间，都没有找到答案。直到第四天，明可夫斯基才兴冲冲地找到爱因斯坦，他非常兴奋地说：“你那天提的问题，我现在终于有了答案！”？

“老师，快告诉我是什么！”爱因斯坦迫不及待地抱住老师的胳膊。导师明可夫斯基也比较激动，怎么也说不明白，还手脚并用比画了一阵。当然，爱因斯坦也没有明白老师的意思。于是，明可夫斯基拉起爱因斯坦就朝一处建筑工地奔去，而且径直踏上了建筑工人刚刚铺平的水泥地面。

爱因斯坦被建筑工人们的呵斥声弄得一头雾水，他非常不解地问明可夫斯基，“老师，您这不是领我误入歧途吗？”而明可夫斯基却全然不顾建筑工人的指责，非常专注地对爱因斯坦说：“对、对，就是‘歧途’！你看到了吧？只有这样的‘歧途’，才能留下足迹！只有新的领域、只有尚未凝固的地方，才能留下深深的脚印。那些凝固很久的老地面，那些被无数人、无数脚步涉足的地方，你别想再踩出脚印来……"？

听到这里，爱因斯坦沉思良久，非常感激地对明可夫斯基说："老师，我明白您的意思了！"从此，一种非常强烈的创新和开拓意识，开始主导着爱因斯坦的思维和行动。他曾经说过这样的话："我从来不记忆和思考词典、手册里的东西，我的脑袋只用来记忆和思考那些还没载入书本的东西。"

很快，爱因斯坦毕业走出校园，进入伯尔尼专利局成为一名默默无闻的小职员。就是在这初涉世事的几年里，爱因斯坦利用业余时间进行科学研究，在物理学3个未知领域里，齐头并进，大胆而果断地进行挑战，并最终突破了牛顿力学。

爱因斯坦刚刚26岁时，他就提出并建立了狭义相对论，开创了物理学的新纪元，为人类做出了卓越的贡献，在科学史册上留下了深深的闪光的足迹。爱因斯坦后来回忆说："正是那段尚未凝固的水泥路面，启发了我的创新和探索精神。"

**【智慧点拨】**

创新是一个人成功必备的法宝，而要有所创新，首先要具备一个有创造力的头脑，也就是要有创新的思维。拥有创新思维的人，往往战无不胜，攻无不克。

# 不同的待遇

如果学习只在于模仿，那么我们就不会有科学，也不会有技术。

——高尔基

斯迪克毕业要找工作了，他的叔叔给他讲了一个故事。那个人家住费城，小时候很穷，他走进一家银行，问道："劳驾，先生，您需要帮手吗？"

一位仪表堂堂的人回答说："不，孩子，我不需要。"

孩子满腹愁肠，他嘴里嚼着根甘草棒糖，这是他花5分钱买的，钱是从虔诚、好心的姑妈那里偷来的。他分明是在抽泣，大颗大颗的泪珠滚到腮边。他一声不吭，沿着银行的大理石台阶跳下来。那个银行家用很优雅的姿势弯腰躲到了门后，因为他觉得那个孩子想用石头掷他。可是，孩子拾起一件什么东西，却把它揣进又寒碜又破烂的茄克里去了。

"过来，小孩儿。"孩子真的过去了，银行家问道："瞧，你捡到什么啦？"回答："一个别针儿呗。"银行家说："小孩子，你是个乖孩子吗？"他回答说"是的"。银行家又问："你相信主吗？——我是说，你上不上主日学校？"他回答说"上的"。

接着、银行家取来一支纯金钢笔，用纯净的墨水在纸上写了个"StPeter"的字眼，问小孩是什么意思。孩子说："咸彼得(小孩把英文Saint的缩写St，误认为是salt，即咸的意思)"。银行家告诉他这个字是"圣彼得"，孩子说了声"噢！"

随后，银行家让小男孩做他的合伙人，把投资的一半利润分给了他，他娶了银行家的女儿。现在呢，银行家的一切全是他的了，全归他自己了。

斯迪克觉得这个故事对他还有启发。于是，他花了6个星期在一家银行的门口找别针儿。他盼着哪个银行家会把自己叫进去，问："小孩子，你是个乖孩子吗？"

他就会回答："是呀。"

银行家要是问："'StJohn'是什么意思。"

他就说："是'咸约翰'。"

可是，随后斯迪克发现银行家并不急于找合伙人，而且他想他没有女儿恐怕有个儿子，因为有一天一位银行家问斯迪克说："小孩子，你捡什么呀。"

斯迪克非常谦恭有礼地说："别针儿呀"

银行家说："咱们来瞧瞧。"他接过了别针。

斯迪克摘下帽子，已经准备跟着他走进银行，变成他的合伙人，再娶他女儿为妻子。

但是，他并没有受到邀请。银行家说："这些别针儿是银行的，要是再让我看见你在这儿溜达，我就放狗咬你！"

后来斯迪克走开了，那别针儿也被那吝啬的家伙没收了。他把自己的经历告诉他叔叔，他叔叔笑了。接着，又给他讲了一个故事。

有个人养了一头驴和一只哈巴狗。驴子关在栏子里，虽然不愁温饱，却每天都要到磨坊里拉磨，到树林里去驮木材，工作挺繁重，而哈巴狗会演许多小把戏，很得主人欢心，每次都能得到好吃的奖励。驴子在工作之余，难免有怨言，总抱怨命运对自己不公平。这一天机会终于来了，驴子扭断缰绳，跑进主人的房间，学哈巴狗那样围着主人跳舞，又蹬又踢，撞翻了桌子，碗碟摔得粉碎。这样驴子还觉得不够，它居然趴到主人身上去舔他的脸，把主人吓坏了，直喊救命。大家听到喊叫急忙赶到，驴子正等着奖赏，没想到反挨了一顿痛打，被重新关进栏子。

**【智慧点拨】**

在现实生活中，做事情不要一味地模仿，而是要去探索其中的原因，懂得创新，生硬地模仿只能使自己陷入尴尬和困境。

# 两个买猫的人

*如果我取得了一点成功的话，那是因为我对什么问题都倒过来思考。*

*——丰田喜一郎*

有两个人一起出差，其中一个人逛街时看到大街上有一老妇在卖一只黑色的铁猫。这只铁猫的眼睛很漂亮，经仔细观察，他发现铁猫眼睛是宝石做成的。于是他不动声色对老妇说："能不能只卖一双眼珠。"老妇起初不同意，但他愿意花整只铁猫的价格。老妇便把猫眼珠取出来卖给了他。

他回到旅馆，欣喜若狂地对同伴们说，我捡了一个大便宜。用了很少钱买了两颗宝石。同伴问了前因后果，问他那个卖铁猫的老妇还在不在？他说那个老妇正等着有人买她的那只少了眼珠的铁猫。

同伴便取了钱寻找那个老妇去了，一会儿，他把铁猫抱了回来。他分析这只铁猫肯定价值不菲。他用锤子往铁猫身上敲，铁屑掉落后发现铁猫的内质竟然是用黄金铸成的。

买走铁猫玉眼的人是按正常思维走的，铁猫的玉眼很值钱，取走便是。但同伴却通过逆向思维断定：既然猫的眼睛是宝石做的，那么它的身体肯定不会是铁。正是这种逆向思维使同伴摒弃了铁猫的表象，发现了猫的黄金内质。

**【智慧点拨】**

生活中，我们观察事物的时候，往往是从某个视点出发，形成对该事物的概念或印象。但我们只要改变观察的视点，就必定会带来新的看法，赋予事物以新的意义，正是这种新的看法和意义隐藏着机会。

# 创新是一种奇迹

在科学上，每一条道路都应该走一走。发现一条走不通的道路，就是对于科学的一大贡献。

——爱因斯坦

法国著名美容品制造商伊夫·洛列是一个善于独辟蹊径的人。

起初，伊夫·洛列对花卉抱有极大的兴趣，经营着一家自己的花店。后来，他从一位女医师那里偶然得到了一种专门治疗痔疮的特效药膏秘方。这个秘方的内容令他产生了浓厚的兴趣，他依据这个药方配制，研制出了一种植物香脂，并开始挨家挨户地上门去推销这种新型产品。

有一天，洛列忽然灵机一动，为何不在《这儿是巴黎》杂志上刊登一则介绍自己商品的广告呢？

洛列的这一大胆尝试果然使他获得了意想不到的成功，就当他的朋友还在为他所付出的巨额广告投资惴惴不安时，他的产品已在巴黎开始畅销起来，原以为会泥牛入海的广告费用，与其获得的利润相比，显得微不足道。

当时，用植物和花卉制造的美容用品在一些人看来毫无前途可言，几乎没有人愿意在这一领域大量投入资金，而洛列却反其道而行之，并对此产生了奇特的迷恋之情。

1960年，洛列所研制的美容霜开始小批量生产，他那独具创新的邮购销售方式，再次让他获得了巨大的成功。在极短的时间内，洛列通过采用各种营销方式，顺利地推销了多达70多万瓶的美容用品。

如果说洛列采用植物制造美容品是一种大胆的尝试的话，那么采取邮购的营销方式则是他的一种创举。

1969年，洛列创办了他的第一家工厂，并在巴黎奥斯曼大街上开设商店，开始销售自己生产的美容用品。

他还对他的每一位职员说："我们的每一位女顾客都是王后，你应该像对待王后那样对其进行服务。"

为了贯彻这个宗旨，他首创了邮购的营销方式。

公司的邮购业务几乎占到全部订单的50%。

邮购的手续也很简单，顾客只需将地址填妥便可加入"洛列美容俱乐部"，并会在很短的时间内即可收到样品、价目表和说明书。

这种销售方式对那些工作繁忙没时间逛街购物的女士来说无疑是带来了很大的方便。到目前为止，全球通过邮寄方式从俱乐部订购产品的妇女已达6亿人次。

他的公司每年收到八千余封函件。这些信件中，有的为公司提出合理化建议，有的甚至寄来照片和亲笔签名。公司的回复函里往往也告诫订购者：美容霜并非万能的，有节奏的生活是最佳的化妆品。这样一来，顾客和公司便建立了固定的联系。

公司还把1000万名女顾客的信息输入电脑，在她们的生日或重要节日时，公司都要送上些小礼品以示祝贺。

这样做的成果是，公司的销售额年增长率为30%，一年的收入超过了25亿法郎，而且国外的业绩比国内的还要好。

如今，公司的产品已增至四百余种，同时拥有着800万名忠实的女顾客。

伊夫·洛列的那句话为我们做了最好的点评："创新的确是一种美丽的奇迹！"没有创新，你的生命之水就会慢慢干涸，只有勇于创新的人，才能够取得人生的成功。伊夫·洛列终于在付出了他的艰辛和劳苦之后，找到了成功的契机。化妆品市场竞争激烈，稍有不慎，便会被淘汰出局。

伊夫·洛列通过他不同于大众的产品——植物花卉美容品，使化妆品低档化、大众化，从而满足各个不同阶层顾客的需要，所以，他可以在商场立于不败之地。

**【智慧点拨】**

成功的喜悦从来都是属于那些思路常新、不落俗套的人。世上没有不转弯的路，人的思路也一样，它需要面对不同的境况和时代不断地进行转换，循规守旧就会停滞不前，最后被时代淘汰出局。在生活中，只要我们突破固有思维模式，就能最大限度地发挥自己的潜能，高效率地解决摆在面前的各种问题。

# 保持锐意创新的精神

我们不能人云亦云，这不是科学精神，科学精神最重要的就是创新。

——钱学森

"我成大事的秘诀很简单，那就是永远做一个不向现实妥协而刻意创新的叛逆者。"

这是美国实业家罗宾·维勒的原话。

当全美短腰皮靴成为一种流行时尚的时候，每个从事皮靴业的商家几乎都趋之若鹜地抢着制造短腰皮靴供应各个百货商店，他们认为赶着大潮流走要省力得多。

罗宾当时经营着一家小规模皮鞋工厂，只有十几个雇工。

他深知自己的工厂规模小，要挣到大笔的钱绝非易事。自己微薄的资本、微小的规模，根本不足以和强大的同行相抗衡。那该如何在市场竞争中获得主动权，争取有利地位呢？

罗宾为自己列举了两条道路：一是在皮鞋的用料上着眼；二是着手皮鞋款式改革，以新领先。经过一番深思熟虑，罗宾决定走第二条道路。

他立即召开了一个皮鞋款式改革会议，要求在场的十几个工人各尽其能地设计新款式鞋样。为了激发工人的创新积极性，罗宾规定了一个奖励办法：凡是所设计的新款鞋样被工厂采用，设计者可立即获得200美元的奖金；所设计的鞋样通过改良被采用，设计者可获100美元奖金；即使设计的鞋样不能被采用，只要其设计别出心裁，均可获100美元奖金。

同时，他即席设立了一个设计委员会，由5名熟练的造鞋工人任委员，每个委员每月额外支取100美元。

这样一来，这家袖珍皮鞋工厂里，马上掀起了一股皮鞋款式设计热潮，不到一个月，设计委员会就收到50多种设计草样，挑选采用了其中3种款式较别致的鞋样。同时立即召集全体大会，给这3名设计者颁发了奖金。

罗宾的皮鞋工厂就把这3个新款式皮鞋试行生产。

第一次将每种新款式皮鞋制作10003双，制成后立即将其送往各大城市推销。

顾客见到这些款式新颖的皮鞋，立即掀起了一股购买热潮。

几个星期后，罗宾的皮鞋工场收到2700多份数量庞大的订单，这使得罗宾终日忙于出入各大百货公司经理室大门，跟他们签订合约。

因为订货的公司多了，罗宾的皮鞋工厂逐渐扩大起来，3年之后，他已经拥有18间规模庞大的皮鞋工厂了。

不久危机又出现了，当皮鞋工厂一多起来，做皮鞋的技工便显得供不应求了。最令罗宾头疼的是别的皮鞋工厂尽可能地把工资提高，挽留自己的工人，即便罗宾出重资，也难以把其他工厂的工人拉过来。缺乏工人对罗宾来说是一道致命的难关。因为他接到了不少订单，如无法给买主及时供货，这将意味着他得赔偿巨额的违约损失。

罗宾忧心忡忡。他又召集18家皮鞋工厂的工人开了一次会议。

罗宾把没有工人可雇的难题告诉大家，要求大家各尽其力地寻找解决途径，并且重新宣布了动脑筋有奖的办法。

会场一片沉默，与会者都陷入思考之中，搜肠刮肚地想办法。

过了一会儿，有一个小工请求发言，罗宾嘉许以后，他站起来怯生生地说："罗宾先生，我以为雇不到工人无关紧要，我们可以用机器来制造皮鞋。"

罗宾还没来得及表示意见，就有人嘲笑那个小工。

那小孩儿窘得满面通红，惴惴不安地坐了下去。

罗宾却走到他身边，请他站起来，然后挽着他的手走到主席台上，朗声说道："诸位，这孩子没有说错，虽然他还没有造出一种造皮鞋的机器，但他这个办法却很重要，大有用处，只要我们围绕这个概念想办法，问题定会迎刃而解。"

"我们永远不能安于现状，思维不要局限于一定的桎梏中，这才是我们永远能够不断创新的动力。现在，我宣告这个孩子可获得500美元的奖金。"

经过几个月的研究和实验，罗宾的皮鞋工厂的大量工作就已被机器取而代之了。

罗宾·维勒的名字，在美国商业界，就如一盏耀眼的明灯，他的成功，与他时时保持锐意创新的精神是密不可分的。

### 【智慧点拨】

创新，永远是解决问题的最好办法，也是超越现在、获得更好发展的一个途径。由于社会的发展和竞争的日益激烈，要求我们要比别人更突出，无论是思想上还是行动上，都要有超前的创新意识。只有这样，才能够有立足之地。而不断地推陈出新，正是解决这个问题的关键。

# 第二章
# 发明创造就在身边

# 吉列刮胡刀的诞生

　　毫无疑问，创造力是最重要的人力资源。没有创造力，就没有进步，我们就会永远重复同样的模式。

——爱德华·波诺

　　当"吉列公司"创始人吉列先生还是一名推销员时，有一次，他与顾客闲聊，那位顾客无意间对吉列说："嗯，如果能够发明一种用过就扔的小商品，那不就可以让顾客们不断来购买你的商品吗？""用过就扔？不断购买？"这句话立即激发了吉列的灵感。

　　有一天早上，吉列正在一家旅馆的房间里刮胡子，当他拿起刮胡刀时，却发现刀口不够锋利。于是，他信手取过一块牛皮，轻轻地在上面来回磨，问题是刀口仍然不见锋利，无奈之下，他只好凑合着用。然而，不锋利的刀子可把吉列给整惨了，胡子不仅无法清除干净，更把他刮疼得哇哇叫，好不容易刮完了胡子，却见脸上留下了好几道伤痕。他感到非常生气，忿忿不平地想着："难道世界上就没有比这个更好用的刮胡刀吗？怎么没有人发明一些不必磨就锋利无比的刀子呢？"就在这时，他突然眼睛一亮："咦！这不正是'用完即扔'的最佳商品吗？"

　　一回到家，吉列便辞去工作，潜心研究薄钢刀片等刮胡用具，最后更设计出一款像耙子似的"T"形简易刮胡刀。就这样，安全又方便的吉列刮胡刀终于诞生了，到现在仍是许多男人必备的刮胡用具。

**【智慧点拨】**

　　创新离不开灵感。每个无意中的灵感或主意都是新的构想，当灵感翩然而至时，应立刻抓住，捉住那些能够激发我们思维的智慧火花。

# 霓虹灯的由来

　　遇到难题时，我总是力求寻找巧妙的思路，出奇制胜。

——朱清时

　　霓虹灯是城市的美容师，每当夜幕降临时，华灯初上，五颜六色的霓虹灯就把城市装扮得格外美丽。那么，霓虹灯是怎样发明的呢？

　　据说，霓虹灯是英国化学家拉姆赛在一次实验中偶然发现的。那是1898年6月的一个夜晚，拉姆赛和他的助手正在实验室里进行实验，目的是检查一种稀有气体是否导电。拉姆赛把一种稀有气体注射在真空玻璃管里，然后把封闭在真空玻璃管中的两个金属电极连接在高压电源上，聚精会神地观察这种气体能否导电。

　　突然，一个意外的现象发生了：注入真空管的稀有气体不但开始导电，而且还发出了极其美丽的红光。这种神奇的红光使拉姆赛和他的助手惊喜不已，他们打开了霓虹世界的大门。

　　拉姆赛把这种能够导电并且发出红色光的稀有气体命名为氖气。后来，他继续对其他一些气体导电和发出有色光的特性进行实验，相继发现了氦气能发出白色光，氩气能发出蓝色光，氦气能发出黄色光，氮气能发出深蓝色光……不同的气体能发出不同的色光，五颜六色，犹如天空美丽的彩虹。霓虹灯也由此得名。

## 【智慧点拨】

我们的生活中总会有一些偶然的发现，如果总是一味漠视，那些偶然就只是偶然，如果你能抓住这些契机，并加以利用，那就是创新的境界。

# 塑料雨伞的诞生

光看别人脸色行事，把自己束缚起来的人，就不能突飞猛进，尤其是不可能在科学技术日新月异的年代里生存下去，就会掉队。

——本田宗一郎

亨特是一家制伞厂的车间职员，一个阴雨天，亨特撑着雨伞外出办事，由于他把伞撑得太低，挡住了视线，没有看到前面驶来的自行车，着实地被撞了一下，倒在地上弄得浑身是水。亨特一边叹息自己运气不好，一边想，要是把伞撑高点不久能看清前方了吗？可是一直保持把伞撑得很高手总会很酸呀！要是伞是透明的不就好了吗？此时，亨特脑子一闪，一个灵感出现了，亨特将自己的创意报告给老板，获得了赞赏，但很多同事却认为那不是一个好主意。几千年来，伞都是用布赫油纸做的，就没听说用塑料做伞面的，面对同事的冷嘲热讽，亨特并没有在意。他很快拿出了自己的设计，不但用上了透明塑料，而且还对伞的形状做了改变，使伞不再局限于圆形，也设计出了方形的雨伞，甚至为了迎合儿童的喜好，还将卡通元素大量引入制伞工艺中，这些伞一投放市场，立即引起了轰动，亨特也随之得到了老板的赞赏和重用。看来，每一个灵感是新构想，抓住它，你就能成功。

【智慧点拨】

　　灵感几乎无处不在，关键看你是否留心，是否能够抓住。不善于动脑筋或不注意留心的人，所产生的灵感往往会走失，或者都不会产生。相反，如果你是一个有心人，你就能够抓住灵感，创造出意想不到的惊喜。

# 可口可乐的瓶子

　　科学技术史表明，过多的知识信息有时反倒会妨碍和限制创新。

——朗加明

　　罗特是美国一家制瓶厂的工人。他有一位女友，身材健美且爱好打扮。有一天，女友穿了一套膝盖上面部分较窄，腰部显得很有魅力的裙子。在路上，人们频频回头欣赏着这条裙子。

　　罗特也注意起这条裙子来了。他越看越觉得线条优美。他马上联想到，要是制成这条裙子形状的瓶子也许销路不错。想到这里，他马上转身跑了回家去，连声"再见"也没说。女友也感到十分奇怪，骂了一声"神经病"就独自走了。

　　罗特回到住处就在图纸上画了起来。经过实验，这种瓶子不仅美观，而且里面的液体看起来比实际分量多。

　　不久，美国可口可乐公司看中了这种瓶子，以600万美元的高价收买了这项专利权。罗特的设计不仅为公司赢得了利润，他自己也被公司老板荣升为设计师。

【智慧点拨】

　　任何一个有创造成就的人，都是战胜常规思维的高手，他们不被过去的思维所困扰，能突破常规思维的束缚，取得创新成功。

# 电视机的发明

敏于观察，勤于思考，善于综合，勇于创新。

——宋叔和

1925年的一天，伦敦一家最大的百货店顾客盈门。一批又一批的顾客涌向店内两间相连的小屋。据说有人发明了一种机器，能把接收到的图像再现出来。

观众们乘兴而来，但扫兴而归。因为他们看到的仅仅是模糊不清的影子和闪烁不定的轮廓。

"这不是吹牛吗？这叫什么图像！"

"追求广告效应，不讲真话，应该告这个所谓的发明者。"

"不是他的错，是百货商店老板的馊主意。"

人们议论纷纷，有一些热心者则不断地向发明者追问："你怎么不把图像弄清楚些呢？""你能不能传一只动物什么的给我们看看？"

"对不起、对不起。目前的技术还没有办法。"发明家贝尔德在一边无奈而又尴尬地回答着人们的追问。

贝尔德是个不到20岁的英国青年，当时无线电技术已经广泛运用于通讯、广播了。世界上许多发明家，其中有最伟大的科学家和工程技术大师，都想发明能传播现场实况的电视机，但都没有成功。贝尔德却立志要发明电视机。

贝尔德在英格兰西南部的黑斯廷斯，建造了一个简陋的实验室。但他没有实验经费，只好用一只盥洗盆做框架，把它和一只破茶叶箱相连，箱上安装了一只从废物堆里捡来的电动机，它可转动用马粪纸做成的四周戳有小洞洞的"扫描圆盆"，还有装在旧饼干箱里的投影灯。几块透镜及从报废的军用电视机上拆下来的部件等等。这一切凌乱的东西被贝尔德用胶水、细绳及电线串联在一起，成了他发明机的实验装置。贝尔德知道电视机的原理，应该把要发送的场景分成许多小点儿，暗的或明的，再以电信号的形式发送出去，最后在接收的一端让它重现出来。

贝尔德在他简陋的实验室里年复一年地实验，他的实验装置被装了又拆，拆了又装。经过18年的努力，1924年春天，贝尔德成功地发射了一朵十字花。但发射的距离只有3米，图像也忽有忽无，只是一个轮廓。

为了找明图像不清晰的原因，贝尔德又开始了新一番试验。他想也许是电压不足的原因所致。于是他把好几百个干电池连接起来。他接通了电路，可是不小心左手触到了一根裸露的连接线，高达2000伏的电压立即把他击倒在地，他昏迷了过去。第二天的伦敦《每日快报》马上用大字标题报道了贝尔德触电的消息。贝尔德一时间成了英国的新闻人物。

贝尔德灵机一动，就利用报纸来为他筹集资金。他设法为记者们做了一次实物表演。一家小报做了通讯。伦敦的一家无线电老板闻讯赶来，表示愿意提供经费，但要收取发明收益的一半份额。贝尔德同意了这样苛刻的要求。他的实验装置从黑斯廷斯运到了伦敦。但经费很快又用尽了，但他的试验似乎没有什么重大突破。

一家百货店的老板又来同他订了合同，每周付他25英镑，免费提供一切材料，但贝尔德必须在他商店门前操作表演。

现场表演又失败了。贝尔德生活日见艰难，没钱吃饭，没钱付房租。他只好忍痛把设备的零件卖掉，以此维持生活。他家乡的两个堂兄弟得知贝尔德陷入绝境后，给他寄来了500英镑。贝尔德得救了，他立即又投入试验。

成功的日子终于来到了。终日陪伴他的木偶头像"比尔"的脸部特征被清晰地显现在接收机上了。这一天是1925年10月2日清晨。

"成功了，成功了！"贝尔德兴奋地喊叫着冲下楼。一把抓住一个店堂里的小伙子，拽他上楼，把他按在"比尔"的位置上。小伙子吓得直打哆嗦，但几秒钟后，他也吃惊地喊叫起来："真是奇迹，真是奇迹！"因为贝尔德的"魔镜"里映出了他的脸。

贝尔德终于震惊英国，资助他的人纷纷涌来。贝尔德更新了设备，开始更大规模地试验。

1928年，贝尔德把伦敦传播室的人像传送到纽约的一部接收机上。

不久，又出现了新的奇迹。贝尔德把伦敦一位姑娘的图像传送给她正在远洋航行的未婚夫。

贝尔德的名字在全世界传开了。他申请在英国开创电视广播事业，但没有得到批准。但要求电视广播的人越来越多。这个问题提交给议会，经过激烈的长时间的辩论，议会决定了开展电视广播。

1936年秋，英国广播公司正式从伦敦播送电视节目。此时的贝尔德又开始埋头研究彩色电视。

1941年12月，贝尔德传送的首批完美的彩色图像获得成功。可惜的是贝尔德的实验室被希特勒的飞弹击毁了。但贝尔德重新开始研究。1946年6月的一天，英国广播公司开始播送彩色电视节目，但劳累过度的贝尔德却在这一天病倒了，没有收看他的研究结果。6天后，他离开了人世，终年58岁。

**【智慧点拨】**

任何一项发明创造都不是一蹴而就的，更不是臆想的产物，是经历了无数次失败和实践得来的。只有不怕任何艰难困苦、勇于攀登高峰的人，才能取得事业的成功。

# 声纳的发明

同是不满于现状，但打破现状的手段却不同：一是革新，一是复古。

——鲁迅

声纳是一种利用声波在水下测定目标距离和运动速度的仪器。它的发明，凝聚着几代科学家的心血。

早在1490年，意大利著名画家、科学家达·芬奇就注意到了声音在水中的传播。

有一次，达·芬奇来到海边写生。完成一幅画后，好奇的他忽然产生了一个念头：水里面到底有没有什么声音？于是，他取来一根管子，将管子的一端插到水中，管子的另一端放在耳朵旁。结果听到了"咕噜咕噜"的声音。经过仔细地辨认，他发现这是远方的船航行时螺旋桨击水发出的声响。达·芬奇的这根管子可以算是声纳最古老的祖先了。

3个多世纪后，瑞士物理学家克拉顿和德国数学家斯特姆，对声音在水中的传播进行了深入的探讨。在这以后，许多科学家也进行了这方面的研究。经过反复实验，他们比较精确地测出声音在水中的传播速度为1528米/秒，比在空气中的传播快4倍多。此外，科学家们还发现，声音在水中传播，遇到海洋中的物体或海底时，声音会被反射回来，此时也被"吞掉"一些声波。不同频率的声波，被吸收和反射的程度也不相同。超声波能量集中，可朝一个方向传播，反射回来的声波比较强烈。

这个时期，正值潜水艇在海里称王称霸的时期，人们对于潜水艇的神出鬼没正感到束手无策。自然而然地，科学家们想到：利用超声波在水中的传播特性，不就可以测出潜艇所在的方位、距离了吗？

可是，要实现超声波在水中的发射和接收谈何容易！一时，研制潜水艇"克星"的工作搁浅了。

1880年，英国科学家彼埃尔·居里成功地制造出换能器，实现了电、声信号的转换。这样，通过换能器，可将电波变成声波，并向海里发射；声波遇到物体后，又反射回来，换能器接收到声波，并把它变成电波，显示出来。根据超声波发出到接收所需的时间，就可以测出发射地点与物体之间的距离。

就这样，世界上第一代声纳诞生了。后来，科学家们在第一代声纳的基础上，做了许多改进，发明了"主动式"和"被动式"两大类声纳。

【智慧点拨】

在科学文化和其他领域里，任何发明创造都是在前人智慧的基础上发展起来的。我们要有所创新，也要在前人的经验和理论基础上，通过自身的努力，创造性度地提出新的发现、发明和新的改进、革新方案。我们伟大的科学家牛顿发现了万有引力定律，也称自己是站在巨人的肩膀上。站在前人发明的肩上去思考，你会进步得更快。

# 新型吸管

现在的一切美好事物，无一不是创新的结果。

——穆勒

日本横滨有一个妇女，她的独生子患病住进了医院。一次，她在给生病的儿子喂牛奶的时候，发觉他坐起来时非常困难，心里感到很难受，她想，有没有办法让孩子不用坐起来，躺着就能喝牛奶呢?为此，她开始苦思冥想:用来喝牛奶的吸管是直的，人躺着喝牛奶就要洒在床上，如果吸管是可以弯的就好了。次日，她买来一支胶皮管，让儿子用来喝牛奶。这根胶皮管，可以自由弯曲，儿子躺在床上即可喝奶，再也不用费力地支撑着身子坐起来喝了。但是，胶皮管却有一股怪味，儿子刚喝了几口就不愿再喝了。伟大的母爱是一股巨大的力量，支撑着她，为了病中的儿子免受坐起来喝牛奶之苦，她整日在思索着，并做着不同形式的实验。有一天，当她看到水龙头上安装着塑料蛇形管时，心中突然一阵惊喜:若把吸管中间留一小段做成可以任意弯曲的蛇形，那问题不就解决了吗?这位聪明的母亲找到一家生产吸管的公司，提供自己的发明思路。公司答应为她的孩子提供这种新型吸管，她还意外获得了一笔不菲的酬劳。

## 【智慧点拨】

关注身边的小事，寻找创新机会，这是很多成功者的经验。只要你有创新欲望，再经留心观察，开动脑筋，你就发现，周围很多事物，都会向你发出创新的信息。

# 润滑油的诞生

创新是一个民族进步的灵魂，是因为兴旺发达的不竭动力。

——江泽民

瑞利是英国物理学家。他年轻的时候，有一天家里来了几位客人。瑞利好客的母亲热情地请客人坐下，沏茶端水，忙个不停。也许是上了年纪，她的手有些颤抖，每次端茶上来时，茶水都不免要洒出一点。她难为情地对客人说："人老了，手脚不灵了。"

客人们都很有礼貌地对她的热情好客表示感谢，但没有人会想到这里面还有什么引人注意的东西，只有瑞利对这样一件普通的事产生了兴趣。他看到母亲每次端茶时，光滑的茶碗容易在碟子里滑动；可是，在热茶洒在碟子里后，尽管母亲的手摇晃得更厉害，碟子倾斜得更明显，但茶碗却一动不动。敏感的瑞利立刻觉得这里面大有奥秘，不由得忘记了客人，陷入了沉思。

客人走后，瑞利用茶碗和碟子进行了反复的实验，随后又找来和碗碟差不多的玻璃瓶、玻璃板等进行实验。就这样，他开始了对物理学中摩擦力的研究。经过不断的试验、记录、分析，他得出了这样的结论：茶碗和碟子看上去很平滑、干净，实际上表面总有些油腻，使茶碗和碟子之间摩擦力变小，容易滑动。当洒上热茶后，油腻溶解消失了，碗碟之间就变得不易滑动了。由此，他进一步指出，油对固体之间摩擦力的大小有很大影响，利用油的润滑作用，可以减少摩擦力。

如今，润滑油在我们生产和日常生活中已得到了广泛的应用，它就是根据瑞利的发现制造出来的。

【智慧点拨】

创新可以从平凡的地方做起，从身边的小事去发现。生活中，只要善于细心观察，用自己的智慧发现和研究自己所看到的东西，每个人都可以进行创造性的活动。

# 回形针的出现

在学习上不肯钻研的人是不会提出问题的；在事业上缺乏突破力的人是不会有所创新的。

——佚名

一次，米德尔·布鲁克给好朋友写信，写了满满的五张信纸。他担心页码会被弄乱，就想用什么东西固定住信纸。

"有没有既不损坏信纸，又能固定好信纸的办法呢？"

他找来一根细细的铁丝，前后折叠，弯曲成各种形状。经过多次反复试验，他终于制成了我们现在使用的回形针。

回形针问世后，立刻受到人们的青睐。因为在这之前，人们经常用针来固定纸张，不但损害纸张，稍微不注意还会刺破手指。而米德尔·布鲁克的发明彻底解决了这些问题。

其实，他设计的回形针很简单，只是把铁丝往里边折了三次而已。可就是这三次神奇的弯曲，能很方便地固定住纸张。之后，又有很多发明家设计了不同样式的回形针，如三角形的、四角形的……但是没有一个能超过米德尔·布鲁克的回形针。

"往里边，再往里边一下。"在这样简单的创意下产生的回形针，从诞生的那一刻起已经沿用了一百多年，其魅力至今不衰。

**【智慧点拨】**

人的创意有了不起的能量。只是我们不善于挖掘自己的创造天分，随时记录创新灵感、置身新的领域、化创意为行为。你会发现，自己也能成为一个创造的天才。

# 屎壳郎耕作机

创新能力是在学习前人知识和技能的基础上，提出创见和发明发现的能力。

——佚名

在1975年8月的一天，炙热的太阳烘烤着大地。

四川省汶川县白岩村的农民青年姚岩松，正坐在一棵树下乘凉。这时他意外地看到脚旁有一只"屎壳郎"，正推着一团很大的泥球缓缓地向前爬行。

这一十分平常的现象引起了姚岩松的兴趣，屎壳郎在前面爬，他蹲在地上跟着看，瞪大两只眼睛观察了半天，似乎悟到了什么，又似乎越来越满头雾水。

第二天他起了个大早，在山坡上又找到一只"屎壳郎"。为了进一步观察，他用一根白线拴了一小块泥团，套在"屎壳郎"身上，让它拉着走。

奇怪的是，这块小泥团比昨天的轻得多，可是"屎壳郎"怎么也拉不动。姚岩松又找了几只"屎壳郎"来做同样的试验，结果都一样。

这时，姚岩松如梦初醒，原来拉比推费劲，能够推得动的东西不一定能拉动。

他曾开过几年拖拉机，因为不能行驶在自己家乡又狭又小又高又陡的山地上深感遗憾。这时他脑中忽然闪现出一个想法：能不能学一学"屎壳郎"推泥团，将拖拉机的犁放在耕作机的前面呢？根据这一联想，他把从山上采摘来的茅花秆一节一节地切断后，分别制成"把手""机身""犁圈"等，经过几天辛勤忙碌，终于制作出一台用茅花秆和铁丝做成的耕作机模型。3个月后，姚岩松耗资千元制作的耕作机开进了地里，但它如一头暴躁的小牛，不听使唤。姚岩松为此寝食不安。一天，在岷江河畔他被一台推土机吸引住，他看出推土机主要是靠履带才具有特定性强、着地爬动力好的特点。他又联想到，耕作机安上履带不就可以解决同样的问题了吗？又经过几个月的努力工作，姚岩松终于制成了第一台"履带式耕作机"，但还是没有取得令人满意的效果。又经过数百次的改进、实验，直到1992年2月，才成功地推出第十台"屎壳郎耕作机"，它以推动力代替牵引力，突破了耕作机传统的制造方式，具有创造性、新颖性和实用性，在国内属于首创。

姚岩松发明的"屎壳郎耕作机"，体积小，重量轻（64公斤），一个人就可以背上山；它还可以在石梯上行进，能爬45度的坡，两个小时耕的地就相当于一头牛一天的工作量，而它的价格只相当于一头牛。由于它具有如此众多的优点，要求联合生产的厂家络绎不绝。

姚岩松运用事物之间的相似性，由"屎壳郎"推土块，联想到将拖拉机的犁由车身后置改为车头前置，因为他想到"推比拉的力量大"；他由推土机的履带又联想到给耕作机安装履带，发明创造了"屎壳郎耕作机"。

### 【智慧点拨】

客观事物是朴素联系的，如果可以展开联想，由一个事物联想到另一事物或由事物的一个方面想到事物的另一面，就可以更好地解决问题，创造出一条意义重大的思路。

# 天文望远镜的发明

如果说我比别人看得更远些，那是因为我站在了巨人的肩上。

——牛顿

1609年6月，意大利科学家伽利略听到一个消息，说是荷兰有个叫普尔斯哈依的眼镜商人在一次偶尔的发现中，用一种镜片看见了远处肉眼看不见的东西。"这难道不正是我需要的千里眼吗？"伽利略非常高兴。不久，伽利略的一个学生从巴黎来信，进一步证实这个消息的准确性，信中说尽管不知道那位商人是怎样做的，但是他肯定是制造了一个镜管，用它可以使物体放大许多倍。

"镜管！"伽利略把来信翻来覆去看了好几遍，急忙跑进他的实验室。

他找来纸和鹅管笔，开始画出一张又一张透镜成像的示意图。伽利略由镜管这个提示受到启发，看来镜管能够放大物体的秘密在于选择怎样的透镜，特别是凸透镜和凹透镜如何搭配。他找来有关透镜的资料，不停地进行计算，忘记了暮色爬上窗户，也忘记了曙光是怎样射进房间的。

整整一个通宵，伽利略终于明白，把凸透镜和凹透镜放在一个适当的距离，就像那个荷兰人看见的那样，遥远的肉眼看不见的物体经过放大也能看清了。

伽利略非常高兴。他顾不上休息，立即动手磨制镜片，这是一项很费时间又需要细心的活儿。他一连干了好几天，磨制出一对对凸透镜和凹透镜，然后又制作了一个精巧的可以滑动的双层金属管。现在，该试验一下他的发明了。

伽利略小心翼翼地把一片大一点的凸透镜安在管子的一端，另一端安上一片小一点的凹透镜，然后把管子对着窗外。当他从凹透镜的一端望去时，奇迹出现了，那远处的教堂仿佛近在眼前，可以清晰地看见钟楼上的十字架，甚至连一只在十字架上落脚的鸽子也看得非常逼真。

伽利略制成望远镜的消息马上传开了。"我制成望远镜的消息传到威尼斯，"在一封写给妹夫的信里，伽利略写道，"一星期之后，就命我把望远镜呈献给议长和议员们观看，他们感到非常惊奇。绅士和议员们，虽然年纪很大了，但都按次序登上威尼斯的最高钟楼，眺望远在港外的船只，都看得很清楚；如果没有我的望远镜，就是眺望两个小时，也看不见。这种仪器的效用可使50英里的以外的物体，看起来就像在5英里以内那样。"伽利略发明的望远镜，经过不断改进，放大率提高到30倍以上，能把实物放大1000倍。现在，他犹如有了千里眼，可以窥探宇宙的秘密了。

这是天文学研究中具有划时代意义的一次革命。几千年来天文学家单靠肉眼观察日月星辰的时代结束了，代之而来的是光学望远镜，有了这种有力的武器，近代天文学的大门被打开了。

### 【智慧点拨】

创造发明不是凭空产生的，改良别人的方法，站在前人的肩膀上，开辟一条自己的新路，这也是创造。我们要善于借鉴前人的东西，在前人的基础上，种上智慧树，结出自己的果实。

# 牛仔裤的来历

我们的科学史，只写某人某人取得成功，在成功者之前探索道路的，发现"此路不通"的失败者统统不写，这是很不公平的。

——爱因斯坦

1850年，美国西部发现了金矿，世界各地的人们纷纷涌向那里，形成了一股淘金热。出生于犹太家庭的德国青年李维·斯特劳斯也远渡重洋来到美国，加入淘金者的行列中。可他来到美国后，发现情况并不像传说中的那样美好。

　　眼看淘金没有希望，李维就在当地搭了个帐篷，开了一家小百货店，给淘金者提供日用品。日子长了，李维和淘金者们也渐渐混熟了。一天，几个矿工来店里买东西。他们闲聊道："裤子真是不耐穿啊！如果我们的工作裤能像你搭帐篷的帆布一样结实就好了。"原来当时的工作裤都是用棉布做的，矿工的劳动强度很大，裤子很容易就磨烂了。说者无意，听者却有心。李维在心里犯起嘀咕：工作裤像帐篷一样结实？他的店里也卖帆布，但很少有人买来搭帐篷。突然他灵机一动：不如将积压的帆布拿来做工作裤吧。想到这里他连忙拉起一个矿工来到裁缝店，让裁缝用帆布给他做了一条裤子，穿上裤子后，这位矿工非常满意。这就是世界上第一条帆布工作裤。

　　此后，李维在心中酝酿着一个大胆的构想：不如以后专做工作裤吧。他把店里积压的帆布做成各种型号的工作裤。没想到这种耐磨、牢固、穿起来又很舒服的裤子问世后，大受淘金者和西部牛仔的欢迎，这种裤子也因此得名"牛仔裤"。为了使裤子更牢固实用，他还在口袋边上钉上铆钉，做了很大的口袋以便放工具。李维还以自己的名字"Levi's"作为牛仔裤的品牌，而且这个品牌流传至今。

**【智慧点拨】**

　　在别人看来根本无所谓的事情，在那些能创新的人眼里，就是创新的机会。能够抓住这些机会并加以利用的人，成功是必然的事情。

# 邮票打孔机的发明

世界上所有美好的事物都是创造力的果实。

——米尔

1948年的一天，英国发明家亨利·阿察尔独自来到一家小酒吧，挑了一个比较安静的地方坐下来，买了一点酒，不慌不忙地喝着。

阿察尔为了完成一项新发明，在实验室一连奋战了近20天，发明成功了，人也筋疲力尽了。他来酒吧正是为了换个环境，让紧张的大脑松弛一下。

喝着喝着，阿察尔旁边又来了一位客人。这位客人是外地人，仿佛有什么急事，简单而匆忙地喝着酒，便趴在桌子上写起信来，信封好后，他掏出一大张新邮票，准备裁下一枚贴上，但摸遍了身上所有的口袋，都没有找到小刀。他有些着急了。

当时印制的邮票，一般几十枚为一整张。邮政人员或者寄信人若要贴邮票，必须用小刀裁开。这样确实很不方便，有的人为了省事，就用手撕开，结果撕得很不齐，有时还会撕破画面，这枚邮票就作废了。

这位外地客人没带小刀，便十分客气地问阿察尔：“先生，请问您有小刀吗？能否借我用一下？”

“哦，对不起，我也没带小刀。”阿察尔欠了欠身回答道。

这位客人看了一下旁边桌上的人，欲问又止，最后没有再开口。他将要用的那枚邮票周围折了印，准备撕下来，但又怕撕坏了，只好停下了手。看来他正在想办法。这时，只见他取下西服领带上的别针，在这枚邮票与其他邮票的连接处刺了几行整齐的小孔，然后将这枚邮票干净利落地扯了下来，并小心翼翼地贴在信封上。这样弄下来的邮票，四周有一圈波浪线似的齿纹，反而显得别致而美观。这位客人收起信，带着微笑走了。

善于观察的阿察尔，将这一切都看在眼里。他从内心佩服这位会动脑筋的外地客人。他想，几十枚邮票印在一起，用起来很不方便，既增加了邮政人员的劳动量，又给邮寄者添了不少麻烦，能否在印制邮票的时候就在各枚之间的空白处打上一行行小孔，这样随手一扯就可用，根本不用小刀。回去后，他立即投入了邮票打孔机的研究。

不久，邮票打孔机就在阿察尔的手中诞生了。英国邮政部门看了样机后，立即采用了。打孔邮票用起来十分方便，深受邮政人员及寄信人的欢迎。

### 【智慧点拨】

善于观察的能力在生活、学习中是非常必要的。只有培养精细的观察力和深刻的洞察力，才能给我们带来意想不到的创新灵感，为我们提供解决长期苦思冥想难题的解题方法或答案。

# 傻瓜相机

> 所谓真正的智慧，都是曾经被人思考过千百次；但要想使它们真正成为我们自己的，一定要经过我们自己再三思维，直至它们在我个人经验中生根为止。
>
> ——歌德

为满足市场需要，日本一家公司的科技人员开始设计一种新的小型自动聚焦相机。所谓自动聚焦，就是相机要根据拍摄的对象，自动测量距离，然后镜头作相应的调整，自动定好焦距。设计这种相机有几个必须达到的基本要求：小巧轻便，容易操作，而且要成本低廉。

按照当时的技术水平和条件，在相机里装进电动机以后，体积就小不了，重量就轻不了，成本就很难降下来。如果要为它再去特别设计一种专用的超小型电动机，时间又很难保证。

设计人员为此大伤脑筋，想了很多办法都不通，设计工作长时间裹足不前。后来一个不是学电机专业的技术人员想到：自动聚焦需要的动力很小，而且距离很短，不用电动机，用弹簧行不行呢？这个突破了"必须用电动机驱动"这"一定之规"的新设想提出以后，设计人员们沿着新的思路不断进行探索和试验，没过多久，就相继设计制成了一种又一种小型和超小型的自动聚焦相机。对这种给人们带来了很大方便，连傻瓜也能使用的"傻瓜相机"，科技界给予了很高的评价，认为它代表了产品开发的一个新的重要方向——傻瓜化，即"功能简单化""易操作化"，同时也是"高智能化""高科技化"。

**【智慧点拨】**

在生活中，我们之所以常常在很简单的事情上跌倒，究其原因不是我们不聪明，而是我们没有用心去思考、去探究，喜欢凭自己的经验去思考问题、解决问题。或者说这都是经验主义所形成的思维定式惹的祸。所以，一个人要进步，必须冲破原有的经验所形成的思维定式。

# 听诊器的发明

无可否认，创造力的运用、自由的创造活动，是人的真正的功能；人的创造活动，是人的真正的功能；人在创造中找到他的真正幸福，证明了这一点。

——阿诺德

1816年10月17日，一位年轻医生正漫步在巴黎的卢浮宫公园。只见这位医生高瘦的个头，头发卷曲，两个眉头紧锁，似正在考虑一个什么问题。

原来，这位医生前几天给一位胖太太看病，经仔细诊查后，他没有发现任何不正常的地方。可是几天以后，这位太太却死了。征得病人家属同意，医生解剖了胖太太的腹腔，结果发现腹腔装满了腹水。用什么办法可以发现腹水呢，单凭敲打听音是不行的，因为胖太太的腹部脂肪太厚实了。医生陷入了沉思。

这时公园里有几个小孩正在做游戏，小孩的游戏立即引起了医生的注意：只见一个小孩走到一段长长的木柱一端，用手里拿着的小铁钉轻轻地敲打木头柱子，另一个小孩走到木柱的另一端，并把耳朵贴在柱上，小孩敲打柱子后，只听那个听声音的小孩喊道："听到了，听到了。"医生觉得很奇怪，只用铁钉很轻地敲打，声音怎么能清晰传到另一端呢？他顾不得自己已是一个大人，赶紧奔过去，让耳朵贴在木柱上，并招呼另一端的小孩子轻轻敲击柱子。果然医生听到了清晰的敲击声，他欣喜若狂，好像已能找到发现腹水的法子。

果然不久，医生发明了听诊器，通过听诊器，即能诊断病人腹腔内各种异常声响，从而判断病人的病症何在。直到如今，听诊器还是医生诊断疾病时必不可少的工具，这位发明听诊器的医生就是拉埃内克。

### 【智慧点拨】

每一个日常生活的小细节里，都隐藏着创新的信息，唯有那些有心之人，才能发现它。

# 隐形眼镜的诞生

已经创造出来的东西比起有待创造的东西来说，是微不足道的。

——雨果

隐形眼镜的发明者是一位名叫比斯特的工程师。

一个星期天，比斯特带着儿子去郊外游玩。玩了一会，他感到些许疲惫，于是坐下来开始看报纸。突然，戴在他鼻梁上的眼镜掉在了地上，玻璃镜片碎了，比斯特愤怒地回过头去，见儿子小皮特正调皮地对着他傻笑。原来，这是儿子的恶作剧。比斯特哭笑不得，拾起地上的碎片。小皮特却将它们贴在眼前玩，他喊道："爸爸，快来看，那儿有好多蚂蚁啊！"比斯特拿起镜片，果然看到远处的地面上有许多正在爬行的蚂蚁。

于是比斯特冒出了一个奇怪的想法：用破碎的镜片也能看到东西，如果将它直接安装在眼球上不是更好？回家后，比斯特开始做试验，经过多次试验，一个角膜接触式的眼镜终于诞生了。这种眼镜直接放在眼睛的角膜上，从而起到矫正视力的作用。因为它非常的薄与透明，放在角膜表面可以随眼球的运动而移动，不易被人察觉。因此，人们称之为隐形眼镜。

## 【智慧点拨】

创新的意识来源于生活的点点滴滴，只要我们在生活中善于观察和思考，那么我们就会有所创新。

# 鲁班造伞

科学的伟大进步，来源于崭新与大胆的想象力。

——杜威

古代的时候是没有伞的。夏天，太阳晒得皮肤火辣辣地痛。下雨天，把衣服淋得湿漉漉的。后来，我国有个叫鲁班的木匠，动了好多脑筋，终于发明了伞。

鲁班的爷爷是巧木匠，爸爸也是巧木匠。鲁班从小就跟着爸爸学做木匠活，他很聪明，又很用心，学了几年，就会造房子了，还会造桥。大晴天，他想太阳晒着真不好受，得做个东西遮一遮才好；下雨天，他想大雨淋着真受不了，得做个东西挡一挡才好。后来他想，要能做个东西，既能遮太阳又能挡雨，那才好呢。

鲁班动起脑筋来了，他跟几个木匠一起在路边造了一个亭子，亭子的顶是尖尖的，四面用几根柱子撑住。接着，他们隔一段路造一个亭子，一连造了许多亭子。这样，走路的人就方便多了。雨来了，躲一躲；太阳晒得难受了，歇一歇，喘口气儿。鲁班给大家办了件好事，大家都很感激他。可是鲁班自己挺不满意的。他想：要是雨下个不停，那该怎么办呢？人总不能老蹲在亭子里不走哇。

还得再想办法！鲁班心想：要是能把亭子做得很轻巧，让大家带在身上，该多好哇！可是得用什么法子才能把亭子做得轻轻巧巧的呢？为了这事儿，他吃饭不香，睡觉不甜。

鲁班想了许多天，还是没有想出来。一天，天气热极了，他一边做工，一边抹汗。忽然看见许多小孩子在荷花塘边玩，一会儿，一个孩子摘了一张荷叶，倒过来顶在小脑袋上。

鲁班觉得挺好玩，就问他们："你们头上顶着张荷叶干什么呀？"小孩七嘴八舌地说了起来："鲁班师傅，您瞧，太阳像个大火轮，我们头上顶着荷叶，就不怕晒了。"

鲁班抓过来一张荷叶，仔细瞧了又瞧，荷叶圆圆的，上面有一丝丝叶脉，罩在头上，又轻巧，又凉快。

鲁班心里一下亮堂起来。他赶紧跑回家去，找了一根竹子，劈成许多细细的条条，照着荷叶的样子，扎了个架子；又找了一块羊皮，把它剪得圆圆的，蒙在竹架子上。

"好啦，好啦！"他高兴地叫了起来。"这玩意儿不但能挡雨遮太阳，而且还轻轻巧巧的。"

鲁班的妻子听见他大呼小叫的，赶紧从屋里跑出来问他："出什么事了？"

鲁班把刚做成的东西递给妻子，说："你试试这玩意儿，以后大家出门带着它，就不怕雨淋太阳晒了。"

鲁班的妻子瞧了瞧，又想了想，说："不错不错。不过，雨停了，太阳下山了，还拿着这么个玩意儿走路，可不方便了。要是能把它收拢起来，那才好呢。"

"对，对！"鲁班听了很高兴，就跟妻子一起动手，把这玩意儿改成可以活动的。用着它时，就把它撑开；用不着时，就把它收拢，这东西就是我们今天用的伞。

### 【智慧点拨】

创新看似偶然，实则必然。生活中的很多事情，很多现象，我们都选择视而不见，创新也这样和我们擦肩而过。只有那些对生活富于观察和热情的人，才能有创新的机会，因为他们懂得生活的真正意义和创新的本意。

# 牙刷的诞生

教育不能创造什么，但它能启发儿童创造力以从事于创造工作。

——陶行知

1770年，威廉·艾里斯因煽动骚乱罪被伦敦警察逮捕，随后就被关押在新门监狱。其他囚犯在监狱里都是浑浑噩噩地过日子，但威廉不同，他依然喜欢思考。一天清晨洗完脸后，威廉便用一块布擦拭牙齿，在当时的伦敦，人们普遍采用这种方式清理口腔。突然，一个新奇的念头浮现在他脑海中："这样清理牙齿太麻烦了，如果有一把小刷子来刷牙，不是就方便多了吗？"这个想法令威廉兴奋不已，他决心要发明这样一件东西。

这天晚饭正好吃肉骨头，饭后他便悄悄把一根骨头放进衣袋里并带回房间。刷柄找到了，现在就缺做刷子的毛。一天，他向一个还算友好的看守要到了一些猪鬃毛。威廉趁夜里把骨头打磨光滑，在上面打出一排排小孔，再把猪鬃毛分成小束插进孔里，最后把毛修剪整齐，世界上第一把牙刷就诞生了。自从有了牙刷，威廉就觉得漱口再也不是一件麻烦的事了，口腔感觉更舒服了。

出狱之后威廉为自己的发明申请了专利，并办起了牙刷厂。他将改良后生产出来的牙刷投放到市场上，人们争相购买，很快就得到了普及。

## 【智慧点拨】

任何创意的结果，都是思考的馈赠。人世间最美妙绝伦的东西就是思维的花朵。思索是才能的钻探机，是创造的前提。

# 爱迪生发明留声机

我能成为一个科学家，最主要的原因是：对科学的爱好；思索问题的无限耐心；在观察和搜集事实上的勤勉；一种创造力和丰富的常识。

——达尔文

爱迪生发明留声机是从一次意外的灵感得到启发。有一天，爱迪生在研究改进电话机。他的耳朵不好，为了感觉振动，他用一根针固定在炭质薄膜上，针的另一端让它接触手指。那样他对电话机说话的时候，手指也能感觉到它的振动。

针的振动启发了爱迪生，他的脑海里产生了一个很奇怪的想法。他想，要是这根针记下了声音的振动，不就可以把声音记录下来了吗？如果这根针能按照声音留下的痕迹振动，不就可以复现原来的声音了吗？

这真是一个大胆而有创造性的想法。古往今来，谁也没有想到要留下声音。要贮存声音，就要让声音留下振动的痕迹。爱迪生想让声音在比较软的锡箔上移动，以刻下纹路。这些纹路不能重复，重复了，声音就会含糊不清。为了留下不重复声音的刻痕，就要让锡箔围在一个圆筒上面，说话的声音不停地引起钢针的振动，钢针不断地在转动着的锡箔上刻出纹路。

没有几天，爱迪生就按照这种构想做出了这架奇怪的机器。他把这架机器进行改进，自己觉得满意了，便把它带到有名的《科学的美国人》杂志的主编比蒂的办公室，在桌子上打开了这台机器。比蒂不知道这是什么，便问："爱迪生先生，这是什么呢？"爱迪生笑而不答。他摇了几下曲柄，机器转动起来了，并且说起话来："早安，先生，你知道留声机是什么东西吗？比蒂听了大吃一惊，不知道什么地方在发出声音。爱迪生见了哈哈大笑起来。

就这样，留声机向新闻界宣布了自己的诞生。

【智慧点拨】

　　创新有时候也很简单，就是我们突然之间出现的一个灵感，而后将这个灵感变为现实。我们的头脑中每天都会产生很多很多稀奇古怪的想法，这些想法中我们可以将其中的几种变为现实的话，那么我们都能够成为发明家。

# 方便面的发明

成功等于使99%得汗水加上1%的灵感。

——爱迪生

　　方便面由日清食品创始人安藤百福发明的。根据他自己的话说，方便面的发明是"被饥饿催生的灵感"。安藤并不是地道的日本人，他1910年出生在中国台湾，原名吴百福。自幼失去双亲，但父亲的遗产却给安藤提供了足够的创业资金。他吸取了祖父经营绸缎布匹商店的经验，起初他靠销售针织品发财，1933年渡海到日本，事业上还算成功。

　　二战前后，日本面临严重的食品不足情况，人们饿得连薯秧都吃。就在这一时期，安藤开始深信"有了充足的食物，世界才会和平"，即所谓"食足世平"，从而决定投身到食品行业。

　　有一个冬夜，安藤百福经过一家拉面摊，看到穿着简陋的人群顶着寒风排长队，为吃一碗拉面竟然能这样不辞辛苦，不由使他产生极大兴趣。

　　他突然灵机一动，决定研制一种注入开水就能立刻食用的拉面，他相信，对于工作忙碌的人们来说，这可以提供极大的方便。

　　由于面条不易保存，烹调又麻烦，安藤将自己的住房改成小研究室，试用各种方法，如日光晒干法和熏制法等，结果保存问题解决了，却不能使干燥的面条迅速复原成可食面。

后来还是安藤夫人的油炸菜肴启发了他，油炸食品的面衣上有无数的洞眼，就像海绵一样，这是因为面衣是用水调和的，其中的水分在油炸过程中会发散掉了，形成"洞眼"，加入开水很快就会变软。这样将面条浸在汤汁中使之着味，然后油炸使之干燥，就能同时解决保存和烹调的问题。他异常兴奋把这种制作方法叫作"瞬间热油干燥法"。

经过长达3年的苦心钻研，安藤百福终于研制成功了"鸡肉方便面"。1962年，安藤百福的日清公司获得了制造方便面技术的专利权，方便面开始打入市场。这种新奇的商品很快赢得了顾客的喜爱。

20世纪60年代，安藤到英、法、美等国家做市场调查，看到欧美人对这种面条的口味是认同的，只是泡面要用碗之类的容器，这对于欧美人的习惯来说还有一点障碍。

有一次，他看到公司的女雇员吃午饭时，把干面条折断后放进杯子用开水冲泡而受到启发。安藤把欧美市场上的产品改成一手就能握住的"杯装面"，即便是在走路时也能吃，结果大受欧美人士的欢迎。

随着人们工作节奏的加快，这种"方便面"成了上班族的快餐之一。靠"方便面"起家的安藤，也摇身成为赫赫有名的"日清"公司的老板。

**【智慧点拨】**

创造的灵感其实就在我们的身旁。只有那些善于捕捉灵感、不断创新的人，才能一步步迈向成功。

# "随身听"的诞生

　　天才的最基本的特性之一，是独创性或独立性，其次是它具有的思想的普遍性和深度，最后是这思想与理想对当代历史的影响，天才永远以其创造开拓新的、未之前闻，或无人逆料的现实世界。

——别林斯基

　　有一天，索尼公司的创始人盛田昭夫外出散步，看到好朋友井深大手提笨重的录音机，耳朵上套着耳机，也在那里散步。

　　盛田昭夫感到奇怪，就问道："你这是怎么回事？"

　　井深大回答说："我喜欢听音乐，可又不愿意吵别人，所以只好戴上耳机。一边散步一边听音乐，是一件十分美好的事。"

　　不要认为没有录音功能的"随身听"就没有市场，生活才是真正具有说服力的，只要能抓住生活中人们的心理特点，你就能获得成功。有时候一个好的创意就在你的一念之间，关键还在于你对事物要有敏锐的洞察力。

　　老朋友的一句话，引发了盛田昭夫的灵感：生产一种可以随身携带的听音乐的机器！新产品"随身听"的构想由此萌发。

　　根据盛田昭夫的设想，技术力量十分雄厚的索尼公司立即进行了缩小录音机零件的研制工作。没过多久，世界上最小的录放音机就问世了。

　　这种新型录放音机刚投放市场时，销售部门和销售商担心地说："这种必须使用录音带的机子，却没有录音的功能，有几个傻瓜会买它呢？！"

　　盛田昭夫坚定地反驳说："汽车音响也没有录音的功能，可是几乎每部车都需要它。因为它贴近和满足了人们的需要。"

　　第一批"随身听"一上市就大为轰动，赶时髦的青年们争相购买，原来预计一年卖10万部，结果一年售出了400万部。

【智慧点拨】

灵感无处不在，随时可出现，然而它又稍纵即逝。只有那些处处留心、预有准备的头脑才能以速写的方式快速记下灵感闪电的概貌，然后趁热打铁及时进行精加工，才能做出经得起时间检验的重大发明和发现。

# 紫外线的发现

在自然科学中，创立方法，研究某种重要的实验条件，往往要比发现个别事实更有价值。

——巴甫洛夫

芬森是丹麦的一位科学家。他家里养了一只猫，这只猫非常调皮，一天到晚总是闯祸，不是打碎主人家的东西就是偷吃东西，难得安静一会儿。

一个夏日的午后，芬森感到很闷热，就到阳台上去乘凉。一走到阳台他就发现那只淘气的猫正静静地躺在地板上晒太阳。芬森觉得很奇怪，真是太反常了，这猫今天怎么这么安静呢？因为他知道这只猫平时非常顽皮，而且这么热的天，为什么猫还要晒太阳呢？

起初，芬森并没有在意，自顾自地坐在一旁乘凉。但是他后来发现只要阳光照不到猫身上，它就会移动到有阳光的地方。"奇怪，难道猫还怕冷吗？"芬森自言自语道。出于好奇，他走到猫身边去看个究竟。他伸手轻轻地抚摸着猫的身体，说："你在干什么呢？""喵！喵！"猫当然不会说话。突然，芬森发现猫身上有一个伤口，而且伤口已经化脓了。难道猫是在用太阳光治疗伤口吗？如果是这样的话，那究竟是什么物质可以治疗伤口呢？是不是我们肉眼根本看不见呢？接下来的几天，芬森通过观察发现，这只猫每天都会晒太阳，而且化脓的伤口也在一天天愈合，看来自己之前的推断没有错。

　　为了证实自己的推断，芬森开始对太阳光进行研究。他收集了很多资料，做了大量的实验。终于，他发现太阳光中有一种我们肉眼看不见的光线，他将这种光线命名为紫外线。紫外线具有杀菌的作用，用来治疗疾病效果很好。后来，紫外线就被广泛应用于医学，成为医护人员不可或缺的好帮手。

　　芬森对紫外线的研究对现代医疗事业作出了突出贡献，并于1930年获得了诺贝尔医学奖。

## 【智慧点拨】

　　许多的发现都是细心观察的结果。细心观察是我们认识新事物、掌握知识的基础，观察得越仔细，对于事物的认识就越深刻。

# 袋泡茶

　　如果你想要创造，你必须抛弃所有的制约，否则你的创造力将只不过是抄袭，它将只是一个复本。

——奥修

　　沙利文是美国的一个商人，他开了一家小茶馆，还兼卖茶叶。沙利文是个很有生意头脑的人，他把茶馆打理得井井有条，地方虽小，生意却很好。沙利文总是把卖给顾客的茶叶用一个丝绸小袋装起来，这样既美观又卫生。

　　这天，一位来店里喝茶的顾客不小心把一袋茶叶掉进开水里了，沙利文走过去想为他换一杯，没想到那位客人却笑着说：“不用了。你们店里的茶袋很干净，我就当试一试喝茶的新方式吧。”说完客人就端起杯子喝了一口，没想到他却说：“茶的味道还是那么好，而且喝水的时候茶叶还不会跑到嘴里。”客人随口说的话却被沙利文牢牢记在心里，他亲自试了试用绸袋把茶叶装好后再泡，发

69

现这样的确方便很多。

　　沙利文从那次意外事件中想到个新点子，如果把茶用绸袋装起来再泡，客人喝的时候更方便，茶叶的残渣也更好清理，客人肯定会喜欢。从那以后，沙利文的小茶馆里开始经营一种用薄纱袋装的袋泡茶。这种喝茶新方式很快就得到大家的认同，并在整个美国风靡起来，很快就传到了世界各地。

### 【智慧点拨】

　　生活中充满意外，大部分人只关注了如何防止意外的再次发生，而没想到如何利用它。其实，意外也是一种惊喜，往往就预示着我们苦寻而不得的创新！因此，意外，不仅仅意味着遭遇，更需要去发现和思考。

# 方便提手

> 科学的存在全靠它的新发现，如果没有新发现，科学便死了。
>
> ——李四光

　　2001年的春天，一个北京郊区来的农民游客，受朋友之托，在韩国的一家超市买了四大袋约30斤的泡菜。在回旅馆的路上，身材魁梧的他渐渐感到手中的塑料袋越来越重，勒得手生疼，他想把袋子扛在肩上，又怕弄脏了新买的西装。正当他左右为难之际，忽然看到街道两边茂盛的绿化树，顿时计上心来。他放下袋子，在路边的绿化树上折了一根树枝，准备用它当作提手拎沉重的泡菜袋子。不料，正当他为自己的"小发明"沾沾自喜时，便被迎面走来的韩国警察逮了个正着。他因损坏树木、破坏环境的"罪行"，被韩国警察毫不客气地罚了50美元。50美元，相当于将近四百元人民币啊！这在国内能买大半车泡菜啊！他心疼得直跺脚，几次想要争辩，但都由于交流困难，而认罪作罢。

交完罚款，他懊恼地继续赶路，除了舍不得那50美元，更觉得自己让韩国警察罚了款，是给中国人丢了脸。越想越窝囊，他干脆放下袋子坐在路边，看着眼前来来往往的人流。发现其实路人中有不少和他一样，气喘吁吁地拎着大大小小的袋子，任凭手掌被勒得发紫而无计可施，有的人坚持不住还停下来揉手或搓手，他们吃力的样子竟让他觉得有点好笑，为什么不想办法搞个既方便又不勒手的提手来拎东西呢？对啊，发明个方便提手，专门卖给韩国人，一定有销路！想到这儿他的精神为之一振，暗下决心：将来一定要找机会挽回这50美元罚款的面子。

回国之后，他不断想起在韩国被罚50美金的事情和那些提着沉重袋子的路人，发明一种方便提手的念头越来越强烈，于是他干脆放下手头的伙计，一头扎进了方便提手的研制中。根据人的手形，他反复设计了好几种款式的提手，为了试验它们的抗拉力，又分别采用了铁质、木质、塑料等几种材料，然而，总达不到预期的效果，一段时间内，他几乎要丧失信心了，但一想到在韩国那令人汗颜的50美元罚款，他又充满了斗志，他发誓要从韩国赚回这50美元百倍、千倍甚至万倍的钱，来挽回他丢在韩国的面子。

几经周折，产品做出来了，他请左邻右舍试用，这不起眼儿的小东西竟一下子得到了邻居的青睐，有了它，买米买菜多提几个袋子也不觉得勒手了。后来，他又把提手拿到当地的集市上推销，可看的人多，买的人少，这怎么成呢？他急得直挠头，还是妻子提醒了他，把提手免费送给那些在街头拎着重物的人使用。别说，这招可真奏效，所谓眼见为实，小提手的优点一下子就体现出来了。一时间，大街小巷到处都有人打听提手的出处，小提手出名了！

经过反复的调查、了解，他发现韩国人对色彩形式十分挑剔，处处讲究包装，只要包装精美，做工精良，价格是其次的。他决定"投其所好"，针对提手的颜色进行了多样的改造，增强视觉效果，而后又不惜重金聘请了专业包装设计师，对提手按国际化标准进行细致的包装。对于他如此大规模的投资，有不少人投以怀疑的眼光，不相信这个小玩意真能搞出什么大名堂。可他坚信一个最通俗的道理：舍不得孩子，套不着狼。这一回他横下一条心，豁上了！

功夫不负有心人，经过前期大量市场调研和商业动作、推广，一周后，他便接到了韩国一家大型超市的订单，以每只0.25美元的价格，一次性订购了120万只方便提手，折合人民币价值200多万元！那一刻他欣喜若狂。

这个靠简单的方便提手征服韩国消费者的人叫韩振远，凭一个不起眼的灵感，一下子从一个普通农民蜕变成一位百万富翁，而这个变化他用了还不到一年时间，而这仅仅是个开始。

【智慧点拨】

无数的机会都蕴藏在小事之中。生活中，从小事中捕捉到了灵感，我们才会发现小事的意义，才会从小事中发现成功的机会。大多数成功的人都善于在小事中找到机会，从小事中找灵感，再回到小事上，利用小事而走向成功。

# 衣服增白剂

创造一切非凡事物的那种神圣的爽朗精神，总是同青年时代的创造力相联系在一起的。

——歌德

一天，吉米在庭院里架起画架，聚精会神地写景，他太太正在旁边洗刷衣服。当太太将洗好的衣服放在盆里，站起来伸伸懒腰时，吉米下意识地挥了一下画笔。这下糟啦，蓝色颜料沾到了洗好的白衬衣上。他太太嘀咕着重新泡洗，任她怎样刷洗，衬衣仍带有淡淡的蓝色，她无可奈何地将衣晾晒。谁知晒干后的白衬衣，反倒显得更加洁白鲜丽。

"呃！这就奇怪啦！"这种反常现象使吉米夫妇大惑不解。他俩开始不相信自己的发现，便有意重犯昨日的"过错"，将洗好的衣服浸在蓝色颜料溶液中，结果发现晒干后的白衬衣的确变得洁白艳丽。吉米心想："这一定是由于错觉使然。在白色里掺入少许蓝色，在人们眼里反而感到更白"。

"为什么不据此发明一种可使衣服增白的药呢？"吉米眼前一亮，开门迎接不期而至的发明机遇。于是，他利用自己的美学知识，尝试配制"增白药"并向邻居推介。经过试用，人们发现吉米的增白药的确性能不凡，鼓励吉米这个穷画家将发明成果商品化。几年后，当增白药以"衣服增白剂"的名义进入各大商场并受到家庭主妇的青睐时，人们发现昔日的穷画家早已加入"大款"之列。

【智慧点拨】

　　每个人都有创新能力，要想成为一个具有创造性思维的人就应该要深入生活，勤于思考。只有这样，才能够打破常规，挖掘到创新的灵感。

# 第三章
# 思考撬动创新细胞

# 第三章

# 巧验花布

　　我希望大家都能够以饱满的激情来对待自己的生活，生活中的每处都具有它特殊的意义，我们的思维和灵感也是来源于生活。

——金坎普·吉列

　　我国与各国的海上贸易开始得很早，早在宋朝末年就已进行。当时出口的货物最多的是早已名闻海外的中国瓷器，进口最多的就是被称为"花番布"的洋布。松江府（今上海）还专门设置了一个检验进出口物资的官员，叫"市舶官"。第一任市舶官刚走马上任就面临一个棘手的问题：验货难。

　　当时有个最大的洋奸商，名叫爱提斯。那时漂洋过海全用木船，千里迢迢，难免遇到风浪，船舱要进海水，而布一旦被海水浸久了就要受损。爱提斯欺负中国没有检验仪器，每逢船进海水，就在未到港口之前，停在沿海的隐蔽岛屿上，雇人将受损的洋布晒干整理，然后再进港。对这种布，单靠眼看根本无法分辨，只能照数收下。

　　相反我国出口的瓷器，尽管用稻草扎，竹篓装，可是经过长途跋涉、海上颠簸，到了国外还是破碎严重，因此交货数量不足，常常被罚款。市舶官眼看受洋人糊弄，白花花的银子流入他们的口袋里，心痛呀！他感到对不起朝廷、商人和老百姓，茶饭不思，终日苦苦思索。终于他灵机一动，想出了好主意。

　　过了不久，爱提斯运了大批布到达港口，市舶官知道又混进许多海水浸过的布，他不动声色，立刻发出请帖，在知府大堂宴请中外布商。宾主坐定后，市舶官下令上菜。在每人面前放一只洁白空瓷盆，盆中放上几块布。市舶官拱手说道："在菜肴上来之前先请诸位尝尝爱提斯先生进口的洋布。"他边说边从盆中取出一块放在口中咀嚼起来，众商人不得不跟着把布放在口中咀嚼起来，原来市舶官是当众检验洋布。这时，市舶官问大家："味道怎么样？"大家异口同声地说："满口咸味！"只有爱提斯说他尝不出什么味道来。

市舶官又命人当众抬出一口大锅，把刚才那匹洋布剪下一段在锅中煮了一会，又命人在每人席前送一碗热气腾腾的豆浆，再将锅中煮布的水舀在每人的豆浆中，那碗中的豆浆顿时凝成豆花。这又一次说明布里含有盐分。

市舶官问爱提斯："爱提斯先生，你还有何话可说？"爱提斯一脸尴尬，只得当众承认他的部分布匹确实被海水浸蚀，同意退货赔款。爱提斯在进口洋布要奸被戳穿后，很不甘心。他向市舶官提出：从严检验进口布匹，理所当然；你们出口瓷器也要加强检验，如果到了大洋彼岸，以次充好，也要加倍罚款。市舶官满口应允。

且说爱提斯把一船瓷器运到本国后，也大张旗鼓地邀请各国商人一起检验，还特地请了乐队，大吹大擂，企图报"煮卤凝浆"之仇。

然而这次他又输了。原来市舶官已料到爱提斯会在瓷器上大做文章，因此在瓷器装船之前，叫人在空隙处放进绿豆，然后洒上少量清水，将盖子盖上，包装得与以往一模一样，这样，在运输中，绿豆缓慢发芽，绿豆芽无孔不钻，几乎将所有空隙全部填满，任凭风浪颠簸，瓷器有一软硬适中的"绿豆芽"保护，自然安全无损。

所以爱提斯检验下来，不要说瓷盆，连一个碟子都没碎，气得他差一点当场昏过去。

### 【智慧点拨】

爱动脑筋，勤于思考的人最终才会找到解决问题的办法。那些成功者总是随身带着勤于思考的习惯，善于发现问题解决问题，不让问题成为人生的难题。

# 姆潘巴现象

凡是值得思考的事情，没有不是被人思考过的；我们必须做的只是试图重新加以思考而已。

——歌德

1963年，坦桑尼亚的马干巴中学三年级的学生姆潘巴经常与同学们一起做冰淇凌吃。他们总是先把生牛奶煮沸，加入糖，等冷却后倒入冰格中放进冰箱冷冻。

有一天，当姆潘巴做冰淇凌时，冰箱冷冻室内放冰格的空位已经所剩无几，一位同学为了抢在他前面，竟把生牛奶放入糖后立即放在冰格中送进了冰箱。姆潘巴只得急急忙忙把牛奶煮沸，放入糖，等不及冷却，立即把滚烫的牛奶倒入冰格送入冰箱。

一个半小时后，姆潘巴发现一个让他十分困惑的现象：他放入的热牛奶已经结成冰，而冷牛奶还是很稠的液体。照理说，水温越低，结冰的速度越快，而牛奶中含有大量的水，应该是冷牛奶比热牛奶结冰速度快才对，但事实怎么会颠倒过来了？

他去请教物理老师，为什么热牛奶反而比冷牛奶先冻结？老师的回答是："你一定弄错了，这不可能。"

后来，姆潘巴进高中后又向物理老师请教，得到的回答仍是："你肯定错了。"当他继续与老师辩论时，老师讥讽他："这是姆潘巴的物理问题。"但是姆潘巴并没有认为自己的问题很荒唐。

一个极好的机会终于来到了，达累斯萨拉姆大学物理系主任奥斯玻恩博士访问该校，姆潘巴鼓足勇气向他提出了自己的问题。奥斯玻恩博士并没有对他的问题嗤之以鼻，而是回答说："我不知道，不过我保证在我回到达累斯萨拉姆之后亲自做这个实验。"

回到实验室后，博士按照姆潘巴的陈述做了冷热牛奶实验和冷热水物理实验，观察到了姆潘巴所描述的颠覆常识的怪现象。于是，他邀请姆潘巴和他一起对这个现象进行了深入研究，并共同撰写了关于此现象的一篇论文，因此该现象便以姆潘巴的名字命名。

**【智慧点拨】**

我们的生活中总会有这样一些偶然的发现，如果总是一味漠视，那些偶然就只是偶然，如果你能抓住这些契机，并加以利用，那就是创新的境界。

# 免费广告

独创性并不是首次观察某种新事物，而是把旧的、很早就是已知的，或者是人人都视而不见的事物当新事物观察，这才证明是有真正的独创头脑。

——尼采

在美国纽约，有一家联合碳化钙公司，为了进一步谋求发展，斥巨资新建了一栋52层高的总部大楼。工程马上就竣工了，但如何面向社会宣传而又不引起人们的反感呢？公司的广告部人员绞尽了脑汁，仍然找不到一个满意的宣传方式。

就在这时，突然接到值班人员的报告，在大楼的32层大厅中发现了大群的鸽子。这群鸽子似乎将这个大厅当成巢穴了，把整个大厅搞得脏乱不堪。正是这群鸽子，给广告部人员带来了灵感，公司的公关广告专家们非常敏感地抓住这一偶然事件大做文章，制造新闻。他们先派人关好窗子，不让鸽子飞走，并立即打电话通知了纽约动物保护委员会，请他们立即派人妥善处理好这些鸽子。

可想而知，历来以注重动物保护而自誉的美国人会怎样。

动物保护委员会的人闻讯后立即赶来了，他们兴师动众的大举动马上惊动了纽约的新闻界，各大媒体竞相出动了大批记者前来采访。

三天之内，从捉住第一只鸽子直到最后一只鸽子落网，新闻、特写、电视录像等，连续不断地出现在报纸和荧屏上。这期间，出现了大量有关鸽子的新闻评论、现场采访、人物专访。而整个报道的背景就是这个即将竣工的总部大楼。此时，公司的首脑人物更是抓住这千金难买的机会频频出场亮相，乘机宣传自己和公司。一时间，"鸽子事件"成了酷爱动物的纽约人乃至全美国人关注的焦点。

随着鸽子被一只只放飞，这家碳化钙公司的摩天大楼以极快的速度闻名遐迩了，但是，这家碳化钙公司却连一分钱的广告费都没花。

### 【智慧点拨】

在遇到难题时，只要你开动脑筋，多思考，很多事情都会有更好的结果。

# 出奇制胜

创举促进创造力的发展。

——歌德

有一次，公司派林华带领他的团队参加一个商品展销会，令林华感到懊丧的是，他被分配到一个极为偏僻的角落，而这个角落是很少有人光顾的。为他设计摊位布置的装饰工程师劝他干脆放弃这个摊位，认为在这种情况下要展览成功是不可能的，唯一办法只有等待来年再参加商品展销会。

沉思良久，他觉得自己若放弃这一机会实在可惜，而这个不好的地理位置带给他的厄运也不是不能化解，关键就在于自己怎样利用这不好的环境，使之变成整个展会的焦点。他觉得改变这种厄运需要一种出奇制胜的策略，可是怎样才能出奇制胜呢?他陷入了深深的思考。林华想到了自己创业的艰辛，想到了展销会的组委会对自己的排斥和冷眼，想到了摊位的偏僻，在他心中突然想到了偏远的非洲，自己就像非洲人一样受到不应有的歧视。

第二天，林华走到了自己的摊位前，心里充满悲哀又有些激奋，心想既然你们把我看成非洲难民，那我就给你们打扮一回非洲难民，于是一个计划就产生了。

林华让他的设计师给他设计了一个阿拉伯古代宫殿式的氛围，围绕着摊位布满了具有浓郁的非洲风情的装饰物，把摊位前的那一条荒凉的大路变成了黄澄澄的沙漠，他安排雇来的人穿上非洲人的服装，并且特地雇用动物园的双峰骆驼来运输货物，此外还派人定做大批气球，准备在展销会上用。

还没到开幕式，这个与众不同的装饰就引起了人们的好奇，不少媒体都报道了这一新颖的设计，市民们都盼望开幕式尽快到来，一睹为快。展销会开幕那天，林华挥挥手，顿时展厅里升起无数的彩色气球，气球升空不久自行爆炸，落下无数的胶片，上面写着："当你拾起这小小的胶片时，你的运气就开始了，我们衷心祝贺你。请到我们的摊位，接受来自遥远的非洲的礼物。"这无数的碎片洒落在热闹的展销会场，当然林华也因此奇特的改变与创意取得了巨大的成功。

### 【智慧点拨】

出奇制胜永远是屡试不爽的方法，大张旗鼓地宣传，或者先声夺人，都是很好的营销手段，关键是你要运用得当，恰到好处。

# 在卫星上做广告

人生的价值在于创造，没有创造的生活，只能叫活着。

——佚名

美国第一颗人造卫星准备发射前，有一位公司的老总给有关部门写了封信，想在卫星外面做公司的宣传广告。有关人员听了后，一致认为他有神经病，根本不予理睬。

可是这位老总却很认真地一次一次给有关部门写信，非要做成这个广告不可。后来，这件事情被传开了，所有人都觉得很新鲜，在卫星上做广告，谁能看得见呢？一个谁也看不见的广告有什么意义？难道是做给外星人看的吗？

直至卫星真的发射成功了，这位老总的要求也没有被批准，但却被媒体炒得沸沸扬扬。短短的时间内，这位老总和他的公司在美国家喻户晓，知名度大大提高，公司产品的销量也节节攀升。

后来记者在采访这位老总时问道：

"您怎么会想到在卫星上做广告呢？"这位老总笑笑说："当时我的公司刚刚起步，根本没有足够的资金去做广告。为了达到宣传目的，我只能找一个根本不可行的办法，一分钱没花，却比花了钱的广告效果还要好上千倍。"

## 【智慧点拨】

成功偏爱那些会思考、有创新精神的人。思考能使人不断进步，创新能使你的事业再上一个巅峰，与众不同的创新个性能使你成为众人的灵魂。

# 足球广告

我们需要训练自己的观察能力，培养那种经常注意预料之外事情的心情，并养成检查机遇提供的每一条线索的习惯。新发现是通过对最细小线索的注意而作出的。

——贝弗里奇

英国一家足球生产厂接到了一份"莫名其妙"的控诉，因此而面临一场不大不小的危机。

一天，在英国麦克斯亚郡的法庭上，一位中年妇女声泪俱下，面对法官，严词指责丈夫有了外遇，要求和丈夫离婚。她对法官控诉了自己的丈夫，指责他不论白天还是黑夜，都要去运动场与那"第三者"见面。法官问这位中年妇女："你丈夫的'第三者'是谁?"她大声地回答:"'第三者'就是臭名远扬、家喻户晓的足球。"

面对这种情况，法官啼笑皆非，不知如何是好，只得劝这位中年妇女说:"足球不是人，你要告也只能去控告生产足球的厂家。"不料，这位中年妇女果真向法院控告了一家一年可生产20万只足球的足球厂。

更让人意不想到的是这家被人控告到法庭上的足球厂的做法。他们在接到法院的传票后，不怒反喜，竟十分爽快地出庭，并主动提出愿意出资10万英镑作为这位中年妇女的孤独赔偿费。这位太太喜出望外、破涕为笑，在法庭上大获全胜。

大家知道，英国是现代足球的发祥地，国人对足球的酷爱几乎达到了发狂的地步，这场因足球而引起的官司自然在全英国产生了巨大的轰动效应，各个新闻媒体纷纷出动，做了大量的报道。

头脑精明的厂长敏锐地利用了一次非常糟糕的事件大做文章，没花一分钱的广告费，却让他和他的足球厂名声大振。

这位足球厂厂长在接受记者采访时说:"这位太太与其丈夫闹离婚，正说明我们厂生产的足球魅力之大，并且她的控词为我厂做了一次绝妙的广告。"后来，这家足球厂的产品销量直线上升，成为同行中的"领头羊"。

**【智慧点拨】**

优秀的人往往能从危机中寻找转机，让自己反败为胜。只要思路和方法再灵活一些，就会化解难题和麻烦，找到成功的契机。

# 少年书法奇才

只踏着别人的脚印走，永远不能发现新的路。

——佚名

20世纪末，日本东京曾举办过一次青少年书法展，一位9岁少年的四幅书法作品，被当时的私人收藏者以价值1400万日元抢购一空，日本书法界为之震动，称这位少年为书法界的奇才。当时日本著名书法家小田村夫曾这样预言：在日本未来的书坛上，必将会升起一颗璀璨的新星。

然而，20年过去了，一些寂寂无名的人脱颖而出，而这位天才少年却销声匿迹了，是谁断送了这位天才少年的前程？2002年小田村夫曾专门拜访了这位小时候曾名振日本书坛的天才少年，当他看了这位天才书法家近日的书法作品时，不禁仰天长叹道："成功不能靠复制，右军啊，你害了多少神童！"

右军是谁？东晋的大书法家王羲之是也！可是1600多年前的王羲之为什么会害了这位少年天才呢？原来这位少年天才模仿王羲之的作品成瘾，在二十多年的模仿过程中，又从没有加入自己的特色，所以他写出来的书法作品和王羲之比起来，简直能达到以假乱真的地步，在鉴赏家的眼里，他所有书法作品，已经不再是艺术，而变成了让人厌恶的仿制品。

### 【智慧点拨】

　　创造的特点，是它的独特性和开创性。仿效绝不是创造，照别人的路子走，更不是创造。实际上，盲目地仿效，不仅失去了自己的本色，反而得不偿失。所以，我们要克服一味模仿的习惯。对于有价值的东西，我们可以去学习，前提是通过借鉴，争取做到发展和创新，而要坚决摒弃一味照搬。

# 不断转变思路

　　想出新办法的人在他的办法没有成功以前，人家总说他是异想天开。

——马克·吐温

　　20世纪40年代，在美国加州有一个商人，他最早是继承父业做珠宝生意的，可是他缺乏父亲对珠宝行业的精微敏感。没几年，他就把父亲交给他的全城最大的珠宝店经营成了一家空店。

　　他自认为失败的原因是珠宝行业投资大，技术性太强，风险太大。他想服装行业周期短，而且不需要太大的专业学问，肯定适合自己。主意拿定了之后，他变卖了仅有的一些家产，开了一家服装店。结果三年下来，他的服装店已经到了没有资金进新款衣服的地步，他又一次失败了，这时他又想，开服装店失败缘于自己缺少经验，如果开一家饭店，他想，这种简单的生意总不会再赔了吧。雇几个人做菜，客人吃饭拿钱，又不用太多的流动资金。可是，这一次他又错了，他眼睁睁地看着相邻的饭店里宾客盈门，生意兴隆，而自己的饭店却门可罗雀，冷清异常。最后，连雇来的几个人也跑到别的饭店去了，只剩下他孤零零的一个人，不用说，饭店也开砸了。

以后，他不断地变换思路，变换经营渠道，他又尝试做了化妆品生意、钟表生意、印染生意，凡此种种，无一例外地都以失败而告终。这个时候，他已经52岁，从父亲交给他珠宝店至此，25年的宝贵年华总被失败占领。每想到此他就有穷途末路的感觉。

至此，他才坐下来仔细分析了一下，自己二十几年经商失败的原因，是自己给自己定位错误，自己本不是经商的料，最后经过认真思考，他将剩余的资金购买了一块离城里很远的一块荒地，据他的估测，美国发展太快了，用不了多久，这里的土地就会增值，而自己再不会为整天的买进卖出而劳神费力，只等坐收渔利了。果然他这次赢了。不久，这座城市公布一项建设环城高速路的规划，他的荒地恰恰处在环城路内侧，紧靠一个十字路口。道路两旁的土地一夜之间身价倍增，他的这块荒地更是暴涨了好多倍。他做梦也没想到，他靠这块荒地发财了！

**【智慧点拨】**

在现实生活中，善于思考问题、善于改变思路的人总能给自己赢得发展机会，在"山穷水尽"的时候创造出柳暗花明的奇迹。

# 肥皂包装生产线

一个人有了发明创造，他对社会做出了贡献，社会也就会给他尊敬和荣誉。

——罗·特雷塞尔

一家国际知名日化企业和中国南方一家小日化工厂分别引进了一套同样的肥皂包装生产线，但是投入使用后却发现这套设备自动把香皂放入香皂盒的环节存在设计缺陷，每100支皂盒中就有1—2个是空的。这样的产品投入市场肯定不行，而人工分拣的难度与成本又很高，于是，这家跨国大公司就组织技术研发队伍，耗时1个月，设计出了一套重力感应装置——当流水线上有空肥皂盒经过这套感应装置时，计算机检测到皂盒重量过轻以后，设备上的自动机械手就会把空皂盒取走。这家公司对于为这台设备打的"补丁"深感得意。而我国南方这家小日化工厂根本没有研发资金与实力去开发这样的补丁设备，老板只甩给采购设备的员工一句话："这个问题你解决不了就给我走人！"，结果这位员工到旧货市场花30元买了个二手电风扇放在流水线旁，当有空皂盒经过开启的风扇时就会因为很轻而被吹落。问题同样解决了。

同样的问题，一个花了大量的时间和精力设计一套重力感应装置，而另一个却用一个简简单单的风扇就把问题解决了。

【智慧点拨】

很多时候，我们总是把一个问题复杂化，本可以用简单的办法解决，我们却费了大周折，花了大力气。其实，只要多思考，从不同的角度，我们往往能发现解决问题最简单的办法。

# 思考的价值

我的深思弥补了知识的不足，合乎情理的思考都助我走上了正确的方向。

——卢梭

斯太菲克在美国伊利诺伊州亨斯城退役军人管理医院疗养，在逐渐康复期间，他读了《思考致富》一书，感到非常高兴，因为这本书让他学会了思考。

他想到了一个主意。斯太菲克知道，许多洗衣店都把刚熨好的衬衣折叠在一块硬纸板上，以保持衬衣的硬度，避免皱褶。他给洗衣店写了几封信，获悉这种衬衣纸板每千张要花4美元。他的想法是，以每千张1美元的价格出售这些纸板，并在每张纸板上登上一则广告。登广告的人当然要付广告费，这样他就可以从中得到一笔收入。

出院后，他就投入了行动中。由于他在广告领域中是个新手，他遇到了一些问题，虽然别人说，"尝试发现错误"，但我们说，"尝试导致成功"，斯太菲克最终取得了成功。

斯太菲克继续保持他住院时养成的习惯——每天花一定时间从事学习、思考和计划。

后来他决定提高他的服务效率，增加他的业务。他发现衬衣纸板一旦从衬衣上拆除之后，就不会为洗衣店的顾客所保留。于是，他给自己提出这样一个问题："怎样才能使更多家庭保留这种登有广告的衬衣纸板呢？"解决的方法展现于他的心目中了。

他在衬衣纸板的一面继续印刷一则黑白或彩色广告而在另一面，他增加了一些新的东西——一个有趣的儿童游戏；一个供主妇用的家用食谱；或者一个引人入胜的字谜。斯太菲克谈到一个故事，一位男子抱怨他的一张洗衣店的清单突然莫名其妙地不见了。后来他发现他的妻子把它连同一些衬衣都送到洗衣店去了，而这些衬衣他本来还可以再穿穿。他的妻子这样做仅是为了多得些斯太菲克的菜谱！

但是斯太菲克并没有就此停滞不前，斯太菲克把他从各洗染店所收到的出售衬衣纸板的收入全部送给了美国染学会。该学会则建议每个成员应当使自己以及他的行业工会只购用斯太菲克的衬衣纸板。这样斯太菲克就有了另一个重要的发现：你给别人好的或称心的东西愈多，你所获得的东西也就愈多。

**【智慧点拨】**

思路决定出路，思考是人生最大的财富。学会思考，就能找到人生新的起点；学会思考，学会创新，成功就会向你走来。

# 开 锁

创新就是求新，改革就是求变。求新不是排斥传统，而是继承传统；求变不是表面背叛，而是内在蜕化。科学的本质就是创新，变化的本质就是发展！

——佚名

有一个老富翁，他有两个儿子。老富翁年纪大了，他一直在苦苦思索，到底让哪个儿子继承遗产？但他始终拿不定主意。

有一次，当他回忆自己白手起家的青年时代时，忽然灵机一动，找到了考验儿子们的好办法。

锁上宅门，把两个儿子带到一百里外的一座城市里，然后给他们出了个难题，谁答得好，就让谁继承家业。他分别交给儿子一人一串钥匙、一匹快马，看他们谁先回到家，并把宅门打开。马跑得飞快，兄弟两个几乎是同时回到家的。但是面对紧锁的大门，两个人都犯愁了。哥哥左试右试，苦于无法从那一大串钥匙中找到最合适的那把；弟弟呢，则苦于没有钥匙，因为他刚才光顾了赶路，钥匙不知什么时候掉在了路上。两个人急得满头大汗。突然，弟弟一拍脑门，有办法了。他找来一块石头，几下子就把锁砸了，他顺利地进去了。自然，继承权落在了弟弟手里。

### 【智慧点拨】

看来，开锁不能总用钥匙，解决问题不能总靠常规的方法。有时候，很多问题并不是常规的方法和套路就能够解决的，此时，我们就要跳出原有的思维模式，换个角度想问题，往往会出现意外的惊喜。

# 抓住事物本质

　　创造性过程是可能涉及发现和发明。只要一件事情用新的方法去完成或去思索，就称之为创造性过程。

——梅斯基

　　据说美国华盛顿广场有名的杰弗逊纪念大厦，因年深日久，墙面出现裂纹。为了保护好这幢大厦，有关专家进行了专门研讨。

　　最初大家认为损害建筑物表面的元凶是侵蚀的酸雨。专家们进一步研究，却发现对墙体侵蚀最直接的原因，是每天冲洗墙壁所含的清洁剂对建筑物有酸蚀作用。而每天为什么要冲洗墙壁呢？是因为墙壁上每天都有大量的鸟粪。为什么会有那么多鸟粪呢？因为大厦周围聚集了很多燕子。为什么会有那么多燕子呢？因为墙上有很多燕子爱吃的蜘蛛。为什么会有那么多蜘蛛呢？因为大厦四周有蜘蛛喜欢吃的飞虫。为什么有这么多飞虫？因为飞虫在这里繁殖特别快。而飞虫在这里繁殖特别快的原因，是这里的尘埃最适宜飞虫繁殖。为什么这里最适宜飞虫繁殖？因为开着的窗阳光充足，大量飞虫聚集在此，超常繁殖……

　　由此发现解决的办法很简单，只要关上整幢大厦的窗帘。此前专家们设计的一套套复杂而又详尽的维护方案也就成了一纸空文。

　　还有一个类似的故事。

　　新西兰的某个动物园得到了一个国家捐赠来的两只袋鼠。为了好好照顾袋鼠，动物园领导专门咨询了动物专家，并根据专家的建议，为袋鼠兴建了一个既舒适又宽敞的围场。同时，动物园领导还别出心裁地筑了一个一米多高的篱笆，以免袋鼠跳出去逃走。可是，第二天一大早，动物管理员惊奇地发现两只袋鼠在围场外吃着青草。动物园领导认定是因为篱笆的高度过低，所以他们将篱笆加高了半米。但是，同样的事情在第三天又发生了，袋鼠又跑到了篱笆外面。动物园领导又下令将篱笆增到两米，心想这下总该没什么问题了吧。但尽管如此，管理员还是吃惊地发现，袋鼠仍旧不在围场内，而是在篱笆外悠闲地吃着青草。那边留下动物园领导百思不得其解。这边的青草地边上，被围场围住的长颈鹿忍不住问其中的一只袋鼠："你是怎么跳出那么高的篱笆的？你到底能够跳多高啊？""唉！我真是弄不明白，他们为什么一直在加高篱笆的高度！"袋鼠笑着回答说，"事实上，我从来都不曾跳过篱笆，而是走出围场的，因为他们从来就没把围场的门给关上过。"

### 【智慧点拨】

抓住事物根本才是解决问题之道。看问题不能被表面现象迷惑，一定要看到本质，也就是因，从因上解决问题那才是真正从根本上解决了问题。

# 一场面试

一旦你能说出你自己思考的东西，而不是别人为你想好的东西，那就说明你正在成为一个了不起的人。

——巴里

小李前往一家咨询公司应聘。他从招聘信息上得知，这家公司的主要业务是为当地企业和外地企业联系代理商和经销商，并提供办公场所搜寻、公司注册、办公事务代理和会务组织等服务。

小李按时来到公司面试。经理问了几个问题后，对他说："我公司准备购置一批电脑，请你到大厦旁边的电脑市场了解一下最新的电脑行情。"

半小时后，小李将从电脑市场要来的几份价目表交给了经理。

"这是零售价，如果批发50台，价格是多少呢？"

又过了半小时，等小李把从销售商那里问到的电脑批发价格告诉经理后，他又问小李："电脑的120G硬盘怎么卖？另外，打印机、电脑桌有没有优惠？"

"那我再去电脑市场了解一下。"看到小李疲于应付的样子，经理叫住了他，并让秘书递给他一杯茶。

"我们做业务必须有良好的观察和思考能力，想法要多、要深，能够快人一步。业务人员不仅要善于动手，还要善于动脑，遇事多想一步。如果不能做到这一点，就不可能为客户提供有效的信息与咨询服务，为采购商提供质优、价廉、物美的产品，反而会造成人力、物力、财力的浪费。"经理意味深长地说。

小李这次求职以失败而告终。

### 【智慧点拨】

在这个充满竞争的社会里，学会多想一步往往是成功的关键！生活中，我们要注意锻炼自己的领悟力和洞察力，独立思考、多谋善断，凡事比别人多想几步，才不会与机遇失之交臂，才有可能获得更大的成功。

# 彩色编织袋

创意不只是在于与众不同。任何人都可以做出奇怪的东西，那是很简单的。困难的是，像巴赫一样做出简单却精彩的作品，那才是创意。

——查尔士·明格斯

浙江省苍南县温州顺发塑料厂是中国最大的彩色塑料编织袋生产厂家。产品获得了中国进出口商品质量体系认证中心颁发的ISO9002国际质量体系认证，国内几大饲料生产集团例如希望集团、正大集团均是它的客户。

这个企业发展壮大的秘诀完全得益于一个极其朴素的创意。老板蔡福集是购销员出身。建厂初期，他的产品也是普通白色塑料编织袋，市场竞争的激烈使得一条编织袋只能赚3分钱。蔡老板受其他购销员的启发萌生了生产彩色塑料编织袋的念头，因为当时该产品的一个主要用途是作饲料的包装物。饲料的品种繁杂，猪牛羊鸡鸭鹅所食用的饲料均源于不同的配方。区别不同饲料的方法是饲料包装物上的洋字码及汉字。如此标识让文盲、半文盲的农民很伤脑筋。且由于标识的不明显，不同的饲料不能堆放在一起，也较多地占用了库房的面积。蔡老板等人的创意是使用色彩做标识（当然并没有废弃文字），红色的装猪饲料，绿色的装鸡饲料，黄色的装鸭饲料……不就方便识别、方便堆码了吗？不识字的农民却能识色儿，用色彩做标识能提高识别的效率。

多么朴实的创意！若不是对农民有足够的了解和理解，怎能有这般新奇的创意？彩色编织袋一经面世，便迅速地拓展了市场。其产值由1996年的1000多万元发展到1999年的6800万元，设备也由普通的铁轮机换成了全自动的13条生产线。为了解决颜色纯正和耐久的问题，该企业聘请了浙江大学的教授，采用先进的纳米技术。如今蔡老板的彩色编织袋具有相当的市场优势，产品畅销国内，并出口亚欧国家。

**【智慧点拨】**

创意即创新。有时候，一个简单的创新，就可能给你带来意想不到的成功和财富。

# 圆梦花园和凤凰山庄

所谓创造其实只不过是在串联事物。当你问那些有创意的人他们是怎么做到的，他们都会感到些许罪恶感，因为他们并没有凭空创造出什么，只不过是发现了它们而已。

——乔布斯

两个开发商，一个在城东开发圆梦花园，一个在城西开发凤凰山庄。

一年后，总投资12个亿的圆梦花园建成了。70栋楼房环湖排列，波光倒影，清新雅静，真如在花园一般。

不久，凤凰山庄也竣工了。它真像一座山庄，70栋楼房依山而筑，青砖红瓦，绿树掩映，确实是理想的居住地。

圆梦花园首先在当地电视上打出广告，接着是报纸和电台，他们打算投资200万元做宣传。凤凰山庄建好后也拿出200万元，不过它不是给广告公司，而是给了公交公司，让他们把跑西线的车由每天的10班增加到每天50班。一年过去，凤凰山庄开始清盘，圆梦花园开始降价。

又一年后，去凤凰山庄的车每天已达到百余班次，几乎每3分钟就有一辆。坐这条线路上的车，可以得到一张如公园门票大小的彩色车票，它的正面是凤凰山庄的广告，反面是一首唐诗中的七言绝句，这种车票每周一换。

前不久，圆梦花园向银行申请破产，凤凰山庄借势收购，从此，市区又多了一条车票上印有宋词的线路。

### 【智慧点拨】

成功的可贵之处在于创造性的思维。运用创新性思维，提出了一个又一个新的想法，形成种又一种新的思想，做出一次又一次新的发明和创造，都将不断地增加个人成就大业的能力。

# 一道应聘的考题

现在的一切美好事物，无一不是创新的结果。

——穆勒

某公司高薪聘请业务经理，吸引了许多有能力、有学问的人前来应聘。在众多应聘者当中，有三个人表现极为突出，一个是博士甲，一个是硕士乙，另一个是刚走出大学校门的毕业生丙。公司最后给这三人出了这样一道考题：

在很久以前，有一个商人出门送货，不巧正赶上下雨天，而且离目的地还有一大段山路要走，商人就去牲口棚挑了一匹马和一头驴上路。路特别难走，驴不堪劳累，就央求马替它驮一些货物，但是马不愿意帮忙，最后驴终于因为体力不支而死。商人只得将驴背上的货物移到马身上，此时，马有点后悔。

又走了一段路程，马实在吃不消背上的重量了，就央求主人替它分担一些货物，此时的主人还在生气："假如你当初替驴分担一点，就不会这么累了，活该！"

过了不久，马也累死在路上，商人只好自己背着货物去买主家。

应聘者需要回答的问题是：商人在途中应该怎样才能让牲口把货物运往目的地？

博士甲：把驴身上的货物减轻一些，让马来驮，这样就都不会被累死；

硕士乙：应该把驴身上的货物卸下一部分让马来背，再卸下一部分自己来背；

毕业生丙：下雨天路很滑，又是山路，所以根本就不应该用驴和马，应该选用能吃苦且有力气的骡子去驮货物。商人根本就没有想过这个问题，所以造成了重大损失。

结果，毕业生丙被通用公司聘为业务经理。

故事中的博士甲和硕士乙虽然有较高的学历，但是遇事不能仔细思考，最终也以失败告终。毕业生丙虽然没有什么骄人的文凭，但他遇到问题不拘泥原有的思维模式，灵活多变，善于用脑筋，因此他成功了，获得了高薪职位。

**【智慧点拨】**

不管你做什么，幸运之神都偏爱会思考、有创新精神的人。思考能使人不断进步，创新能使你的事业再上一个巅峰，与众不同的创新个性能使你脱颖而出。

人因为思考而存在。你做出什么样的思考，就有什么样的结果。人的思维空间是无限的，思维的跳动，推动着社会的前行。所以，我们要不断培养自己的思维能力，让自己的世界更加开阔，人生更加辉煌。

# 两个樵夫

思想保守僵化的人，不知道跟着情势变化而改变方法或看法。

——佚名

两个贫苦的樵夫靠上山砍柴糊口。有一天，他们在山里发现两大包棉花，两人喜出望外，棉花的价格高过柴薪数倍，将这两包棉花卖掉，足可让家人一个月衣食无虑。于是两人各自背了一包棉花，便欲赶路回家。

走着走着，其中一名樵夫眼尖，看到山路上有一大捆布，走近细看，竟是上等的细麻布，足足有十多匹。

他欣喜之余，和同伴商量，一同放下肩负的棉花，改背麻布回家。

他的同伴却不以为然，认为自己背着棉花已走了一大段路，到了这里再丢下棉花，岂不枉费自己先前的力气，坚持不愿换麻布。先发现麻布的樵夫屡劝同伴不听，只得自己竭尽所能地背起麻布，继续前行。

又走了一段路后，背麻布的樵夫望见林中闪闪发光，待近前一看，地上竟然散落着数坛黄金，心想这下真的发财了，赶忙邀同伴放下肩头的麻布及棉花，改用挑柴的扁担来挑黄金。

他的同伴仍是那套不愿丢下棉花以免枉费力气的想法，并且怀疑那些黄金不是真的，劝他不要白费力气，免得到头来一场空欢喜。

发现黄金的樵夫只好自己挑了两坛黄金，和背棉花的伙伴赶路回家。走到山下时，无缘无故下了一场大雨，两人在空旷处被淋了个湿透。更不幸的是，背棉花的樵夫肩上的大包棉花，吸饱了雨水，重得完全无法再背得动。那樵夫不得已，只能丢下一路辛苦舍不得放弃的棉花，空着手和挑金的同伴回家去了。

### 【智慧点拨】

思想不能太僵化，只要学会变通，才能找到处理问题的最佳办法。

# 一句话的力量

若你害怕错误，你就永远做不出任何有独创性的作品。

——肯尼·罗宾森

一次，一位阿拉伯青年使者出访欧洲某国，他带去大批的礼物，受到了非常隆重的接待。国王和王后还专门为青年使者举行了盛大的宴会。不料，就是在这次宴会上，青年人差点儿丢了命。因为他当着国王的面，将烧鱼翻了个背。而该国法律规定，不能当着国王的面，翻动一切，违者必须被处死，即使显贵得如王公国宾也概不例外。

在大臣们的一致要求下，国王宣布要维护法律，不过他又讪讪地告诉青年人，为表示歉意，允许他提一个要求，与该法规无关的任何要求他都将满足。

这时，青年人反倒镇静了下来，说："我只有一个要求，谁若看见我刚才做了什么，就请挖掉他的眼睛！"

国王一怔，首先以耶稣的名义起誓自己一无所见。

接着是王后，她是以圣母玛利亚的名义……这时，人群出现了一片混乱，大臣们个个争先恐后地以保罗、摩西等圣徒的名义起誓否认刚才所看见的事情。

怪事出现了，这时，谁都发誓说没有见过那青年人翻动过烧鱼。

就这样，青年人以自己的机智，消弭了一场杀身之祸。

【智慧点拨】

创新源于思考。在任何情况下，只有善于思考者能运筹帷幄，做出正确地决定。

# 头脑灵活的年轻人

一个人想做点事业，非得走自己的路。要开创新路子，最关键的是你会不会自己提出问题，能正确地提出问题就是迈开了创新的第一步。

——李政道

有两个来自农村的年轻人一同去开荒。一个把荒山上的石头砸碎，然后运到工地，卖给建筑工人；另一个直接把石头运到码头，卖给那些花鸟商人，因为这些商人需要大量形状各异的石头。3年过去了，第二个年轻人成了村子里最富有的人。

后来，村里的人听说鸭梨在城市很受欢迎，便纷纷开始种鸭梨。奇怪的是，那位最富有的年轻人却没有像大家那样种梨树，而是种起了柳树。原来，他发现村中大多数人都在种梨树，经销商们每次来村中收梨时，总是买不到装梨的筐。于是，这位年轻人种的柳树便派上了用场，他成立了一家专门生产筐的厂子，生意非常好。就这样，这位年轻人又轻松地赚了一大笔。拿着这笔钱，年轻人离开村子，去市里做起了服装生意。

这个年轻人的故事在当地被传得家喻户晓，就连大名鼎鼎的日本丰田公司都听说了这个故事。正好，丰田公司打算开拓中国市场，他们需要一个有头脑的优秀年轻人来带领中国区的团队。于是，丰田公司派代表去寻找这位头脑灵活的年轻人。

当丰田公司的代表找到这位年轻人时，他正在自己的服装店门口与对面的店主吵架。原来，对门那家店有意找他麻烦，他的衣服卖1000元一件，对门卖900元；他卖900元，对门卖800元。一个月下来，他只卖出了10套衣服，对门那家店却卖出了1000套。于是，年轻人找到对门店主，和对方吵了起来。看到这一情景，那位丰田公司的代表非常失望，他觉得这位年轻人连个衣服店都经营不好，根本就不是他们需要的人才。可是，正当他打算回去的时候，他打听到这样一件事：对门的那家店也是这位年轻人开的。

一时间，这位代表茅塞顿开，他立即将这件事告知公司，丰田公司的管理层当即决定，以百万年薪聘用了这位年轻人。

年轻人之所以由一个农村的普通小伙子一跃成为尽人皆知的有钱人，靠的就是自己灵活的头脑。

### 【智慧点拨】

思想有多活，出路有多宽；举措有多新，事业就有多美。思路决定了出路，有什么样的思路就有什么样的出路。

# 曹玮战番兵

*原本，去沙漠是看沙的。去海边是看水的。这是惯性思维。原来，去沙漠寻水；去海边找沙，这是逆向思维。不能否认，它们都是存在乐趣的。*

*——佚名*

北宋景德年间，有一位戍边将军叫曹玮，熟读兵书，颇有谋略。

有一次，西番兵轻视宋军，大举侵入边境，企图饮马黄河，放牧中原。曹玮率兵拒敌，宋军号令严明，列阵整肃，进退自如，西番兵虽然强悍，但对阵法却不甚精通，一看这阵势，心理上已先怯了三分，两军刚一交战，西番兵便溃不成军，一溜烟地逃跑了，令曹玮追赶不及。宋军虽取得了胜利，但却收获不大。曹玮看看西番兵已跑远，便纵兵去掳掠西番兵丢弃的牛羊，然后慢慢地赶着战利品往回走。他的部下便劝说道："西番兵虽败，但并未损失什么兵力，这样赶着成千上万的牛羊赶路，一旦西番兵从后面掩杀过来，我们就彻底完了，不如抛掉这些没用的牛羊，赶快整队返回！"曹玮不做任何回答。西番兵跑了几十里之后，当侦察到曹玮贪恋牛羊之利而军队不整的消息后，就又率兵急速返回袭击。曹玮率军到了一个有利地形之处，便停了下来等待西番兵。西番兵的先头部队刚一到达，部下又劝曹玮趁西番兵疲惫之时而击之。曹玮仍不回答，却反而派人迎上去对西番兵说："我不愿意在别人疲惫之时趁火打劫，等你们休息好了，我们再决战。"西番兵因来回跑了近百里的路程，正累得抬不起脚呢，一听这话，非常高兴，就整队歇息。过了许久，曹玮又派人对西番兵说："现在已经休息好了，可以开战了。"于是双方擂鼓，挥兵向前，两军接触不久，西番兵再次大败，这一次他们就跑不动了，曹玮便纵兵从后面掩杀，西番兵的军队损失过半，横尸遍野，血流成河，侥幸逃走的也从此再不敢南窥。

凯旋时，部下多有困惑，曹玮语气徐缓地对部下说："初时的小胜，敌人的实力丝毫未损，根本打消不了西番兵南侵的野心，你一打他就跑，很难再寻到消灭他们的战机。于是，我就故意做出贪利的样子来引诱他们，给他们一个可以从背后袭杀我们的假象，于是，他们上钩，又一次奔袭而回，此时我已占据了有利地形正等待着他们。而他们刚到之时，虽已跑了近百里的路程，但锐气正盛，求胜心切，此时决战，还会互有胜负。我知道：跑远路的人，如果稍获休息，就会双足麻痹站不起来，即使勉强站起，其士气也已全失，而我军则以逸待劳，以一当十，哪里还会有不胜之理？而西番兵的人马几经折腾，就是逃跑的劲也没有了啊！此次用兵，看起来与兵法相违，实乃兵法的灵活妙用啊！"

这一仗，曹玮不但赢得了部下的赞叹，就连皇帝宋真宗听到后，也是连声称妙道奇，并给曹玮加官晋爵，多有奖赏。

## 【智慧点拨】

俗话说："兵无常势，水无常形。"因势利导，因地制宜，不墨守成规，不拘泥于一格，从而达到自己的目的，真是大智慧。

# 阿力和阿旺

**什么事都自己动脑筋的人是最值得称道的。**

——赫西奥德

有一个小村庄，村里十分缺乏水源，为了解决饮水问题，村里人决定对外签订一份送水合同，以便每天都能有人把水送到村子里。村子里有两个年轻人，分别叫阿力和阿旺，他们愿意接受这份工作，于是村里的长者把合同同时给了这两个人。

签订合同后，阿力便立刻行动起来。他每天在十公里外的湖泊和村庄之间奔波，用两只大桶从湖中打水运回村庄，倒在由村民们修建的一个结实的大蓄水池中。每天早晨他都必须起得比其他村民早，以便当村民需要用水时，蓄水池中已有足够的水供他们使用。由于起早贪黑地工作，阿力很快就开始挣钱了。尽管这是一项相当艰苦的工作，但他还是非常高兴，因为他能不断地挣钱，并且他对能够拥有两份专营合同中的一份感到满意。

阿旺呢？自从签订合同后他就消失了，几个月来，人们一直没有看见过他。这令阿力兴奋不已，由于没人与他竞争，他挣到了所有的水钱。那么，阿旺干什么去了？原来，阿旺做了一份详细的商业计划书，并凭借这份计划书找到了4位投资者，和自己一起开了一家公司。六个月后，阿旺带着一个施工队和一笔投资回到了村庄。花了整整一年时间，阿旺的施工队修建了一条从村庄通往湖泊的大容量的不锈钢管道。

后来，其他有类似环境的村庄也需要水。阿旺便重新制定了他的商业计划，开始向全国甚至全世界的村庄推销他的快速、大容量、低成本并且卫生的送水系统，每送出一桶水他只赚10分钱，但是每天他能送几十万桶水。无论他是否工作，无数的村庄每天都要消费这几十万桶水，而所有的这些钱便都流入了阿旺的银行账户中。

从此，阿旺幸福地生活着。而阿力在他的余生里仍然拼命地工作着，而且还会为未来担忧着。

**【智慧点拨】**

做事不可固执蛮干，要多思考，运用头脑中智慧，才能收到事半功倍的效果。

# 叶康松的变通之策

只有那些从来不动脑筋想一想的人，才能心满意足地把日子过下去！

——莱蒙特

叶康松曾经是一个普通的农家子弟，一个偶然的机会使他开始了美国的创业之路。

1990年，叶康松去洛杉矶考察。他突发奇想：温州的小商品生产那么兴旺，正需要拓展海外市场，为什么不在温州与洛杉矶之间架一条"商桥"？经过市场调查和周密的盘算。他的一个计划成熟了："温州货，美国卖"。

1991年1月8日，国家经贸部批准，同意叶康松在美国成立美国康龙实业有限公司，从打火机等温州小商品入手，敲开了美国市场的大门。

在他之前，日本人和韩国人几乎包揽了美国的打火机市场。叶康松经过调查发现，温州打火机样子好、质量不比日韩的差，价格却要低很多，为什么就不能占有相应的市场份额？他想方设法，组织了首批上百万只打火机进入美国，立即产生了轰动效应。叶康松一跃成为美国最大的打火机进口商，每年进口500万只；从1992年~1996年，在美国销售温州货总额达2000万美元。"康龙公司"也一跃成了"康龙集团"，成为一家融生产、贸易、投资、国际交流、旅游、咨询服务为一体的多功能的跨国企业。

然而天有不测风云，1994年6月，美国实施了CR法规，要求出厂价低于2美元的打火机必须安装防止儿童开启的安全装置。当时中国生产的打火机几乎全部属于2美元以下，且未设任何安全装置。这意味着中国打火机将全部被逐出美国市场。对中国打火机进口商来说，CR法规无疑是一道难以跨越的屏障。许多企业和进口商由于不了解新法规的具体要求，盲目闯关，致使货柜被美国海关扣押、退货或没收，甚至还被罚款。

温州打火机在美国的销售一度陷入低潮，叶康松也和所有经营打火机的商家一样，几近全军覆没。

痛定思痛，经过一番冷静的思考，叶康松又想到一个变通之策，既然现在"中国货美国卖"行不通，那就改为"美国货中国卖"，卖什么呢？经过对国内市场的考察，叶康松最终选定了美国威斯康星州的花旗参。

美国的威斯康星州是美国花旗参的原产地，100多年前，这里的参农用野参种子人工栽培出了世界最佳品种的花旗参。叶康松看中了这一深受中国人喜爱的名贵补药，他的康龙集团向美国联邦农业部提出申请获得许可，取得了美国西洋参的出口经营权。

与此同时，康龙集团还加入了威州参农总会。该总会审批会员条件很严，在洛杉矶经营西洋参的上百家商店中仅有三家获准为会员，而他们不仅批准康龙集团为正式会员，还特别向他们颁发了标有老鹰头的真参徽章标志。

1995年4月1日，康龙集团的第一家威州花旗参专卖店——美国康松西洋参专卖店在温州开业。不到一年，康松牌西洋参专卖店就在浙南地区发展到了78家。至1997年，康龙集团已成为大陆最大的花旗参进口商，其连锁专卖店达到了105家，大有星火燎原燃遍中国之势。

在引进威州花旗参的同时，康龙集团还引进了美国名牌化妆品"康蕾尔"系列，以杭州为销售中心，推向全国各大城市，同样也取得了成功。

【智慧点拨】

所谓东方不亮西方亮。"中国货美国卖"行不通，那就把问题反过来想，改为"美国货中国卖"。其实，很多看似难以解决的问题，只要稍微变通一下就会豁然开朗。

# 思考可以致富

不下决心培养思考习惯的人，便失去了生活中最大的乐趣。

——爱迪生

  李伟是一个刚刚下岗的浙江人，经济上不富裕，但他很喜欢思考问题。有一次，他发现，许多洗衣店都把刚熨好的衬衣折叠在一块硬纸板上，以保持衬衣的硬度，避免褶皱。他认为这是一个致富的商机，于是便打听这种衬衣纸板价格。几经周折，李伟获悉这种衬衣纸板每千张要花费5元。他的想法是：以每千张2元的价格出售这些纸板，并在每张纸板上登上一则广告，登广告的人当然要付广告费，这样他就可从中得到一笔收入。

  李伟有了这个想法后，就设法去实现它，他就投入了实际的行动！由于他在广告领域是个新手，他遇到了一些问题。虽然别人说"尝试发现错误"，但我们说，"尝试导致成功"，李伟最终取得了成功。他成功后依然每天花一定时间从事学习、思考和计划。后来，他决定提高服务效率，增加业务。他发现衬衣纸板一旦从衬衣上被撤除之后，就不会为洗衣店的顾客所保留。于是，他给自己提出这样一个问题："怎样才能使许多家庭保留这种登有广告的衬衣板呢？"解决的方法终于出现在他的心中。在衬衣板的一面，李伟继续印一则黑白或彩色广告；在另一面，他增加了一些新的东西——一个有趣的儿童游戏，一个供主妇用的家用食谱，或者一个引人入胜的故事。就这样，李伟的生意越做越红火，现在，他已经拥有了一家自己的广告公司。

### 【智慧点拨】

  财富是一个人思考能力的产物。人们通过运用智慧发现价值，采取行动，取得价值。这样的过程，就是创造财富的过程。

# 第四章
# 把握生活中的灵光一闪

# 第四章

相对主义中的民主二内

# 一个橘子成就的梦想

人们解决世界的问题，靠的是大脑的思维和智慧。

——爱因斯坦

悉尼歌剧院是与印度泰姬陵、埃及金字塔比肩的世界顶级建筑。它是20世纪建筑史上的奇迹。

而令人意想不到的是，这样一个令世人惊叹的建筑，竟出自丹麦38岁的建筑师琼·伍重的灵机一动，而这个灵机一动，竟然与一个橘子有关。

当征集悉尼歌剧院方案的时候，琼·伍重也得到了这个消息，他决定参加这个大赛。他从资料里，从人们的回忆里，甚至从人们的想象里寻找悉尼。他不但寻找悉尼的地理环境、风光，还包括人们对它的感觉、赞美和对它未来的猜想。然后他日思夜想，废寝忘食地埋头于他的方案中。他研究了世界各地歌剧院的建筑风格，尽管它们或气势宏伟，或华美壮丽，他都没有从那里获得一点灵感。

这是在南半球一个十分美丽的港湾都市海边建造的歌剧院，必须摈弃一切旧的模式，具有崭新的思维。

早上，晚上，他沉浸在设计里；一日三餐，是饱，是饥，他浑然不觉。一天一天过去，截稿日渐近，却仍无头绪。有一天，妻子见苦苦思索的他又没有及时进餐，就随手递给他一个橘子。沉浸在思索中的他，随手接过橘子，神情却依旧漠然。他一边思考方案，一边漫无目的地用小刀在橘子上划来划去。橘子被他的小刀横的竖的划了一道又一道。无意中，橘子被切开了。当他回过神来，看着那一瓣一瓣的橘子，一道灵感的闪电划过脑海的上空。

"啊，方案有了！"

他迅疾设计好草图，寄往新南威尔士州，于是，20世纪世界上最伟大的建筑——悉尼歌剧院诞生了。

如今，在悉尼——这世界第一美港的贝尼朗岬角上，三面临海的歌剧院，如扬帆出海的船队；又像一枚枚巨大的白色贝壳矗立海滩。船队可以想象成壮士出海，贝壳又可以想象成仙人所遗留……日中，它是白色的，日暮，它是橘红色的。不管它怎样变幻着色彩，都与周围景色浑然一体。因为它，悉尼被赋予想象：海波是舒缓的，白帆是饱满的，贝壳是静态的……浑然天成，一种奇妙的组合。在人们心目中，悉尼歌剧院，已经成为一种海的象征，艺术的象征，人类健康的象征。

**【智慧点拨】**

在生活中，我们或许有这样的经历，面对有些问题，我们绞尽脑汁也没有想出解决的办法，然而却总是在不经意间却想到了一个绝妙的主意，这就是灵感在起作用。上例中的琼·伍重正是用小刀在橘子产生的灵感设计的悉尼歌剧院。

# 神奇的达尔文

对微小事物的仔细观察，就是事业、艺术、科学及生命各方面的成功秘诀。

——史迈尔

达尔文是意大利文艺复兴运动最重要的发起者之一，他才华横溢、身份多元，是画家、建筑师，同时也是文学家、医学家与科学家。如果没有达尔文的丰富创意，可能就没有之后欧洲文明的剧烈变革。

后人在翻阅达尔文的笔记本时，很惊讶地发现他有不少的蓝图构想，是当代的科技产物。最有名的例子就是直升机和喷气机的雏形，早就出现在达尔文的绘本里面。

莫非达尔文具有预知未来的特异功能？否则他怎能构想出现今交通工具的轮廓？

　　达尔文是个天才吗？答案是肯定的。但天才其实也和我们一样，同样需要吃饭和睡觉，惟一的不同就在于他们善于向大自然学习，善于向自然发问。只要你能做到这一点，你也可以成为天才。其实达尔文绝非具有特异功能之士，他能构想出领先人类文明几个世纪的发明，最重要的原因，是他用心地观察大自然，从其中获得不少灵感。达尔文对于大自然的一切都非常感兴趣，在他的绘本里，就有很详尽的生物素描。

　　他曾经仔细地描绘人类的心脏、肾脏、手指等不同器官和组织，同时他也巨细无遗地画出乌贼、鱼、青蛙、蝙蝠、兔子等不同动物的写生。当达尔文观察到鱼类运用鱼鳔的鼓动，让空气进出而造成在水中不同的深度，于是他就有了潜水艇的构想设计。同样的道理，达尔文发现乌贼在水中使用推动力推挤水而让自己前进，由此想到了在空中飞行的器具，也可采用这种方式推动空气前进，便产生了喷气机的最初构想。这些想法在当时可说是前所未闻，不过现在却都一一实现了。

**【智慧点拨】**

　　观察是创造的开始。在日常生活和学习中，只要你善于观察生活，那么你就可以发现生活中的许多问题，加以改进和创造，生活中的困难都会迎刃而解。

## "现摘现卖"的水果店

　　　　非经自己努力所得的创新，就不是真正的创新。

　　　　　　　　　　　　　　　　　　　——松下幸之助

袁华开了一家水果店，但是因为同行竞争太激烈，水果又有保鲜期，不及时卖出就很容易烂掉，袁华一直入不敷出。眼看着就要关门倒闭了，袁华绞尽脑汁希望能有一个万全之策改变现状。

一天夜里，袁华梦见自己进了一个苹果园，苹果树上挂了许多新鲜诱人的苹果，香气宜人，他把每个苹果都看得很仔细。醒来之后，袁华高兴得手舞足蹈，因为他想到了一个很好的方法来解决生意惨淡的问题。

第二天，袁华在自己的水果店门口贴了一张很大的广告："新鲜诱人的水果，现摘现卖，让你看得清楚、买得放心。"顾客看到这张与众不同的广告之后，感到非常好奇，水果堆起来的怎么现摘现卖呢？而后面的"看得清楚，买得放心"更吸引了顾客，因为卖水果总是堆放着的，让顾客们很难挑选。短短的时间之内，袁华的店里就挤满了顾客，他们脸上都洋溢着笑容，因为袁华真的做到了广告上所说的，他在自己的店里放上许多假的果树，把水果都挂到了树上，红红的苹果、金黄的香蕉、绿色的葡萄……散发着宜人的香味，让人垂涎欲滴，顾客可以把每一个水果都看得很清楚，并且亲手将水果从"果树"上摘下来。

袁华的方法招徕了许多的顾客，而且生意越做越大，他又到塑料厂定做了更多各式各样的果树，在同行内很快就遥遥领先。有些顾客还将果树和水果一起买走，放在家里，现吃现摘。

袁华的创新举措不仅使他的水果店起死回生，还给他带来了丰厚的利润。

### 【智慧点拨】

创新是光鲜艳丽的幸运女神，她所到之处都能赢得鲜花和掌声。挖掘激活你潜能中的创新思维，生活才能更加五彩斑斓。

# 牙龈出血的启示

生命的第一个行动就是创造。

　　　　　　　　　　　　　　　　　　——罗曼·罗兰

　　加藤信三是狮王牙刷集团的员工。一天早上，他正刷牙，发觉自己的牙龈被刷出血了，这种情况已经发生好多次了，每次都气得他想把牙刷扔了。

　　但是他并没有这么做，也并没有像一般人那样发一顿牢骚就从此忘了。作为牙刷公司的一名职工，他想：肯定有很多人也像他一样，被牙刷刷得牙龈出血。显然，问题出在牙刷上，那么应该怎样来解决这一问题呢？

　　在接下来的几个月里，他就一直在想这个问题。他也着实想解决牙龈出血的问题，但牙刷毛过于柔软，不能很好地清除牙缝中的"垃圾"。

　　又如使用前把牙刷泡在温水里，让它变得柔软一些，或者多用点牙膏。但他都觉得不够理想，因为使用起来不是很方便。

　　终于有一天，他突然想起，这一问题会不会与牙刷毛的形状有关系呢？会不会是因为它们太坚硬了，而将牙龈刺出血了呢？原来，牙刷毛顶端是四角形的，正是由于这种棱角而将牙龈刺破了。

　　加藤针对这个缺点想出了一个好办法：把牙刷毛的顶端磨成圆形，那么用起来一定不会再出血了。

　　于是他就把他的新创意向公司提出来。公司对此非常有兴趣，经过实验证明他的创意可行，马上采纳了他的新创意。

　　后来狮王牌的牙刷顶端就全部改成圆形，受到消费者的普遍欢迎。这样一来，狮王牌的牙刷不仅在众多牙刷中一枝独秀，而且长盛不衰，一度占到日本牙刷销售量的30%～40%。

　　加藤信三的创意为百姓们解决了生活中一个常遇的小麻烦，为公司创造了巨额利润，同时也为他自己的发展创造了机会。他从一个普通的小职员一跃成为科长，后来又升为董事。

### 【智慧点拨】

有时，创新不一定要轰轰烈烈。从身边小事入手，只要你发现别人发现不了的，做别人不想去做的，成功就会向你招手。

# 不易滑落的袜子

打破规则不是孕育创意的必要条件，但确是一条路径。

——罗杰

美国有位叫米曼的女士。她发现，她穿得长筒丝袜老是往下掉，如果是逛公园或去公司上班，丝袜掉下来是多么尴尬的事，就算偷偷地拉也是不雅。又想，这种困扰，其他妇女也一定会遇到，于是她灵机一动。她开了一间袜子店，专门售卖不易滑落的袜子用品。袜子店不大，每位顾客平均可在1分半钟内完成现金交易。米曼目前分布在美、英、法三国的袜子店多达120多家。碰到袜子往下掉了的女士何止千千万万。但能够触发灵感要开一间袜子店，解决这小小的尴尬的人却寥寥无几。

### 【智慧点拨】

成功就是善于发现细节，从细碎的小事中找到灵感，然后把脑海中的灵感落实到行动中来，成功便会唾手可得。

# 法国昆虫学家法布尔

一切推理都必须从观察与实验中得来。

——伽利略

法国著名昆虫学家法布尔从小喜欢昆虫。每天放学以后，他就跑到田野水边，去捕捉各种各样的昆虫，如知了、蟋蟀、蝴蝶、蜻蜓等，成了一个地地道道的"小昆虫迷"。

有一次，法布尔在路上看见一群蚂蚁正在齐心协力地搬运一只死苍蝇，他认为这是观察蚂蚁生活习性的好机会。于是，他就趴在地上，拿出放大镜，耐心地观察起来，一连观察了好几个小时。路上的行人对法布尔的行为感到不可思议，都前来观看，有人说他是"呆子"，有人说他是"怪人"。面对众人的议论，法布尔却毫不在意。

正是由于法布尔的耐心观察，他才能揭开昆虫世界的许多秘密。据说，为了弄清雄蚕蛾如何向雌蛾"求婚"的过程，法布尔竟然用了3年的时间进行观察。但是，当他正要取得观察结果的时候，蚕蛾"新娘"却被一只螳螂吃掉了。法布尔没有灰心，从头重新观察，又经过了3年时间的耐心观察，终于掌握了蚕蛾"求婚"的整个过程。

### 【智慧点拨】

观察是创造的基础，观察是智慧的"眼睛"。只有通过观察去获得大量的感性材料，接受各种各样的信息，大脑这部复杂的"机器"才能正常地运转起来，人们才能发现新问题，形成新思想，从而有所发明，有所创造。

# 领养 "椰菜娃娃"

创造的神秘, 有如夜间的黑暗, ——是伟大的。而知识的幻影, 不过如晨间之雾。

——泰戈尔

1984年圣诞节前, 尽管美国的许多城市都刮起了刺骨的寒风, 但玩具店门前却通宵达旦地排起了长龙。这时, 人们心中有一个美好的愿望: 领养一个身长40多厘米的 "椰菜娃娃"。

为什么玩具店里会有娃娃 "领养" 呢?

原来, "椰菜娃娃" 是一种独具风貌、富有魅力的玩具, 她是美国奥尔康公司总经理、犹太人罗拔士创造的。

罗拔士经过一段时间的市场调查了解到, 欧美玩具市场的需求正由 "电子型" "益智型" 转向 "温情型"。他当机立断, 设计出了一款独具特色的玩具—— "椰菜娃娃"。

与以往的洋娃娃不同, "椰菜娃娃" 是以先进电脑技术设计出来的, 千人千面, 发型、发色、容貌以及鞋袜、服装、饰物都是不同的, 这就满足了人们对个性化商品的要求。

另外, "椰菜娃娃" 的成功, 还有其深刻的社会原因。离婚会使儿童的心灵受到巨大的伤害, 也会使失去子女抚养权的一方没有了感情的寄托。而 "椰菜娃娃" 却可以将这个感情空白填补上去, 这使 "她" 不仅受到儿童们的欢迎, 而且也在成年妇女中畅销。

罗拔士牢牢地抓住了人们的这一心理, 产生了一个非常奇特的想法: 将销售玩具变成 "领养娃娃", 把 "她" 变成人们心目中有生命的婴儿。

奥尔康公司每生产一个娃娃, 都要在娃娃身上附有出生证、姓名、手印、脚印、臀部还盖有"接生人员"的印章。顾客在领养时，为了确立"养子与养父母"关系，都要庄严地签署"领养证"。

经过对顾客心理与需求的分析，罗拔士认为，领养"椰菜娃娃"的顾客既然把她当作真正的婴孩与感情的寄托，当然也会把购买娃娃用品看成是必不可少的事情。于是他又做出了创造性决定："配套成龙"——销售与"椰菜娃娃"有关的商品，包括娃娃用的床单、尿布、推车、背包以至各种玩具。

从这一连串的创意当中，奥尔康公司赚取了令人吃惊的高额利润。"椰菜娃娃"的零售价由原来的20美元上涨到25美元，黑市价格高达150美元；娃娃身上如果有原设计者的亲笔签名，则售价接近3000美元。在短短的一年当中，"椰菜娃娃"及有关用品的销售额就高达10多亿美元。

"椰菜娃娃"的空前成功，被许多商业专家称为营销上的"奇迹"；而从创意思维的角度来看，它也是创意实施上的"奇迹"。

**【智慧点拨】**

一般来说，创意因为独到，会与一般人的观念不一，所以要敢于有不同于常人的想法，只要你的创意结合了自身特点，就能出奇制胜。

# 增加大厦的功能

实践、创造、革新，不要纵容自己。

——马尔兹

日本最大的帐篷商能村先生想在东京建一座销售大厦。但是，东京可是寸土寸金，如果大厦只用来出租，每天还要有很大的开销，这什么时候能收回成本呢？精明的能村想出了一个好注意：增加大厦的功能。

当时，日本刚刚兴起攀岩运动。能村看准了这个时机，他打算将大厦的外墙面改成一座都市悬崖。他邀请了几位建筑师进行反复研究和考察，不久，10层高的大厦就成了一座悬崖绝壁。人们在工作生活之余，不用跑很远就可以进行攀岩了。

几个月后，攀岩墙正式建成。虽然不像野外攀岩那样可以展望青山茂林，但由于它坐落在城市之中，同样显得意趣盎然，犹如世外桃源一般。

开业那天，几千名攀岩爱好者兴高采烈地聚集在广场上，个个都摩拳擦掌、跃跃欲试，想借此机会过一把攀岩的瘾。这里也一下子成了人们关注的焦点，每天来这里参观的人多达上万人。不仅如此，此项运动还吸引了不少外地的攀岩爱好者，他们也纷纷前来大显身手。这里一下子热闹起来，成了人们旅游休闲的一个好去处。

能村没有满足于现有的成就，他又趁热打铁，在旁边开了一家专门经营登山用品的商店，而且，很快就占领了日本登山用品市场。

### 【智慧点拨】

只有看到别人看不见的事物，才能做到别人做不到的事情。我们在平时的学习中要勤于思考，善于发现，在平凡生活中发现别人所不能发现的东西，并敢于提出自己特别的想法。

# 蒙牛的包装创意

重要的问题不是"什么培养了创造力？"，而是究竟为什么不是每个人都有创造力？人类的潜力在哪儿丢失了？如何受挫了？所以我认为最好的问题可能不是"为什么人们有创造力？"而是"为什么人们没有创造力，没有创新意识？"创造力面前我们必须毫无惊愕之感，就好像如果人人都有创造力，我们会认为这是个奇迹。

——亚伯拉罕·马斯洛

2002年2月，时值春节，蒙牛液体奶事业本部总经理杨文俊在深圳沃尔玛超市购物时，发现人们购买整箱牛奶搬运起来非常困难。

由于当时是购物高峰，很多汽车无法开进超市的停车场，而商场停车管理员又不允许将购物手推车推出停车场，消费者只有来回好几次才能将购买的牛奶及其他商品搬上车，这样很影响蒙牛的销售。这一细节引起了杨文俊的重视。

此后，杨文俊就一直在思考这件事情，想着怎么样才能方便搬运整箱的牛奶。

又到了过年的时节，全国各地的人拖着种种的行李箱赶往机场、火车站。杨文俊突然有了灵感：既然拉杆能让重量减轻这么多，为什么不在蒙牛的包装箱上装一个呢？这样消费者在购物的时候岂不是更便利？

这一想法在公司的例会上一经提出，就得到了大家的认同，并马上得以实施。

这个创意使蒙牛当年的液体奶销售量大幅度增长，同行也纷纷效仿。

## 【智慧点拨】

所谓创新，根本不是我们想得那么难，不过是在日常生活里别人都忽视的那些小细节，被有心之人发现了，然后再加以利用，最后就创造出了新的事物。

# 三个年轻人

灵感是等不到的，你必须用棍棒去追逐他。

——杰克·伦敦

3个分别来自北京、山东、浙江的年轻人一同结伴外出，寻求发财机会。

在一个偏僻的山镇，他们发现了一种又红又大、味道香甜的苹果，由于地处山区，信息、交通都不发达，这种优质苹果仅在当地销售，售价非常便宜。

来自北京的年轻人立刻倾其所有，购买了10吨最好的苹果，运回家乡，以比原价高两倍的价格出售，这样往返数次，他成了家乡的第一名万元户。

来自山东的年轻人用了一半的钱，购买了100棵最好的苹果苗，运回家乡，承包了一片山坡，把果苗栽种上。整整3年的时间，他精心看护果树，浇水灌溉，没有一分钱的收入。

来自浙江的年轻人找到果园的主人，用手指指果树下面，说："我想买些泥土。"

主人一愣，接着摇摇头说："不，泥土不能卖。卖了还怎么长果？"

他弯腰在地上捧起满满一把泥土，恳求说："我只要这一把，请你卖给我吧？要多少钱都行！"

主人看着他，笑了："好吧，你给1块钱拿走吧。"

他带着这把泥土，返回家乡，把泥土送到农业科技研究所，化验分析出泥土的各种成分、湿度等。然后，他承包了一片荒山坡，用了整整3年的时间，开垦、培育出与那把泥土一样的土壤。然后，他在上面栽种上苹果树苗。

现在，10年过去了，这3位一同结伴外出寻求发财的年轻人的命运却迥然不同。

第一位购买苹果的北京年轻人现在每年依然还要去购买苹果，运回来销售，但是因为当地信息和交通很发达，竞争者很多，所以每年赚的钱很少，有时甚至不赚或者赔钱。

第二位购买树苗的山东年轻人早已拥有自己的果园，但是因为土壤的不同，长出来的苹果有些逊色，但是仍然可以赚到相当的利润。

第三位购买泥土浙江州年轻人，也是最后拥有并收获苹果的人，他种植的苹果果大味美，和原来的苹果相比不差上下，每年秋天引来表无数的竞相购买者，总能卖到最好的价格。

### 【智慧点拨】

思路决定财路。不同的思路会带来不同的结果！只要我们善于改变自我的思维方式，就一定可以做到：思路一改，财路就宽！

# 旱冰鞋的故事

人不求灵感，灵感也不会来，得灵感的人总是要经过一长段其他两种思维的苦苦思索来作其准备的。

——钱学森

很早以前，美国有个名叫杰克的公务员，繁忙的工作之余最大的爱好便是溜冰。收入微薄的杰克为到溜冰场溜冰花费了不少钱，手头非常拮据。杰克最向往冬天，因为冬天可以到冰天雪地"免费"溜冰。可是春天一来，这些天然溜冰场便消失了。

有什么补救的办法呢？杰克针对"冰天雪地"冥思苦想，除了想到人工制造冰场的方案外，也没有什么好的办法。即使有了人工冰场，皮夹子空空的杰克也只能望场兴叹。

一天，杰克的头脑中突然闪过一个念头：我干嘛老在"冰场"上兜圈子呢？溜冰溜冰不就是一个溜字吗？只要能让人的身体溜来溜去，不就是一种乐趣吗？

杰克的思路转到了"溜"字上，集中思考怎样让人"溜"起来。他在观察了会溜的玩具汽车后，突然一个灵感涌上来："要是在鞋子底面装上轮子，能不能代替冰鞋？这样的话，一年四季就都可以滑冰了。"

经过几个月的努力，杰克终于把这种鞋做出来了。不久，他便与人合作开了一家工厂，专门生产这种被称为旱冰鞋的产品。他做梦也没想到，产品一问世，就成为世界性商品。没几年的工夫，杰克就赚进了100多万美元。

杰克因为他的一个灵感，而发明了旱冰鞋，不仅方便了他人，自己也因此得到了丰厚的回报。

**【智慧点拨】**

要达到创新的目的，需要灵感的协助。但灵感的出现往往不期而至，突如其来，只有那些处处留心，早有准备的头脑才能以"速写"的方式快速记下灵感闪电的概貌，然后趁热打铁及时进行"精加工"，才能得出经得起时间检验的重大发明和发现。

# 超级旅馆

真正的创作灵感，只能来源于现实生活。

——邓拓

日本有一种"超级旅馆"，虽然名曰"超级"，实际上它的外观就是一般公寓，没有旅馆应有的气派和豪华的装饰，就是在服务项目上，也比一般的旅馆少许多，然而生意却十分兴隆。这其中肯定有一些奥秘。

走进超级旅馆，只要把住宿费用放进住宿自动登记机，机器就会送出一张印有房间号码和4位数暗码的收据，这个暗码代替了房间的钥匙。房间里没有电话，没有冰箱，电视是投币式的，所以要离开旅馆的时候，不需要再付任何费用，也不用办理任何手续。

旅馆房间里不设电话，因为有住宿旅馆经验的人，都知道如果在房间里打电话，在结账时要多付三成的费用，所以大部分的住宿客人都到旅馆大厅打公用电话，而且持有移动电话的人也越来越多。基于以上考虑，超级旅馆的房间里没有装设电话，这样不但节省电话装设费用，还一并省下了退房的手续。

超级旅馆的董事长山本梁介，原来是专门营建公寓的建筑公司，他把营建公寓的思路，淋漓尽致地发挥在旅馆经营业中。例如，提高清扫人员的效率和速度，从平均一个小时打扫五个房间，提升为六到七个房间；把牙刷和香皂等洗浴用品放在床铺旁的小桌上，而不是放在浴室里，因为根据他个人的观察，有两成的客人不会使用备用的卫浴用品，但放在浴室洗手台上很容易沾湿，即使未经使用，一经沾湿还是要丢掉，所以干脆改变放置的地点。山本梁介认为，只要充分提供旅馆业的三大基本要素——"安全、清洁、舒适"，其他不必要的服务都可以一概免除，这样做才能大幅降低住宿费用。

超级旅馆的单人房，附加早餐，一个晚上只要4800日元，是一般行情的半价，对于想节省出差费用的商业人士而言，这无疑是一种福音。

旅馆业的经营方式，向来都是不断增加服务项目，住宿费用当然也随之水涨船高，而山本梁介却反其道而行之，取得了良好的效果。

**【智慧点拨】**

创新并不宏大，创新就是细节上与众不同，在细微处别具特色。细节能够带来商机，一些看似不起眼的细节，也许就是商机。

# 一个勤劳又贫穷的人

灵感也不过是熟中生巧，还是长期锻炼的结果。

——朱光潜

很久以前，有一个非常勤劳却又非常贫穷困苦的人，至于为什么勤劳的人，反而那么贫穷，却没有人知道。

这个勤劳的人，也不知道自己为什么贫穷。

但并没有改变他勤劳的本性，到处去打零工维生。

有一次，勤劳的人到一个富翁家做工。工作完成后，富翁送给他一只死掉的骆驼作为报酬。

这个勤劳的人高兴得不得了，把骆驼拖回家去，心里盘算着：这骆驼皮非常有价值，应该把它剥来出售，剩下的肉则留下来慢慢享用。

勤劳的人拖着骆驼回家时，附近的邻居都跑来看他的骆驼，大家都为他高兴："这样勤劳的人终于得到报偿，卖了骆驼皮后应该可以改善他的生活吧！"

许多人围在他家的门口，观看他为骆驼剥皮。

勤劳的人拿出一把小刀，开始为骆驼剥皮，小刀很快就钝了，他跑上阁楼找到一个磨刀石，于是便在阁楼上磨刀。

磨完刀后，他跑下阁楼，又开始剥皮，剥了几下后，小刀又钝了，他又跑上阁楼磨刀。

又剥没几下，小刀又钝了，他又跑上阁楼磨刀……

他就这样跑上跑下，反反复复地来回折腾，围观的人看得眼花缭乱，莫名其妙。

跑了几百趟之后，他已经快要累死了，就动脑筋想：我这样跑上跑下磨刀子太累了，恐怕骆驼皮尚未剥好，我已经累死，我应该想一个解决的方法才对。

最后，他终于想到一个最好的方法：把骆驼拉到阁楼上，就着磨刀石剥皮。

但是通往阁楼的楼梯太小，他只好用绳索捆绑骆驼，再把骆驼从窗户吊阁楼，他才放心的自言自语："这下磨刀子就方便多了，不必再跑上跑下。"

有一些感到好奇的邻人，看他把骆驼吊到楼上，忍不住登上阁楼探看，知道他费尽千辛万苦把骆驼悬吊到楼上，是要就着磨刀石磨刀，都感到非常可笑。

这时，人们才恍然大悟为什么眼前这个人非常勤劳却非常贫穷。

### 【智慧点拨】

正确的做事方法比做事态度更重要！成功的人讲究方法，讲究效率，而失败者往往忽略了这些，只是凭借着自己的想法蛮干。当我们遇到障碍、经过了努力仍然没有进展的时候，应该调整思维，想想是不是有更好的方法。

# "洁厕精"和"塞通"

灵感是忽然出现了你能够做到的事情。

——列夫·托尔斯泰

王麟权原本是陶瓷厂的工人，在工厂被兼并后，王麟权就下岗了。

下岗在家的日子里，王麟权一直思考着自己干些什么好。这天，他家的马桶堵了，怎么也疏通不了。王麟权本来心情就比较烦躁，遇到这事，更加来火，于是他就跟马桶较上劲了，非要把它疏通好不可。

刚开始，王麟权拿家伙乱捅一气，但是马桶就是不通。王麟权累得满头大汗，却一点办法也没有。

后来，王麟权坐下来休息一会。这时，王麟权的脑海中闪过这样一个念头：要是能够搞出一个疏通马桶的东西来，那该有多好呀！

王麟权想到就做。他在自己的小屋里开始摆弄各种溶剂、瓶子等。凭着自己多年在陶瓷厂的工作经验，王麟权果然研制出了能够用于疏通厕所和下水道的化学制剂。

王麟权研制成功的产品有两种，一种专门用于马桶除垢，取名"洁厕精"；一种专门用于下水道疏通，取名"塞通"。这两种东西在当时都属于国内首创，因此，王麟权顺利地取得了专利。

接下来，精明的王麟权赶紧办了个小作坊，注册了一个公司，并招了6个伙计，开始生产"洁厕精"和"塞通"这两种产品。

每家每户都有马桶，马桶堵住是每户人家都非常头痛的问题，既然王麟权的产品真的有效，大家都愿意买。结果，市场一下子就打开了。

由于当时没有厂家生产同类产品，王麟权的产品需求量非常大。尽管王麟权的公司一再扩张，还是无法满足市场的需求，他们总是在不断地赶制订单需要的产品。

## 【智慧点拨】

只要善于捕捉灵感思维的火花，就会有所创新。让灵感叩开你的心扉，成功就会属于你。

# 安便器

创造力就是发明、做实验、成长、冒险、破坏规则、犯错误以及娱乐。

——玛丽·库克

日本东京的矢田一郎在创业推销自己产品碰壁后，又通过一个绝妙的点子打开了市场，给了我们不少的启示。

矢田一郎发现有的残疾人，尤其是四肢瘫痪的残疾人，大小便十分不便，于是就开始研究设计残疾人专用的便器，经过一段时间的努力，矢田的发明终于取得了成功。

矢田一郎把他的发明命名为"安便器"，并申请了专利，然后他投入了一大笔资金，制造了一批安便器，然后到商店去推销，但矢田的成果没有得到商店的认可，谁也不愿卖这既不雅观又无知名度的产品。

矢田一郎碰壁后，认真地思考推销失败的原因，他感到，安便器不是没人买，而是以前没有这种商品，安便器还没有知名度。经过一番冥思苦想，终于想出了一条妙策，他请许多朋友每天向各家百货商店打这样的电话："请问，贵店有供残疾人专用的一种叫作'安便器'的便器吗？"

十多天后，东京的百货商店对安便器有了初步印象，既然有人求购，不妨进几件试试，就这样，矢田一郎的安便器出现在百货商店，谁知第一批货很快就卖光，矢田一郎又加大制造数量，卖安便器的百货商店在几个月后已经有很多家了。这时，人们又发现，安便器不仅适合于残疾者，还适合于痔瘘患者，而且轻便耐用，于是逐渐畅销起来，成为全国性商品，矢田一郎也因此成为腰缠万贯的老板。

矢田一郎在初次碰壁以后，没有灰心，花一番心血，终于以巧取胜，靠自己的创新能力，富了起来。

### 【智慧点拨】

好的产品从来不是无人问津，好的创意也不会埋没。只要你勇于创新，使用新奇和进步的方法，别出心裁，独树一帜，就一定可以引起人们的注意。

# 巧用"总统"获利

天才只不过是一种以非惯常方式感知事物的才能。

——威廉·詹姆斯

2000年11月7日，美国举行的第54届总统选举，候选人布什与戈尔得票数十分接近，由于佛罗里达州计票程序引起双方争议，结果新总统迟迟不能产生。对此，原拟发行新千年总统纪念币的美国诺博——裴洛特公司，面对总统难产的政治危机，灵机一动，化危机为商机，利用早已备下的戈尔和布什的雕版像，抢先推出"总统难产纪念银币"，全球限量发行4000枚。银币为纯银铸造，直径三寸半，不分正反面，一面是小布什肖像，一面是戈尔肖像，每枚订购价79美元。结果，短短几天工夫，纪念银币很快被订购一空，该公司利用总统难产危机狠赚了一笔。

这家铸造公司原本是想铸新总统纪念币，其实，这也不失为一笔好生意，但选举结果风云突变，美国新总统难产一时间成为世界关注的热点、焦点，这也是美国200多年历史上罕见的情况。该公司嗅出了这危机中的瞬间商机，果断推出总统"难产"纪念币而大获成功。

### 【智慧点拨】

危机也是转机。有时，危机与转机之间仅一线之隔，就看你是否能将劣势化为优势，将危机化为转机。只要你勤于思考，善于创造，就能够从中危机中发现和捕捉到有利于成功的机遇。

# 大号女鞋店

独立思考能力是科学研究和创造发明的一项必备才能。在历史上任何一个较重要的科学上的创造和发明，都是和创造发明者的独立地深入地看问题的方法分不开的。

——华罗庚

徐晓娜是浙江人，12岁那年，她就长到了1.76米，刚开始她在省体工队打排球。可是，在体工队待了几年后，她便觉得自己不适合做一名排球运动员，于是她离开了那里，应聘到浙江省的一家大型电子公司做业务员。

离开排球队后，徐晓娜很快有了新的烦恼：那时，22岁的她身高1.78米，一双大脚非要穿41码鞋不可。可她找遍了整个浙江，最大的女鞋也只有39码。因为漂亮的衣服没有鞋子搭配，她只好天天穿着运动衣和运动鞋。每次出差，她都会去各个商场找大号女鞋。可是，无论哪个城市，哪个商场，都无法买到她要的特大码女鞋。

于是，徐晓娜突然想到：现在高个女孩越来越多，为买大码鞋苦恼的女孩也一定不少，我能不能开一家专卖大码女鞋的店呢？一有想法，立即行动，她的"大号女鞋店"开张了。

果然不出她的所料，"大号女鞋店"开张不久，就迎来了不少大个子女性顾客，这其中还有不少是外地顾客。走进"大号女鞋店"，她们纷纷感慨着"总算找到了合脚的大鞋"，常常一次就买两三双鞋子。

更让徐晓娜高兴的是，省体工队的两个女运动员在逛街时发现了这家店，一下子就带来了许多队员过来。这些年轻的女运动员和徐晓娜以前一样，常常为买不到合脚的鞋而苦恼。当她们发现这家"大号女鞋店"后，都如获至宝，把以前因为没鞋搭配而穿不了的漂亮衣服全部拿了出来，一件一件地穿到店里，选购可以搭配的鞋子。这样一来，店里的鞋很快就被抢购一空了。徐晓娜统计了一下，仅半年的时间，她就卖出了500多双鞋，除去成本和各种开销，净赚了2万多元钱。

时间一长，徐晓娜又对自己提出了更高的要求：她不仅仅从审美的观点出发，注重鞋的颜色和款式，而且对面料也提出了更高的要求。她希望顾客从她那里买的鞋不仅仅漂亮、时尚，而且还要穿得舒服。于是，每次去厂家进货时，她都要专门去皮料市场转转，一个店铺一个店铺地看，向店主请教什么样的皮料做成鞋子后会更舒服。然后，她再向厂家提出自己的要求。

徐晓娜的苦心经营和一番努力，使她的收入节节攀升，现在，除去各项开支，她每个月的利润都在3万元以上。

### 【智慧点拨】

思路决定了人与事业的发展。换言之，怎样思考问题，决定了我们会拥有什么样的财运，会拥有多少财富。

# 开创快餐事业

成功需要改变，用新的方法改变过去的结果。

——陈安之

麦克与迪克两兄弟是快餐业的开创者，可以说是麦氏兄弟家族开创了快餐的事业。

麦氏兄弟的父亲是位制鞋工人。当兄弟俩高中毕业的时候，正赶上美国经济大萧条。当时不少小型企业都面临倒闭的困境。自然，他父亲所在的工厂也难逃厄运。兄弟俩毕业后不能继承父业，只好离家外出寻找新的就业机会。

后来他们选择了经营汽车餐厅。当时，美国的餐饮业都是一家一户小本经营的。特点是家庭传统经营，一代代往下传，有没有什么突破。麦氏家族上一代人中没有人经营过餐馆，也没有相关的经验和开创快餐业的背景。可能正因为如此，他们脑子里没有什么框框。可能这也就是为什么他们可以在传统的餐饮服务业中进行开创性革命的原因之一。

1937年，在美国洛杉矶东部巴沙地那，一间小小的汽车餐厅开张了。这是一间小得不能再小的餐厅了。兄弟俩自己煎着热狗，调着牛奶，准备了十几把带有伞顶的椅子，还雇了三个年轻人，让他们到停车场招揽客人。

当时美国汽车已经比较普及。开车路过的人，到汽车餐馆买个热狗再要点饮料，急匆匆地吃一点儿就忙着赶路。汽车工业的发展也带动了相关的如快餐业的生存和发展。麦氏兄弟俩的餐馆生意做得不错，1940年他们又开了一间更大的汽车餐馆。

这是一间与当地汽车餐馆在经营特色上有一些不同的餐馆。餐馆里没有桌子，只有几只凳子。这座造型十分奇特的建筑和开放式的厨房引起了人们的好奇。在开张后的几年，这里成了当地人、特别是年轻人最爱去的地方。

正是这间餐厅，使兄弟俩成为当地的新贵。他们俩每人年平均5万美元的收入，这足可以使他们进入当地的上流社会了。

不久，城里同样的汽车餐馆也逐渐多起来了，而且，雇用服务员也变得比较困难起来了。由于餐馆越来越多，相互竞争也越来越厉害，那些服务员自认为自己是奇货可居，所以索要要的报酬很高，而且很不听使唤。如果不是麦氏兄弟在汽车餐饮业里积累了一些经验，或许也是因为对餐饮业还很有一点感情，他们早就打退堂鼓了。

兄弟俩发现，汽车餐厅在经营上有一个误区：那就是让人一听到汽车餐厅就会想到这是一种出售廉价食品的地方。另外，食品成本和劳动力成本都不断地上涨，生意实际上很难做下去。

这时候，他们哥俩想进行一项别的经营者想都不敢想的改革。他们通过对几年来经营收入的分析研究，发现有60%的收入来自汉堡包，而不是排骨。尽管他们在排骨上做的广告比汉堡包多得多。于是，他们把汉堡包制作改为现场制作，并将肉馅一类的熟食加入汉堡包中。就是这么一个谁都没想到的改革，推动了世界快餐业的一场巨大的革命！

**【智慧点拨】**

成功，很大程度上是创新的结果。一个人要想扭转人生的平凡际遇，开辟新的奋斗方向，获得人生价值的提升，就必须打破陈旧思路，引发更新、更有价值的观念，从而突破现实的阻碍。

# 第五章
# 创新带来财富

# 荧光棒的创新应用

创造力就是发明犯错误以及娱乐。

——普拉斯

1987年，弗吉尼亚州的两个邮递员汤姆·科尔曼和比尔·施洛特无意中看到一个小孩手里拿着一种发绿色亮光的荧光棒，这玩意能派什么用场呢？

在这两个人的胡思乱想中，决定把棒棒糖放在荧光棒的顶端，这样光线就会穿过半透明的糖果，显现出一种奇幻的效果，而夜间则更加明显，主意一定，这哥俩就把他们的发光棒棒糖专利卖给了美国开普糖果公司。

这个发光棒棒糖才是奇迹的小开端，于是两个邮递员继续往下想：棒棒糖舔起来很费劲，起码对小孩子来说，时间久了，糖还没吃完，小腮帮一定很酸，那么，主意又来了，棒棒糖能不能带一个能自动旋转的插架？由电池驱动小马达，通过小齿轮减速可以转动糖果，这样腮帮不就不酸了吗？而且还比较好玩！

结果旋转棒棒糖获得了巨大的成功！通过超级市场以及自动售货机，在接下来的六年里，这种小东西一共卖出了6000万个！这哥俩也得到了丰厚的回报。

更大的奇迹还在后面，开普糖果公司的领导人约翰·奥舍在另外的一家公司收购了开普后就离开了开普糖果公司，他开始寻找利用旋转马达能解决的新问题，在他组织了自己的团队后，《商业周刊》这样阐述了点子产生的过程：

"他们忘了是谁先想起来的这个点子，但是他们知道，是他们一起经过当地沃尔玛超市内的商品货架时想起的，而他们也正是到那里去寻找灵感的。当时他们看到了电动牙刷，有许多牌子，但价格都高达50多美元，因此销售量很小，于是他们推想为什么不用旋转棒棒糖的技术，花5美元圆来制造一只电动牙刷呢？"

随后的结果就是目前美国日用消费品市场上最畅销的旋转牙刷诞生了，它甚至要比传统牙刷好卖。在2000年的一年中，奥舍团队的公司就卖出了1000万把这样的牙刷，这下宝洁公司的老板坐不住了——他们的电动牙刷卖得太贵了，和奥舍的5美元牙刷相比，几乎没有竞争力，于是宝洁派出了一个高级经理来同奥舍谈判，经过短时间的讨价还价，2001年元月，宝洁决定收购这家小公司，具体的价码如下：由宝洁首付预付款1亿6千5百万美元，以奥舍为首的三个创始人在未来的三年继续留在宝洁公司。

但宝洁公司提前21个月结束了它和奥舍三人的合同，因为宝洁公司发现电动牙刷太好买了，远远超出了他们的想象。通过沃尔玛，它在全球35个国家销售这种产品，这也是它席卷全球市场最快的一款产品，那么这就意味着宝洁在合同期满后付给奥舍三人的钱也要远远超出预期，最后奥舍和他的两位拍档一次性拿到了3.1亿美元，加上原来1.65亿美元的预付款，共4.75亿美元，这是一个令发明者头晕目眩的天文数字！

**【智慧点拨】**

创新就是这么简单，它没有高深莫测之处，生活中无处不存在创新的亮点，你所需要做的只是从身边开始，留心生活中的点点滴滴，勤于思考，为自己创造更大的财富。

# 发现财富的眼光

独立思考和独立判断的一般能力，应当始终放在首位。

——爱因斯坦

一位商人，出生在一个嘈杂的贫民窟里。和所有出生在贫民窟的孩子一样，他经常打斗、喝酒、吹牛和逃学。

唯一不同的是，他天生有一种赚钱的能力。他把从街上捡来的一辆破玩具车修整好，然后租给同伴们玩，每人每天收取半美分租金。一个星期之内，他竟然赚回了一辆新玩具车。他的老师对他说："如果你出生在富人家庭，你会成为一个出色的商人，但是，这对你来说不可能。不过，也许你能成为街头的一位商贩。"

中学毕业后，他真的成了一个商贩，正如他的老师所说。不过在他的同龄人当中，这已相当体面了。他卖过小五金、电池、柠檬水，每一样都得心应手。最后让他发迹的是一堆服装，这些服装来自日本，全是丝绸，因为在海上遭遇风暴，结果一船的货都成了废品。

这些被暴雨和颜料污染的丝绸数量足有一吨之多，成了日本人头疼的东西。他们想低价处理掉，却无人问津。想搬运到港口扔进垃圾堆，又怕被环保部门处罚。于是，日本人打算在回程的路上把丝绸抛到海中。

有一天，商人在港口的一个地下酒吧喝酒，那天他喝醉了，当他步履蹒跚地走过两位日本海员旁边时，正好听到他们在谈论丝绸的事情。

第二天，他就来到了海轮上，用手指着停在港口的一辆卡车对船长说："我可以帮忙把丝绸处理掉，如果你们愿意象征性地给一点运费的话。"

他不花任何代价拥有了这些被雨水浸过的丝绸。他把这些丝绸加工成迷彩服、领带和帽子，拿到人群集中的闹市出售。几天之后，他靠这些丝绸净赚了10万美元。

现在他已不是商贩，而是一个商人了。

有一次，他在郊外看上了一块地，就找到土地的主人，说他愿花10万美元买下来。

主人拿了他的10万美元，心里嘲笑他的愚蠢：这样一个偏僻的地段，只有呆子才会出这样的价。

一年后，市政府对外宣布，要在郊外建造环城公路，他的地皮一下子升值了150多倍。从此，他成了远近闻名的富翁。

在他77岁时，终于因病躺下了，再也不能进行任何商务活动。然而，就在临死前，他让秘书在报纸上发布了一则消息，说他即将要去天堂，愿意为人们向已经去世的亲人带一个祝福的口信，每则收费100美元，结果他赚了10万美元。如果他能在病床上多坚持几天，可能还会赚得更多一些。

他的遗嘱也十分特别，他让秘书再登一则广告，说他是一位礼貌的绅士，愿意和一位有教养的女士同卧一块墓穴。结果，一位贵妇人愿意出资5万美元和他一起长眠。

有一位资深的经济记者，热情洋溢地报道了他生命最后时刻的经商经历。文中感叹道："每年去世的富人难以数计，但像他这样怀着对商业的执着精神，坚持到最后的人能有几个?"

这就是一个人怎样成为千万富翁的全部秘密。

### 【智慧点拨】

一个有志于成功的人，若能洞悉需求的动向，并具有发现财富的开拓胆识，就能独辟蹊径，闯出属于自己的一片天地。其实，这个世界上并不缺少财富，缺少的只是一双善于发现财富的慧眼——那是需要靠思考去点燃、靠勇气去实践的真正的点金术。

# 变废为宝

掌握新技术，要善于学习，更要善于创新。

——邓小平

美国青年纽克伦本是一个小本生意的经营者，每年的收入仅够维持最起码的生活消费，但志向远大的他从没有放弃从事更大事业的想法。一个偶然的机会，他看到一家大公司装有垃圾的大货车，装载着满满一大车的垃圾来到纽约郊外的一处空地上，把垃圾卸下后，然后付出一笔钱数给垃圾"订货人"。与此同时，他又看到一些人付给垃圾的"收货人"一点微薄的"管理费"后，整天地埋头在垃圾山上拣拾有用的东西。有的用汽车将捡拾到的东西运走，有的肩背手提高高兴兴而去，看来，这垃圾山上确实有许多"宝物"可寻觅。

纽克伦经过调查发现，垃圾已成为许多大企业大伤脑筋的事情，他们都愿意花点钱将它们清除出去。他还发现，这些垃圾并不全是废物，在里面含有不少宝贵的可再利用的东西。只要设法把它们分离出来，妥善处理，就能变废为宝。于是纽克伦决定在没有人涉足的垃圾行业中干一番事业。

他先在郊区购买了一块土地，作为垃圾堆放场，还雇用了几名工人，买了简单的清理和加工设备，正式开始创建自己的事业。开张那天，纽克伦亲自坐镇堆放场，迎接送来的每一车垃圾。但遗憾的是，纽克伦创办的垃圾公司并没有引起人们的足够重视，送垃圾来的只是一些小商小厂，垃圾数量十分少。面对这一情况，纽克伦决定采取上门服务的方式，这种一改过去坐等收垃圾的方式，争取到了越来越多的厂商送来垃圾。

纽克伦指挥手下的人把垃圾中的塑料、玻璃、破布、废铜废铁等分别拣了出来。两个半月后，他将这些垃圾变废为宝，将提炼出的原材料卖给相关的厂商。这样一来，经济效益就看出来了，他赚了4倍高于投资的利润，这一数字比他原来的小本经营高出了20多倍，后来，纽克伦的事业不断扩大，他成了美国有名的大企业家。

纽克伦的成功，就在于他敢于打破常规，独辟蹊径，把握机遇，果断行动。

**【智慧点拨】**

有思考才会有创新，有创新才会有出路，有出路才会成功。有时候，只要能跳出传统守旧的观念，将自己思想方式巧妙地变一变，往往就会产生意想不到的效果。

# 用竹子烧成的炭

> 新的数学方法和概念，常常比解决数学问题本身更重要。
>
> ——华罗庚

在浙江遂昌，有一个叫陈文照的人，他家祖祖辈辈以烧炭为生。1989年，陈文照开始涉足炭业，并于1990年创办了一家从事木炭生产销售的企业，获得了可观的经济效益。

然而好景不长，木炭生产导致了生态的破坏。为了保护山区林业资源，木材烧炭被国家禁止。这可怎么办？没有木材烧炭，企业就得关门。陈文照左思右想，难道只有木材可以烧成炭吗？是不是可以用其他的东西替代呢？这一大胆的创新想法，让陈文照想到了漫山遍野的竹林。因为竹子分布广泛，生长又快，山区有大量的竹资源可供烧竹炭。

为了这一创新的举措，陈文照付出了三年的艰辛，最终终于试验出了用竹子烧成的炭。据说，用竹子烧成的炭，比用木头烧成的炭细密而且多孔，表面积是木炭的2倍，吸附能力是木炭的10倍，具有很强的吸附作用，其产生的负离子能净化空气，还能作土壤改良剂。陈文照的创新，不但使企业能够延续下去，而且还再造了辉煌。过去，家里烧的木炭，都是在附近卖，从未出过远门，而他现在烧的竹炭不但出了远门，而且还卖到了国外。

### 【智慧点拨】

聪明人总是在创新上下足功夫，开拓进取，因而他们往往能在最短的时间内让自己腰包鼓起来。

# 豆子大王

你可以从别人那里得来思想，你的思想方法，即熔铸思想的模子却必须是你自己的。

——拉姆

有位豆子大王，他的生意非常红火，让我们来看看他是怎样做豆子生意吧！

每当豆子滞销时，他分三种办法处理：

（1）让豆子沤成豆瓣，卖豆瓣。如果豆瓣卖不动，腌了，卖豆豉；如果豆豉还卖不动，加水发酵，改卖酱油。

（2）将豆子做成豆腐，卖豆腐。如果豆腐不小心做硬了，改卖豆腐干；如果豆腐不小心做稀了，改卖豆腐花；如果实在太稀了，改卖豆浆；如果豆腐卖不动，放几天，改卖臭豆腐；如果还卖不动，让它长毛彻底发酵后，改卖腐乳。

（3）让豆子发芽，改卖豆芽。如果豆芽还滞销，再让它长大点，改卖豆苗。如果豆苗还卖不动，再让它长大点，干脆当盆栽卖，命名为"豆蔻年华"，到城市里的各大中小学门口摆摊和到白领公寓区开产品发布会，记住这次卖的是文化而非食品。

如果还卖不动，建议拿到适当的闹市区进行一次行为艺术创作，题目是"豆蔻年华的枯萎"，另外，最好还以旁观者身份给各个报社写几篇文章，说不定同时还可以拿点稿费呢！

**【智慧点拨】**

思考创造财富。只要我们多思考，善于改变自己的思维方式，就一定可以拓宽财路。

# 超市内建公厕

创造包括万物的萌芽，经培育了生命和思想，正如树木的开花结果。

——莫泊桑

在一条繁华的商业大街上有一家超市，筹建这个超市的时候，很多股东都不同意，因为在同一条街上，已经有十几家颇具规模的超市了，要想在这条街上分得一杯羹，对于一个新办的超市，困难是不言而喻的。新上任的董事长是个年纪轻轻的女子，刚从国外某名牌大学管理系毕业。她十分自信，把握十足地鼓励那些举棋不定的股东们说："我会在两年内将这条街上三分之二的购物者拉进我们的超市来！"

设计超市的时候，年轻的女董事长坚持要在超市内设计一个豪华、气派的免费公厕，股东们更不理解了，在这寸金寸土的商业大街上，投资一个豪华的公厕要浪费多少钱呀？何况，公厕是市政府的事情，公司干嘛要耗资耗地在超市内建不能受益的免费公厕呢？

但在女董事长的坚持下，免费公厕还是在超市最里边的角落里建成了。出乎股东们预料的是，超市刚刚建成，就整天顾客如流、人来人往，生意出奇地红火。这个规模不比其他超市大，货品不如其他超市丰富的超市，竟一时声名鹊起，吸引了大批的购物者。股东们在欣喜之余却大惑不解，年轻的女董事长向大家解释说："其实也没有别的原因，只不过我们的超市比他们的多了一个免费公厕而已。"

女董事长说，"可能平时你们这些男士们不太爱逛街，对于女人来讲逛街时最烦心的事情莫过于找不到洗手间。所以，在筹建我们这个超市前，我就发觉，在这条商业街上，最令市民和游人头疼的，就是少了一个免费公厕，而其他超市也没有免费公厕。我们不惜寸土寸金，在我们自己的超市里修建了这个免费公厕，使许多本来不愿光顾我们超市的人，也不得不为他们自己急欲方便而走进了我们的超市里来，他们的许多人成了我们的顾客，即便那些没有在我们这里购物的人，他们也会成为我们公司的'活'广告，他们会把我们超市有免费公厕的消息告诉给他们的家人、亲戚甚至朋友，这将给我们拉来多少顾客、节省多少广告费用呢？"

一个免费的公共厕所就是别人没有注意的边缘，这位女董事长通过自己的思考发现了它，于是也成就了自己的成功。

### 【智慧点拨】

有什么样的思路，就有什么样的出路；你做出什么样的思考，就有什么样的结果。思考是一个人最难也最有价值的工作，是帮助你成就伟业的工作。只有勤于思考，才能让你保持清醒的头脑；勤于思考，才能开拓创新；勤于思考，才能不断创造。

# 奥运经济学

> 致富的秘诀，在于"大胆创新、眼光独到"八个大字。
>
> ——陈玉书

1984年以前的奥运会主办国，几乎是"指定"的。对举办国而言，往往是喜忧参半。能举办奥运会，自然是国家民族的荣誉，还可以乘机宣传本国形象，但是以新场馆建设为主的大规模硬件软件投入，又将使政府负担巨大的财政赤字。奥运会几乎变成了为"国家民族利益"而举办，为"政治需要"而举办。赔老本已成奥运定律。最好的自我安慰就是：有得必有失嘛！直到1984年洛杉矶奥运会，美国商界奇才尤伯罗斯接手主办奥运会，运用他超人的创新思维，改写了奥运经济的历史，不仅首度创下了奥运史上第一巨额盈利纪录，更重要的是建立了一套奥运经济学模式，为以后的主办城市如何运作提供了样板。

鉴于其他国家举办奥运的亏损情况，洛杉矶市政府在得到主办权后即做出一项史无前例的决议：第23届奥运会不动用任何公用基金。因此而开创了民办奥运会的先河。

尤伯罗斯接手奥运之后，发现组委会竟连一家皮包公司都不如，没有秘书、没有电话、没有办公室，甚至连一个账号都没有。一切都得从零开始，尤伯罗斯决定破釜沉舟。他以1060万美元的价格将自己的旅游公司股份卖掉，开始招募雇佣人员，把奥运会商业化，进行市场运作。

第一步，开源节流。

尤伯罗斯认为，自1932年洛杉矶奥运会以来，规模大、虚浮、奢华和浪费成为时尚。他决定想尽一切办法节省不必要的开支。首先，他本人以身作则不领薪水，在这种精神感召下，有数万名工作人员甘当义工；其次，沿用洛杉矶现成的体育场；再次，把当地的3所大学宿舍作为奥运村。仅后两项措施就节约了数以10亿计的美金。

第二步，声势浩大的"圣火传递"活动。

奥运圣火在希腊点燃后，在美国举行横贯美国本土的1.5万公里圣火接力跑。用捐款的办法，谁出钱谁就可以举着火炬跑上一程。全程圣火传递权以每公里3000元出售，1．5万公里共售得4500万美元。尤伯罗斯实际上是在卖百年奥运的历史、荣誉等巨大的无形资产。

第三步，狠抓赞助、转播和门票三大主要收入。

尤伯罗斯出人意料地提出，赞助金额不得低于500万美元，而且不许在场地内包括其空中做商业广告。这些苛刻的条件反而刺激了赞助商的热情。一家公司急于加入赞助，甚至还没弄清所赞助的室内赛车比赛程序如何，就匆匆签字。尤伯罗斯最终从150家赞助商中选定30家。此举共筹到1.7亿美元。

最大的收益来自独家电视转播权转让。尤伯罗斯采取美国三大电视网竞投的方式，结果，美国广播公司以2.25亿美元夺得电视转播权；尤伯罗斯又首次打破奥运会广播电台免费转播比赛的惯例，以7000万美元把广播转播权卖给美国、欧洲及澳大利亚的广播公司。

门票收入，通过强大的广告宣传和新闻炒作，也取得了历史最高水平。

第四步，出售以本届奥运会吉祥物山姆鹰为主的标志及相关纪念品。结果，在短短的十几天内，第23届奥运会总支出5.1亿美元，赢利2.5亿美元，是原计划的10倍。尤伯罗斯本人也得到47.5万美元的红利。在闭幕式上，国际奥委会主席萨马兰奇向尤伯罗斯颁发了一枚特别的金牌，报界称此为"本届奥运最大的一枚金牌"。

拥有创新精神的尤伯罗斯完全配得上那枚金牌，因为他为奥林匹克运动会的普及和发展做出了巨大的贡献。

### 【智慧点拨】

世上每一次伟大的成功，都是先从创新开始的。我们只有不断地在思维上创新，在行为上创新，在事业上创新，才能顺利地敲开成功的大门。

# 逆向思维捕捉商机

您成功与否不受您的能力或所接受的教育的限制。您永远也不应认为，因为自己不够好、不够有创造力或不够聪明而自己无法成功。事实上，最近的研究表明，您的创造力与智力都是无限的，只要您不断地利用。

——史蒂夫·马里奥蒂

有位茶商到南方贩茶叶，可等他到达目的地时，大吃一惊，原来当地的茶叶已被先到的商人订购一空。"绝境"之下，他灵机一动，想出了一条"逢生"之路，即刻将当地用来盛茶叶的箩筐全都买下。不久，当比他早到的茶商得意地欲将购买的茶叶运回时，才惊奇地发觉街上已无箩筐可买。此时，这位茶商抛出了事先购进的箩筐，"弃茶卖箩"使他获得了一笔不菲的收益。

无独有偶。19世纪中叶，美国加州传来发现金矿的消息。许多人以为机不可失，失不再来，纷纷奔赴加州。17岁的小农亚默尔加入了这支庞大的淘金热的队伍。他历尽千辛万苦赶到加州，经过一段时间，他同多数人一样，没有挖到一两金子。淘金梦是美丽的，山谷中的艰苦生活却难以忍受。特别是气候干燥，水源奇缺，寻找金矿的人最痛苦的是没有水喝。许多人一面寻找金矿，一面不停地抱怨。

甲嘀咕："谁让我喝一壶凉水，我情愿给他一块金币。"

乙宣布："谁让我痛饮一顿，我给他两块金币。"

丙发誓："老子出三块金币。"

这些人发完牢骚后又继续挖掘起金矿来。亚默尔却想：如果将水卖给这些人喝，也许比挖金矿能更快找到钱。于是，他毅然放弃找金矿，将手中的铁锹由挖金矿变成挖水渠，从远方将河水引进水渠，经过细纱过滤，成为清凉可口的饮用水。然后他将水装在桶里，运到山谷一壶一壶卖给找金矿的人痛饮。当时有人嘲笑他胸无大志，千辛万苦赶到加州来，不去挖金子发大财，却干这种蝇头小利的买卖。这种小生意在哪里不能干，何必老远跑到这里来，亚默尔毫不介意，继续卖他的饮用水。结果，许多人深入宝山，空手而回，有些人甚至忍饥挨饿，流落异乡，而他在很短的时间内靠卖水赚到了6000美元。当时这是一笔很可观的财富了。

### 【智慧点拨】

上面两个事例中的人就是利用逆向思维获得财富的。与常规思维不同，逆向思维是反过来思考问题，是用绝大多数人没有想到的思维方式去思考问题，实际上就是以"出奇"去达到"制胜"。因此，逆向思维的结果常常会令人大吃一惊，喜出望外，别有所得。

# 委内瑞拉的石油界巨子

*一个明智的人总是抓住机遇，把它变成美好的未来。*

——托·富勒

在20世纪60年代中期，杜德拉在委内瑞拉的首都拥有一家玻璃制造公司。可是，他并不满足于干这个行当，他学过石油工程，认为石油业是个赚大钱和更能施展自己才干的行业，所以一心想跻身于石油界。

有一天，杜德拉从朋友那里得到一则信息：阿根廷打算从国际市场上采购价值2000万美元的丁烷气。得此信息，他充满了希望，认为跻身于石油界的良机已到，于是立即前往阿根廷活动，想争取到这笔合同。

到了阿根廷后，杜德拉才知道早已有英国石油公司和壳牌石油公司两个老牌大企业在频繁活动。无疑，这本来已是十分难以对付的竞争对手，更何况自己对经营石油业不熟悉，资本又并不雄厚，要成交这笔生意难度很大。但他没有就此罢休，而是采取了迂回战术。

有一次，他从一个朋友处了解到阿根廷的牛肉过剩，急于找门路出口外销。他灵机一动，感到幸运之神到来了，这等于给他提供了同英国石油公司及壳牌公司同等竞争的机会，对此他充满了必胜的信心。

杜德拉立即去找阿根廷政府。当时杜德拉虽然尚未掌握丁烷气，但他确信自己能够弄到，于是他对阿根廷政府说："如果你们向我买2000万美元的丁烷气，我便买2000万美元的牛肉。"当时阿根廷政府急于把牛肉推销出去，便把购买丁烷气的投标给了杜德拉，使他战胜了两个强大的竞争对手。

投标争取到后，杜德拉赶紧筹办丁烷气。他随即飞往西班牙。当时西班牙有一家大船厂，由于缺少订货而濒临倒闭。西班牙政府对这家船厂的命运十分关切，想挽救这家船厂的命运。

对杜拉德来说，这则消息意味着一个可以把握的好机会。他便找西班牙政府商谈，杜德拉说："假如你们向我买2000万美元的牛肉，我便向你们的船厂订制一艘价值2000万美元的超级油轮。"西班牙政府官员对此正求之不得，当即拍板成交，立即通过西班牙驻阿根廷使馆，与阿根廷政府联络，请阿根廷政府将杜德拉所订购的2000万美元牛肉，直接运到西班牙。

杜德拉把2000万美元的牛肉转销出去之后，继续寻找丁烷气。杜德拉来到美国费城，找到美国太阳石油公司，他对太阳石油公司说："如果你们能出2000万美元租用我这条油轮，我就向你们购买2000万美元的丁烷气。"太阳石油公司接受了杜德拉的建议。从此，杜德拉便打进了石油业，实现了自己跻身于石油业的愿望，经过苦心经营，他终于成为委内瑞拉石油界巨子。

杜德拉大胆创造并充分利用了这些机遇，通过努力勤奋的经营，使之稳健地迈向了成功之路。

**【智慧点拨】**

机会不是等来的，机会是人创造的，机会从来都是垂青有准备的人的。做一个有心人，时刻为机遇做好准备，你就会发现处处有市场，遍地是黄金。

# 拉链带来的财富

人最重要的是创造力，是能带头，而不是人家带了头，你在后面走。因此，了解人家已经做了什么并不是重要的，最重要的是要了解人家不做什么。

——李政道

100多年前，芝加哥博览会展出了一个人发明的"拉链"。尽管那个发明家大费口舌宣称这种拉链可以代替鞋带，解决系鞋带的麻烦，但拉链仍无人问津。

沃卡想，这个人真傻，只知道大肆宣传，为什么不让思维再转动一下，让拉链真正代替鞋带，让每个人从实用中得到乐趣。于是一个大胆的计划应运而生。

他花了1美元买下了那条被冷落的拉链。他决定先制造一台生产拉链的机器，开始精心研究拉链的构造及制作原理。19年后，大批拉链面市了。他与厂家合作，将精致的拉链安装在鞋上推向市场。但结果却出人意料，大批成品鞋在仓库里堆积如山。这当头一棒几乎将沃卡击倒。

几天后，痴心不改的沃卡又重整旗鼓。他知道，自己让思维转一个弯的做法无懈可击，但还必须再转一个大弯才可能转败为胜。他想，拉链的制造既然是为了给人们带来方便，为什么只围着一只鞋想问题呢？

于是，他又尝试着把拉链加工到钱包、军服上。很快，拉链打开了市场，风靡全球。

没有人知道，沃卡通过一个小小的拉链最终获得了多少财富。但许多人都知道，当初，他买下那个拉链，仅仅用1美元。那个发明家至死也不会明白，他创制的拉链是一个多么伟大的发明，但仅仅让思维少拐了一个弯，却成全了沃卡传奇的一生。

## 【智慧点拨】

很多时候，贫富的差距，就在于思维的不同。1美元可能谁都有，但改变命运的思维方式并不是每个人都有。

# 假日旅馆

我从来都是带着望远镜看世界的。

——比尔·盖茨

威尔逊是世界旅馆大王、美国巨富，他在创业初期非常穷困，全部家当只有一台分期付款"赊"来的爆玉米花机，价值50美元。后来，威尔逊靠卖玉米花赚了点钱，便决定从事地皮生意。当时第二次世界大战刚刚结束，干这一行的人并不多，因为战后人们都比较穷，买地皮修房子、建商店、盖工厂的人很少，地皮的价格一直很低。听说威尔逊要干这种不赚钱的买卖，亲朋好友都反对。但威尔逊却坚持己见，他认为这些人的目光太短浅。虽然连年的战争使美国的经济很不景气，但美国是战胜国，它的经济很快会起飞的。到那时买地皮的人一定会很多，地皮的价格一定会日益上涨，赚钱是不会有问题的。于是，威尔逊用手头的全部资金再加一部分贷款买下了一块地皮。这块地皮地处市郊而且面积很大，但由于地势低洼，既不适宜耕种，也不适宜盖房子，所以一直无人问津。可是威尔逊亲自到那里看了两次以后来竟以低价买下了这块杂草丛生、一片荒凉之地。这一次，连很少过问生意的母亲和妻子都出面干涉。然而威尔逊却坚持认为，美国经济很快就会繁荣，城市人口会越来越多，市区也将会不断扩大。不久以后，他买下的这块地皮一定会成为黄金宝地。三年之后，正如威尔逊所料想的那样，城市人口骤增，市区迅速发展，马路一直修到了威尔逊那块地的边上。这时，人们才惊奇地发现，此地的风景实在宜人，宽阔的密西西比河从它旁边蜿蜒而过，大河两岸，杨柳成荫，是人们消夏避暑的好地方。

于是，这块地皮马上身价倍增，许多商人都争相高价购买，但威尔逊并不急于出手，真叫人捉摸不透。后来，威尔逊自己在这块地皮上盖起了一座汽车旅馆，命名为"假日旅馆"。假日旅馆由于地理位置好，舒适方便，开业后游客盈门，生意非常兴隆。此后，威尔逊的假日旅馆便像雨后春笋般出现在美国及世界其他地方，这位高瞻远瞩的"风水先生"获得了成功。

**【智慧点拨】**

眼光决定未来。你所关注的东西，就是你的未来。通常有长远眼光的人，能够不拘于现有的状况，对事物发展做出大胆的预测，具有冒险精神，并且有着睿智的头脑，他们懂得如何能够实现目标。所以说，唯有目光长远才能成就大业。

# 女神像风潮

既然像螃蟹这样的东西，人们都很爱吃，那么蜘蛛也一定有人吃过，只不过后来知道不好吃才不吃了，但是第一个吃螃蟹的人一定是个勇士。

——鲁迅

美国得克萨斯州有座很大的女神像，因年久失修，当地政府决定将它推倒。这座女神像历史悠久，深受人们的喜欢，常有人来参观、照相。推倒后，广场留下了几百吨的废料：有碎渣、废钢筋、朽木块……既不能就地焚化，也不能挖坑深埋，只能装运到很远的垃圾场去。200多吨废料，如果每辆车装4吨，就需50辆次，还要请装运工、清理工……至少得花2.5万美元。没有人为了这2.5万美元的劳务费而愿意揽这份苦差事。

斯塔克却独具慧眼，竟然在众人避之唯恐不及的情况下，大胆将差事揽到自己头上。

斯塔克请人将大块废料破成小块，进行分类：把废铜皮改铸成纪念币；把废铅废铝做成纪念尺；把水泥块做成小石碑；把神像帽子弄成很好看的小块，标明这是神像著名桂冠的某部分；把神像嘴唇的小块标明是她那可爱的嘴唇……装在一个个十分精美而又便宜的小盒子里。甚至朽木、泥土也用红绸垫上，装在玲珑透明的盒子里。

更为绝妙的是他雇了一批军人，将广场上这些废物围起来，引来了许多好奇的人围观。大家都把眼睛盯着大木牌上写的字：

"过几天这里将有一件奇妙的事情发生。"

是什么奇妙的事情发生，谁也不知道。

有一天晚上，士兵松懈，有一个人悄悄溜进去偷制成的纪念品，被抓住了。于是报纸、电台、广播纷纷报道，大加渲染，立即传遍了全美。斯塔克神秘的举动引起了人们极大的好奇心。

时机已到，斯塔克开始推出他的计划。他在盒子上写了一句伤感的话："美丽的女神已经去了，我只留下它这一块纪念物。我永远爱她。"

斯塔克将这些纪念品出售，小的1美元一个，大的10美元左右。卖得最贵的是女神的嘴唇、桂冠、戒指等，150美元一个，都很快被抢购一空。

斯塔克的做法在全美形成了一股极其伤感的"女神像风潮"，他从一堆废泥块中净赚了12.5万美元。

### 【智慧点拨】

如果你想创富，必须具备"敢为天下先"的精神。走别人没走过的路，才能称为真正的成功。否则，只能永远做一个平庸者，永远跟在别人的后面，永远做不出什么名堂。

# 豆腐渣锅巴

> 人可以老而益壮，也可以未老先衰，关键不在岁数，而在于创造力的大小。
>
> ——卢那察尔斯基

浙江人王超一直以种地为生，因为耕地不多，经济效益有限，他常常寻思着开辟一条生财之道。他发现开豆腐坊前景不错，于是拜师学艺掌握了做豆腐的手艺，办起了一家小型豆腐坊。

凭着过硬的技术，他的豆腐生意很快就做得红红火火。后来，见豆腐坊利润可观，别人也开始跟进，卖豆腐的利润减少了，王超又开始琢磨：磨豆腐产生的副产品——豆腐渣只能作为饲料用来喂猪喂鸡，甚至白白倒掉，造成浪费，十分可惜。能不能把豆腐渣好好利用起来，创造经济效益呢？

于是，王超开始多方查找资料，最后了解到：豆腐渣中不仅含有4.8%的蛋白质、3.6%的脂质和9.7%的碳水化合物，而且还富含大量膳食纤维、磷脂等有益人体的营养物质。

此后，王超与豆腐渣打起了"持久战"，研究利用豆腐渣做食品。经过一个多月的反复试验，他成功了。他的方法是在豆腐渣中加入一些常见的配料，经过若干道工艺流程，最后把豆腐渣变成锅巴。他把自己做的豆腐渣锅巴分送给邻居亲友品尝，大家一致说松脆爽口、风味独特，不亚于市场上销售的品牌锅巴。

王超决定把豆腐渣锅巴推销到市场上，为了让人们接受自己的锅巴，他卖豆腐时把豆腐渣锅巴免费送给顾客品尝。两天后，一位老太太找上门来，说她的小孙女吃了豆腐渣锅巴还想吃。接着又有好几个人找到他，要给自己的孩子买这种既好吃又便宜的豆腐渣锅巴。王超很受鼓舞，他继续改进工艺，并把豆腐渣锅巴批发给附近学校小卖部、副食品店销售。因为食品干净卫生，好吃又便宜，颇受人们欢迎，很快就供不应求。

由于自家产的豆腐渣不能满足生产需要，王超跟其他几家豆腐坊协商承包了他们的豆腐渣，全部用来加工生产锅巴。现在他每个月光销售锅巴就能获得数千元，超过了卖豆腐的利润。想到自己快要撑不下去的生意因为豆腐渣锅巴而重新变得红红火火，王超很庆幸自己能大胆创新。

### 【智慧点拨】

敢于创新的人，才会打开财富的大门。随着社会的发展，面对激烈的竞争，一个人要想实现自己的财富梦想，就必须寻找新的突破口，独辟蹊径，才能在诸多竞争对手中脱颖而出，找到属于自己的财富世界。

# 宠 石

人应当相信，不了解的东西总是可以了解的，否则他就不会再去思考。

——歌德

一个年轻人在湖边散步，不经意间，发现这个湖边的鹅卵石大小不一，圆滚滚的挺好玩，这一念头一产生，就引起了他的警觉。他熟悉富裕的美国人，有时买东西，也并不是生活中十分需要，而是以资谈助。他又想到了美国的宠物热，小动物真的很可爱，但是它们不仅给人们带来了不少乐趣，也带来了不少麻烦。如果能把这些石头做一些处理，并取名为"宠石"，既可以作为茶余饭后的话题，也可以在工作之余用来消遣。

他拿定主意后，便拾取大量的石头，然后订购许多精美的盒子。他将一块圆滑的鹅卵石，放在一个小木盒里，底下垫了些稻草，另外附一个小册子："如何爱护你的宠石。"其中谈到这是世界上最乖最理想的玩伴，不像狗那样邋遢，每天非牵去散步不可；也不像猫一样执拗；它不吵不闹，既不担心喂食，也不用清理粪便……这些包装好的"宠石"，每件只卖5美元。那个圣诞节，"宠石"变成全美国最热门的礼品，人人抢着买，一时还有鹅卵石短缺之虞。这个年轻人在4个月之内净赚了140多万美元，成了富翁。

**【智慧点拨】**

商机无处不在，关键要看你如何去发掘。对于勇于创新和实践的人，即使是最普通的鹅卵石，都蕴含着无限的创新理念，或者是无限的商机，或者是无限的财富。

# 创新成就纳爱斯

没有任何人去过创造之地。你必须离开舒适的城市，走进直觉的荒野。你将会发现精彩绝伦的世界，你将会发现你自己。

——艾伦·艾尔达

纳爱斯公司位于浙江省丽水地区，是一个仅有几十人的手工作坊式小厂，在与香港丽康公司合作之后，纳爱斯首先将突破点锁定在洗衣皂的产品创新上。

因为当时洗衣皂块大、粗糙、外观蜡黄、无包装，味道也不好闻。他们决定将洗衣皂从内到外进行改造、创新，形状由大变小，味道以淡淡的清香为主。

在营销宣传上，他们采取了独特的方式。

1993年6月21日，《浙江日报》上一个遒劲的手写体"雕"的注册商标首次出现在大众面前。在这个广告版面上，介绍了雕牌超能皂的四大优点，并告诉读者只要剪下报上的广告券就能免费领取超能皂一块，还有机会抽得免费港澳游。广告一经推出，各经销点人气骤增，众多消费者由此免费体验到用超能皂洗衣的诸多好处，而口碑相传也使超能皂在消费者心中留下了良好形象。强势的广告宣传再加上中档的价位，雕牌洗衣皂一上市，就迅速被抢购一空。

在洗衣皂成功占领市场的同时，纳爱斯又开始了洗衣粉的生产。当时，洗衣粉市场被宝洁、联合利华和国内的奇强所把持。外资经过数年的运作，已牢牢占据了城市市场绝大多数的份额，而奇强避其锋芒，从外资不太重视但市场容量十分巨大的农村入手，发展得顺风顺水、春风得意，连续三年全国销量第一。

要突出重围，还得靠创新，纳爱斯决定上中档洗衣粉。因为城市市场中档价位的洗衣粉虽然被外资品牌的复配粉所代替，但外资洗衣粉的价格仍然超出了大多数消费者的接受水平。

再者，以奇强为代表的中低档产品虽然已在农村市场有了坚固的基础，但知名度不高，在城市市场中并没有足够的份额。所以，他们决定弥补城市市场中中档洗衣粉的空白。

对于占领城市市场，纳爱斯又采取了一种新的价格战术。雕牌对外宣告其建成了全世界仅四台的全自动喷粉设备，随之宣布雕牌洗衣粉的价格降到一箱29元，一步到位的价格让同行们措手不及。雕牌洗衣粉用低价迅速打开了城市市场的缺口。

在以低价格取胜的同时，雕牌洗衣粉的广告也与众不同，没有像其他洗衣粉那样介绍产品的功能，而是富有浓浓的关爱和亲情。一句广告语"妈妈，我能帮你洗衣了"打动了天下多少妈妈的心。这则打破常规性的宣传广告很快就走进了千家万户，奠定了自己的品牌形象。当年，雕牌洗衣粉的销量奇迹般地跃居全国第二；2000年，雕牌洗衣粉继洗衣皂之后又拿到了一个第一。

在洗衣皂和洗衣粉市场上胜局初定之后，纳爱斯又伸向了其他方面：雕牌牙膏、纳爱斯香皂、水晶皂、沐浴露、洗发水……一个个新产品出炉了。雕牌从洗衣粉开始的扩张，速度极其惊人，最令人瞩目的是几乎每进军一个新的领域，都有着不小的收获。

雕牌的多方位产品创新并不是乱开花，而是开发一批、储备一批，推出一批、淘汰一批，始终走在竞争对手的前面。

让雕牌最得意的，莫过于不仅自己的生产能力得到了全面的利用，还在全国各地进行外加工。现在包括在华的德国汉高、宝洁在内的洗涤剂生产厂遍布全国19个省的200家企业，它们的生产线每天都在生产着纳爱斯的产品。

纳爱斯人自己算了一笔账：二、三期洗衣粉技改项目的年产量为20万吨，如果自己生产，仅原材料和成品运输一项，一年下来就白白丢掉3个亿的利润。与此相比，委托加工的方式代价相当小。

纳爱斯人不仅在产品上进行着创新，在生产、营销、服务上同样进行着创新。所以，才成就了今天的辉煌，从一个小山区走进了全国的大市场。

**【智慧点拨】**

创新是通向成功的必由之路。只有不断创新，才能找到出路；只有创新的人，才能笑对一切。

# 名人效应

1984年，美国总统里根访问中国，这是继尼克松与周恩来握手之后，又一次中美高级领导人正式接触，它标志着中美双方相互和解的开始。

按照惯例，里根总统临别前将举行一次答谢宴会。毫无疑问，这样的宴会理所当然要在人民大会堂举行。但是，当时新开业的北京长城饭店敏锐地意识到这是提高本饭店知名度、提高经济效益的极好机会，于是长城饭店的公关部采取了一系列措施，借里根之名来衬托自己饭店的声音。首先他们频频向美国驻华大使馆发出邀请，无偿地请使馆官员到本店居住，然后请他们对饭店的设施及服务质量提出意见。俗话说："吃了人家的嘴软，拿了人家的手短。"白白在五星级饭店里享受多日的使馆官员哪个不赞不绝口？于是他们就不失时机地提出：里根总统的答谢宴会在长城饭店举行。经过一番游说与宣传，他们终于如愿以偿了。

1984年4月28日，里根总统和他的随行人员以及中外各国记者500余人云集长城饭店，答谢宴会正式举行。随后，这条具有世界级的新闻连同电视画面一起，顷刻间传遍全球，北京长城饭店的名字也迅速为世人所知。许多人以前不知道有个长城饭店，当里根总统举行答谢宴会后，任何人都会这样想：里根访华是一件全球的大事，答谢宴会能在长城饭店举行，说明长城饭店是中国第一流的饭店。长城饭店由此游客云集，取得了显著的经济效益。

无独有偶。一位书商手头积压了一批书卖不出去，眼看就要大亏本了。情急之下，出版商想了一个点子：给总统送去一本，并频频联系征求意见。忙得不可开交的总统随便回了一句："这书不错。"这一来出版商如获至宝，大做宣传："现有总统喜爱的书出售。"还把"这书不错"四个字印在封面上。于是，手头的书很快被抢购一空。不久，这个出版商又有一批书，便照方抓药，给总统送去一本，总统有了上次的教训，想借机奚落一番，就在送来的书上写道："这书糟透了。"总统还是上了套儿，书商又大肆做宣传："现有总统讨厌的书出售。"人们出于好奇争相抢购，书很快便全部卖掉。第三次，出版商再次把书送给总统，总统有了前两次被利用的教训，干脆紧闭金口不理不睬。然而出版商还有话说。这次他的宣传词是"现有令总统难以下结论的书，欲购从速"。结果，书还是被抢购一空。

### 【智慧点拨】

利用人们崇拜名人的心理，借助名人的光环照亮自己，同样也是一种非常好的创新。

当今社会，"名"已经成为一种资源。在经济领域里，只要加以良好的商业运作，良好的声名作为一种可贵的资源也能直接转化为财富。

# 两个卖水果的人

创新有时需要离开常走的大道，潜入森林，你就肯定会发现前所未见的东西。

——贝尔

有一个浙江小伙子在一条繁华的街道上卖水果，周围有很多的水果摊。这里车水马龙，人来人往，的确是一个经商的好地方，于是每个商人都想尽了办法，争抢顾客，竞争十分激烈。

小伙子的生意不错，把其他摊位上的顾客也拉过来了，摊位前的顾客很多，忙得他不可开交。不料，却发生了一件事，差点使他刚刚红火起来的生意败落下去。正当这个小伙子为自己的胜利而感到得意的时候，贮藏水果的冷冻厂发生了一场火灾。当消防人员赶来将大火扑灭时，16箱香蕉已被大火烤得变成了土黄色，上面显现了不少的小黑点。

这样的香蕉怎么卖出去呢？尽管小伙子很郁闷，但还是大声吆喝起来，不少顾客走到他的摊前，看到这种丑陋不堪的香蕉，摇着头走开了。小伙子赶忙解释："你们看到的只是表面现象，虽然它们看起来很丑陋，但它们的味道很好，并且价格相当便宜"不管他怎么说，顾客还是不想买这些难看的香蕉。

小伙子见香蕉没有人买，感到很生气，坐下来把那些丑陋的香蕉检查了一遍。他掰开一只香蕉，剥开那黄中带黑的皮，然后放进嘴里。"是的，这些香蕉一点都没坏，相反，由于火烤的原因，这些香蕉的味道变得更好了。对了，我何不……"他在心里琢磨着，突然想到了一个不错的主意，他禁不住为此而微笑起来。

第二天，小伙子一大早便开始叫卖："最新进口的阿根廷香蕉，南美风味，全城独此一家，大家快来买呀！"当摊前围拢的一大堆人都举棋不定时，小伙子注意到一位年轻的小姐有点心动了。他立刻殷勤地将一只剥了皮的香蕉送到她手上，说："小姐，请你尝尝，我敢保证，你从来没有尝过这样美味的香蕉。"年轻的小姐一尝，香蕉的风味果然独特，价钱也不贵，而且小伙子还一边卖一边不停地说："只有这几箱了。"于是，人们纷纷购买，16箱香蕉很快销售一空。

无独有偶。有一年，市场预测表明：该年度的苹果将供大于求，这使众多的苹果供应商和营销商暗暗叫苦，他们认定：自己必将蒙受损失。有一个小伙子却想出了一个好办法：当苹果还在树上时，他就把自己剪好的"喜""福""吉""寿"等纸字贴在苹果向阳的一面。由于贴了纸的地方阳光照射不到，苹果上也就留下了痕迹——比如贴的是"喜"字，苹果上也就有了清晰的"喜"字。

当别人还在愁自己的苹果如何推销时，而小伙子的苹果却早被抢购一空。

第二年，他的这一手，别人也都学会了，但是他的苹果仍然卖得最火。原来，他的点子更绝：苹果上不仅有字，而且还能鼓励"青睐者"成系列购买，即他的苹果可以组成一句甜美的祝福语："祝您寿比南山""祝爱情甜蜜""永远想念你"等等。于是，人们纷纷购买他的苹果作为礼品送人。

**【智慧点拨】**

在激烈的市场竞争中，没有出奇制胜的招数，很难站稳脚跟抢占市场制高点，唯有用非常规的思维方式，立足实际，追求创新，采用令人大吃一惊的非凡措施，才能产生出人意料的结果。

# 两个兄弟

创造力就是想出新鲜事物。创新就是制造新鲜事物。
——西奥多·莱维特

有个两个兄弟，由于村子里缺少麻布，他们决定把各自的田地卖掉，去远方批发麻木回来卖。

　　他们首先抵达一个生产麻布的地方，哥哥对弟弟说："这就是我们村子里缺少的麻布了，我们把所有的钱换取麻布，带回故乡，一定会有利润的。"弟弟同意了，两人买了麻布细心地捆绑在驴子背上。

　　接着，他们到达了一个盛产毛坯的地方，那里也正好缺少麻布，哥哥又就对弟弟说："毛皮在我们故乡是更值钱的东西，我们把麻布卖了，换成毛皮，这样不但我们的本钱回收了，返乡后还有很高的利润！"弟弟却不同意："我从家出来的时候就是打算批发麻布回去卖的，我要保留我的麻布！"哥哥把属于自己的麻布全换成毛皮，还多了一笔钱。弟弟依然有一驴背的麻布。

　　他们继续前进到一个生产药材的地方，那里天气苦寒，正缺少毛皮和麻布，小水就对小山说："药材在我们故乡是更值钱的东西，你把麻布卖了，我把毛皮卖了，换成药材带回故乡一定能赚大钱的。"

　　弟弟拍拍驴背上的麻布说："不了，我的麻布已经很安稳的在驴背上，何况已经走了那么长的路，卸上卸下太麻烦了！"我要把麻布运回村子。哥哥把毛皮都换成了药材，又多赚了一笔钱。弟弟依然只有一驴背的麻布。

　　后来，他们来到一个盛产黄金的城市，那里到处都是金矿，却也只有金矿是个不毛之地，其他物资都特别贫乏，非常欠缺药材，当然也缺少麻布。哥哥对弟弟说："在这里药材和麻布的价钱很高，黄金很便宜，我们故乡的黄金却十分昂贵，我们把药材和麻布换成黄金，这一辈子就不愁吃穿了。"

　　弟弟再次拒绝了："不！不！我的麻布在驴背上很稳妥，我不想变来变去呀。"哥哥卖了药材，换成黄金，又赚了一笔钱，弟弟依然守着一驴背的麻布。最后，他们回到了故乡，弟弟卖了麻布，只得到蝇头小利，和他辛苦的远行不成比例。而哥哥不但带回一大笔财富，还把黄金卖了，便成为当地最大的富豪。

### 【智慧点拨】

　　同为兄弟的两个人在体力、智力，耐力，各个方面都相差无几，为什么最后的成就却相差那么大呢？事实上他们之间最大的差别就在于变通。因循守旧的人在变化的局势下很难有所转机，唯有掌握变通的本领，适应时势的需要而革故创新，以万变应万变，才能抓住商机，获得更多的财富。

# 五厘米

观察与经验和谐地应用到生活上就是智慧。

——冈察洛夫

一家规模比较大的公司到内地某城市的商贸一条街开了家专卖店，左邻右舍卖同类商品的有好几家，结果这家商店一开张就出现了门庭冷落的情景，货是同样的货，价格也是同样的价格，而相邻商店的生意却一派繁荣。

商店经营者前去做一番市场调查终于弄清原因：原来，内地城市的消费者相信老牌的商店，对一个新来乍到的新商店一时还不认可。为了吸引顾客，这家商店利用传统的有奖促销方式来刺激消费者，但情况依然没有好转，反而让这座城市的消费者觉得这家商店是挂羊头卖狗肉、打一枪换一个地方的主儿。

眼看商店到了快关门的尴尬境地，商店的管理层在内部出重金购买拯救商店的好点子。

消息发出的当天，这家商店门口打扫卫生的保洁员前去献主意。

商店的高层对眼前这位土里土气的保洁员很是吃惊，也不相信她会有什么好办法。这位保洁员知道他们对自己持怀疑态度，说："你们可以按我说的去做，如果成功了，再奖励我也不迟。"

这位保洁员的办法很简单，就是在商店门口的行人过道上铺上非常漂亮的地砖，但挨着商店门口的这边要比另外一边要低五厘米。

商店的主管部门将信将疑地按这位保洁员的主意把商店门口的过道改造了一番。

人行过道改造完毕的当天，因商店门口是很微小的倾斜，过往的行人不容易察觉，但走着走着就来到了商店的门口。于是他们就抱着反正已经到了门口就进商店看看的想法踏进了门槛儿。货比货，价比价，踏进商店了，顾客马上就发现原来这里也很不错。

第二天，第三天……越来越多的行人因倾斜地砖给"斜"到了这家商店，就这样，这家商店的营业额在同类中慢慢地稳居榜首。

商店在奖励那位保洁员的时候，问她是怎么想到这个办法的，保洁员嘿嘿笑着说："你们难道没有发现高速公路的交叉转弯处，公路都是倾斜的吗？听说，这样司机不怎么打方向盘就开了转弯车。"

众人一听，恍然大悟，感慨为什么自己就没有想到。

### 【智慧点拨】

只要细心观察周围的事物，我们就能有所发现。拥有一颗细致的心，善于观察生活，你就能叩开成功的大门。

# 卖鱼缸

毫无疑问，创造力是最重要的人力资源。没有创造力，就没有进步，我们就会永远重复同样的模式。

——爱德华·波诺

有一个年轻人初涉商海，他在市场上考察了很长一段时间，最终选定做销售玻璃鱼缸的生意。他认为，现在许多人都喜欢养金鱼，闲暇时修身养性，做鱼缸生意，也许能让自己掘得经商的"第一桶金"。于是，年轻人从一厂家批了一千个鱼缸，运到离家不远的县城去卖，几天过去了，他的鱼缸才卖掉几个，守着大堆做工精细造型精巧的鱼缸，年轻人开始琢磨使鱼缸畅销的点子，整整一天，他的思维就像长了翅膀一样，在脑海里飞来飞去，捕捉能给他带来财运的商机。

　　一夜之间，年轻人的思维终于在一条妙计上定格。第二天，他去花鸟市场找到一家卖金鱼的摊位，以较低的价格买下500条金鱼，然后，他让卖金鱼的老大爷帮他把金鱼运到城郊的一处大水塘里，将500条金鱼全倾倒进清澈见底的水里。老人很是吃惊，老人认为他在胡闹，并且还怕他不给钱。见老人心存疑虑，年轻人马上从身上掏出钱，如数地付给了老人。

　　时间不长，一条消息传遍了水塘周围居住的城郊居民，水塘里发现了大批活泼漂亮的小金鱼。人们争先恐后地涌到水塘边打捞金鱼，捕捉到小金鱼的人，兴高采烈地跑到不远处卖鱼缸的摊位前，选购鱼缸后高兴地捧着小金鱼回了家。一些未捕到金鱼的人们，唯恐鱼缸卖完后买不到，也纷纷涌到他的摊位前抢购鱼缸。仅半天时间，年轻人的鱼缸就销售一空。数着到手的钞票，年轻人窃喜：一千只鱼缸，让他赚了2000多元。

　　**【智慧点拨】**

　　生意是死的，但人是活的，只要肯转变思想，积极动脑想出好的赚钱点子，你就会赚大钱。

# 达瑞的故事

　　当我们从事我们天生适合做的事情时，工作中也需要娱乐。娱乐能激发创造力。

——琳达·奈曼

　　达瑞出身于美国一个中产阶级家庭，他的父母在生活上对他要求很严，平时很少给他零花钱。在达瑞8岁的时候，有一天他想去看电影。因为没有钱，他想是向爸妈要钱，还是自己挣钱。最后他选择了后者。他自己调制了一种汽水，向过路的行人出售。可那时正是寒冷的冬天，没有人买，只有两个人例外——他的爸爸和妈妈。

他偶然有一个和非常成功的商人谈话的机会。当他对商人讲述了自己的"破产史"后，商人给了他两个重要的建议：一是尝试为别人解决一个难题；二是把精力集中在你知道的、你会的和你拥有的东西上。

这两个建议很关键。因为对于一个 8 岁的孩子而言，他不会做的事情很多。于是他穿过大街小巷，不停地思考：人们会有什么难题 他又如何利用这个机会。

一天吃早饭时，父亲让达瑞去取报纸。美国的送报员总是把报纸从花园篱笆的一个特制的管子里塞进来。假如你想穿着睡衣舒舒服服地吃早饭和看报纸，就必须先离开温暖的房间，冒着寒风，到花园去取。虽然路短，但十分麻烦。

当达瑞为父亲取报纸的时候，一个主意诞生了。当天他就挨个按响邻居的门铃，对他们说：每个月只需付给他1美元，他就每天早上把报纸塞到他们的房门底下。大多数人都同意了，很快他有了70多个顾客。一个月后，当他拿到自己赚的钱时，觉得自己简直是飞上了天。

高兴的同时他并没有满足现状，他还在寻找新的赚钱机会。经过一段时间的思考，他决定让他的顾客每天把垃圾袋放在门前，然后由他早晨送报时顺便运到垃圾桶里，每个月加1美元。他的客户们很赞赏这个点子，于是他的月收入增加了一倍。后来他还为别人喂宠物、看房子、给植物浇水，他的月收入随之直线上升。

9岁时，他开始学习使用父亲的电脑。他学着写广告，而且开始把小孩子能够挣钱的方法全部写下来。因为他不断有新的主意，有了新主意就马上实施，所以很快他就有了丰厚的积蓄。他母亲帮他记账，好让他知道 什么时候该向谁收钱。

随着业务的扩大，达瑞必须雇佣别的孩子为他帮忙，然后把收入的一半付给他们。如此一来，钱便潮水般涌进了他的腰包。

一个出版商注意到了达瑞，并说服他写了一本书，书名叫《儿童挣钱250个主意》。因此，达瑞在他12岁的时候，就成了一名畅销书作家。

后来电视台发现了他，邀请他参加许多儿童谈话节目。他在电视里表现得非常自然，受到许多观众的喜爱。到15岁的时候，达瑞有了自己的谈话节目，通过做电视节目和电视广告，他已经发展到日进斗金的程度。

当达瑞17岁的时候，他已经拥有了几百万美元。

**【智慧点拨】**

财富是思考出来的。思考得越多，创新的机会也就越大。一个点子、一个创意、一个灵感、一个策划就可以创造出巨大的财富。从某种意义上说，思考的作用是无穷的。

# 餐饮湿巾

> 织布工的后代与帝王的后代一样，也能创造出奇迹。
>
> ——约·德莱顿

关力是上海一家小毛巾厂的业务员。一次和朋友聚餐时，关力偶然听到无纺布发展很快的消息。他知道现在的毛巾大都是化纤的，而无纺布与化纤相比，具有不掉毛、自然降解、成本低廉等优点。如果用无纺布生产毛巾一定有前景。

经过调查，他发现小毛巾大都是普通化纤的。而全国用在餐桌上的一次性用品每年消耗达上千亿元，仅用来擦手、擦嘴的一次性小毛巾就占100多亿元。这时，关力像发现了新大陆一样高兴。他赶忙找来毛巾制作技术人员，将自己的想法与他们进行了交流，并得到了大家的认可。于是，关力聘请了毛巾制造方面的专家，经过苦心研究，终于研制成功了一种新型一次性餐饮用品——餐饮湿巾。

与许多创业者不同的是，关力在推销产品时多花了一些心思。将新产品推向市场，对于一个初创且没有名气的小企业来说，并不容易，很多创业者都面临这样的情况，新产品推出后，需要一点点地普及知识，慢慢地培养市场，但新创企业本身资金缺乏，偏偏又经不起长时间的等待。要想让自己的产品迅速"蹿红"，除了产品本身"新"外，还要在迎合需求上下点巧功夫。

关力的做法是，先对餐厅做一番调查。结果他发现，到餐厅、饭店吃饭的顾客大多都是朋友、亲戚，相互聚餐以融洽感情。但是，仅仅靠吃饭还不能满足这种需求。如果使小餐巾成为一种烘托气氛、融洽感情的工具，不仅自己的产品在同类竞争中不愁销，而且餐厅、饭店也会增加客流。但是，如何才能让自己的餐饮湿巾达到这种功能呢？他左思右想，突然闪出一个念头：在湿巾外包装上印制幽默笑话、漫画。

于是，关力带着餐饮湿巾，敲开了他的第一个客户——上海某大酒店的大门。成本更低廉，卫生更有保证，同时包装袋上印有幽默笑话、漫画等活跃气氛的内容，不但增添餐厅气氛，还可以掩盖服务上的不周到：如客人太多，上菜不及时，客人通过阅读幽默笑话打发等待时间，一席话一下子就打动了这家店的老板，他当即订下了两箱。

5天后，关力接到了这个老板打来的电话，急需10箱餐饮湿巾，还再三叮嘱关力马上送过去。老板说："这种湿巾消费者反映特别好，用着舒服、放心，特别是包装袋上的幽默笑话、漫画引人入胜，别有一番风味。"第一个客户就这样稳定了。随之，第二个、第三个，关力逐步将餐饮湿巾推广到了上海10多家餐厅、饭店，迅速在创业伊始就站稳了脚跟。

【智慧点拨】

若想成功，就要主动创新，而不是跟在别人的后面。如果一成不变地沿用别人的路子，照搬别人的思想，这样子只能导致失败。只有创新，不断产生新的产品，才能抢占市场先机。

# 建设希尔顿饭店

*人民群众有无限的创造力。*

*——毛泽东*

　　年轻时的希尔顿被迫离乡时，身无分文。他借用资源经营旅店事业，只用了17年的时间就成为了身价5.7亿美元的富翁。借到资金后，他不断地让资金升值，如此良性循环，希尔顿最后成了全部资源的主人。

　　希尔顿年轻的时候一直有着发财的梦想，可是一直没有找到恰当的机会。一天，他在大街上行走，突然发现繁华的某商业区居然只有一家饭店。他立即想到：如果在这里建设一座高档次的旅店，生意肯定会十分兴隆。于是，经过认真研究和反复权衡，希尔顿选定了位于某商业区大街拐角地段的一块土地，作为建筑旅店用地。这块土地的所有者是一位名叫老德米克的房地产商人，老德米克给他开了个价：30万美元！

　　希尔顿迟疑了，这个价格有些高，他有点难以接受，但他并没有立即拒绝。他请来了建筑设计师和房地产评估师为他建筑旅馆进行设计预算。希尔顿询问建造这个旅馆的总体费用，建筑师告诉他至少需要100万美元。

　　希尔顿只有5000美元，他购买旅店的计划只能暂时搁浅，但他没有放弃，他想到了不断地增值的办法，于是用5000美元首先买下了一家地处偏僻的旅馆，在他的努力经营下，小旅店不停地升值，很快他就获得了50000美元。有了这些钱做基础，他找到了一个朋友，请他一起出资，两人凑够10万美元，开始合资建设这个旅馆。当然这点钱远远不够购买地皮，离100万美元还相差很远。怎么办呢？希尔顿再次找到老德米克，土地出让费依然是30万美元。这次希尔顿带来的不是巨款，而是天才的设想，希尔顿对土地所有者老德米克说："我买你的土地是想建造一座大型旅店，而我的钱只够建造一座普通的旅馆，所以我现在不打算买你的地，只想租借你的地。"

老德米克完全没有料到，他认为希尔顿简直就是在诈骗。希尔顿非常认真地说："我的租期为100年，分期付款，每年的租金为3万美元，这样你可以保留土地所有权，如果我不能按期付款，那么就请你收回土地和在这块土地上建造的饭店。"老德米克一听，转怒为喜，心里想到："世界上有这样的好事，即使得不到30万美元的土地出让费，却可以得到270万美元的收益，自己的土地所有权依然归自己所有，一旦希尔顿经营失败，自己还可以获得土地上的饭店。"于是，这笔交易顺利地谈成了。希尔顿只用了3万美元就拿到了应该用30万美元才能拿到的土地使用权，这就节省了27万美元。但距离建造旅店需要的100万美元还是有很大的差距，希尔顿想到了向银行贷款。于是，他又找到老德米克，他说："我打算以土地作为抵押去银行贷款，有了充裕的资金才能建造旅店，希望你能同意。"老德米克考虑了一下同意了。就这样，希尔顿拥有了土地使用权，从银行顺利地获得了30万美元。加上他已经交付给老德米克的3万美元后剩下的7万美元，他就有了37万美元。可是这笔资金与100万美元还是有很大差距，于是他又找到一个土地开发商，请求与他一起开旅馆，这个开发商给他20万美元，这样他的资金就达到了57万美元。

1924年5月，希尔顿旅店开始破土动工了。当旅店建设到了一半的时候，57万美元已经全部用光了，希尔顿又陷入了困境。希尔顿再次想到了富有的老德米克，他如实地介绍了资金上的困难，他希望老德米克能够再次出资，他说："资金已经用完了，现在工程是半途而废。只要旅店一完工，你就可以拥有这个旅店，如果您租赁给我经营，我每年付给您10万美元的租金。"

此时的老德米克已经是进退两难，如果不答应，希尔顿的钱无法收回不说，自己的钱更是白白浪费了，老德米克只好同意了他的要求。而且最重要的是自己并不吃亏，甚至有利可图——建设希尔顿饭店，不但饭店是自己的，连土地也是自己的，建成后每年还可以拿到10万美元的租金收入。于是，老德米克出资继续进行剩下的工程。

1925年8月4日，气派典雅、装潢一新的旅店建成了，该饭店以希尔顿的名字命名，从此，希尔顿的人生开始步入辉煌时期。

【智慧点拨】

当你两手空空又想成就一番大业时，不妨开动脑筋，巧妙借助他人的财力和物力为自己创造财富，把"借"来的款当作自己的资金并加以运用。

# 成功的眼睛

能正确地提出问题就是迈出了创新的第一步。

——李政道

日本东京有家大都不动产公司，公司创业者渡边正雄45岁那年才创立了这家公司，而公司的大规模发展，则是源于渡边卓越的市场眼光和创新精神。

大都不动产公司创立时仅有20平方米的平房，规模小得不能再小了。一天，有人向渡边推销土地。"那须（地名）有几百万平方米的高原，价钱非常便宜，每平方米只售60日元。"

这块山地曾向东京所有的地产商兜售过，但谁也不感兴趣，因为那里人迹罕至，没有道路，没有自来水，也没有电气等公共设施，不动产价值被认为等于零。可渡边有兴趣，因为他知道，那须与天皇御用地邻接，可能让人感觉到自己是与天皇在做邻居，能满足人的自尊心的需要；同时，城里已是人满为患，人们渴望回归大自然将是不可遏止的潮流。

渡边毫不犹豫拿出全部财产，又倾其全力大量借债，将这块土地全部买了下来。订约之后，同行们都嘲笑他是"一个无可救药的大傻瓜"。

渡边把土地细分为道路、公园、农园和建筑用地，并准备先建100户别墅和大型的出租民房。随后，渡边开始大做广告，出售别墅和农园用地。他的广告醒目、生动，充分抓住那须青山绿水、白云果树的特色，适应了都市人们厌恶噪声和污染、向往大自然的心理。

结果，订购踊跃之极。不到一年，几百万平方米的房地产就全部卖出，净赚了20多亿日元，而剩下的30多万平方米土地已增值了数倍。

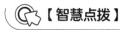【智慧点拨】

世上不缺乏成功的机会，只是缺乏成功的眼睛。发现是成功之门，也是创新之门，只要你擦亮一双睿智和超人的眼睛，成功的机会便向你微笑着走来。

# 撑死胆大的，饿死胆小的

*"拿出胆量来"那一吼声是一切成功之母。*

*——雨果*

井植岁男是日本三洋电机公司的创办人，他在1947年创立三洋电机公司时，公司只有20个人，从一间小厂房起步，到1993年，该公司已发展成为一个跨国经营的大企业。

井植岁男性格豪放，决断大胆，处事单纯明快，不拘小节。井植岁男从姐夫的公司走出来自己创立"三洋"，是其胆识的体现，经过几十年的艰苦经营，把"三洋"发展成为世界级的大企业，也是其胆识结出的硕果。

而许多人却因为没有胆识失去致富的机会。

1955年，井植岁男曾试图鼓励其雇用的园艺师傅自己创业，但这位园艺师傅却因为缺乏胆量而失去一个致富的机会。

有一天，园艺师傅向井植岁男请教说："社长先生，我看您的事业愈做愈大，而我就像树上的一只蝉，一生都在树干上，太没出息了。请您教我一点儿创业的秘诀吧！"

井植点头说："行！我看你比较适合园艺方面的事业。这样好啦，在我工厂旁有2万坪空地，我们合作种树苗吧！我想种树苗出售是项有前途的事业。你知道一棵树苗多少钱可以买到？"

"40元。"

井植又说："好！以一坪地种2棵计算，扣除走道，2万坪地大约可种2.5万棵，树苗的成本刚好是100万元。三年后，一棵可卖多少钱呢？"

"大约3000元。"

"100万元的树苗成本与肥料费都由我支付，以后的三年，你负责浇水、除草和施肥工作。三年后，我们就有600万元的利润，那时我们每人一半。"井植岁男认真地说。

不料，那园艺师傅却拒绝说："哇！我不敢做那么大的生意。"

最后，井植只好作罢了。他无可奈何地说："要创业，必须要有胆识，否则，面对好的机会，不敢去掌握与尝试，这固然没有失败的顾虑，但是却失去了成功的机会。世上凡事都有风险，欲要成功，必须以胆量和力量去排除风险。"

### 【智慧点拨】

在很多情况下，强者之所以成为强者，就是因为他们敢为别人所不敢为。如果缩手缩脚，即使有比别人更新的思想，也只能错过机会，成为过时的东西。

# 山乡旅店

一个没有创新能力的民族，难以屹立于世界先进民族之林。

——江泽民

一家位置偏僻的山乡旅馆，自开业以来一直生意清淡，门可罗雀。无奈之下，旅馆老板贴出了转让的条幅。一天，有个浙江商人来此地考察市场，恰巧入住这个旅馆，看到了转让信息。他主动与旅馆老板联系，并用较低的价格收购了这家旅馆。

难道这个浙江人疯了不成？很多人听说后都很费解。

这家旅店坐落偏僻，旅店后面又是一片荒山秃岭，既缺乏一块风水宝地，又没有一个好的环境，怎样才能把顾客吸引来呢？这个浙江商人自有他的打算。

不久，该城的大街小巷贴出了一份奇特的海报，落款是"山乡旅店启"。海报上写着："亲爱的旅客：您好！本旅馆附近拥有长流的清泉，后山有大片空地，既宽阔又幽静，专门留作投宿本店的旅客植树之用。您若有雅兴，欢迎前来种下小树一棵，本店可委派专人给您拍照留念，树上还可挂上一块木牌，上面刻下您的尊姓大名和植树日期。这样，当您再度光临之时，定能看到您亲手栽下的小树业已枝繁叶茂，令人遐想不已。本店只收取树苗费20元，并将永久代管您植的树。"

这张小小的海报很快就传开了。人们议论纷纷，互相转告："喂，我看在旅馆后面植树留念，倒真是一件挺有意义的事哪！""对呀，我的小孩刚好今年出生，要是去那儿给他种棵同龄树留念，该有多好呀！""是啊，听你这一说，我倒想起我老婆明天要过25岁生日.我明天一定叫她一块去种树，留个纪念。"

很快地，山乡旅馆不再为客源发愁了，为了植纪念树而投宿的顾客纷至沓来，热闹非凡。客人中，有天真烂漫，稚气十足的小孩，也有皓首银发，沉湎往事的老人；有情意绵绵，充满憧憬的情侣，也有弹琴舞墨，吟诗弄画的文人；有腰缠万贯、一掷千金的巨富，也有专心学业、追逐功名的学子；有治国安邦、日理万机的政界要人，也有身微言轻、忙忙碌碌的寻常百姓……显然，在他们的心中，都有着一片难以忘却的绿洲。

因顾客太多了，山乡旅馆不仅全数留下了原本因经营惨淡而准备辞退的店员，还新招了一批服务员。几年后，山乡旅馆的后山上，已是林木葱茏，风景宜人了。当然，这个收购旅馆的浙江商人也就此赚足了钱，而原先陈旧不堪的馆舍也被雕梁画栋，气派恢宏的山乡宾馆所取代了。

### 【智慧点拨】

思路就是财富。只有好的思路，对的思路，才能铺成财富之路、成功之路。

# 可口可乐的诞生

道在日新，艺亦须日新，新者生机也；不新则死。

——徐悲鸿

1886年春天，在美国佐治亚州的亚特兰大市的一间小药店里，从瞌睡中猛醒过来的小店员正在接待一位头痛患者，他要求买这家药店老板兼业余药剂师约翰·潘伯顿调制的专治头痛药水。这种药水是潘伯顿经过无数次试验，最后以古柯树叶和柯拉树籽做基本原料制成的一种有一定疗效的健脑药汁。潘伯顿把它称为可口可乐，即古柯和柯拉的谐音。古柯树叶和柯拉树籽均有兴奋作用，常被南北美洲印第安人和西非人用做消除疲劳、振奋精神之物。

当小店员去取可口可乐药水时，发现已卖光了。他从小就在药店里工作，对药物知识有一定的了解。为了应付病人，便拿起一瓶类似的治头痛的药，与苏打水糖浆混在一起，倒了一杯给病人。病人深深呷了一口，禁不住连声叫好。

过一会后，一位顾客来问道："将方才那位病人喝的头痛药水卖我一杯。"小店员准备再如法炮制时，却忘掉了刚才所用的药。在心慌意乱中，愈加紧张了，顾客见此状而生气。老板潘伯顿闻声从店里赶到柜台边，询问发生了什么事。小店员不敢说自己瞌睡中发生的那段事，只得谎称这位顾客要买可口可乐药水，但这种药水已经没有了，所以顾客吵闹。

当潘伯顿将配好的可口可乐药水交给顾客时，那人竟说受骗了，他说刚才那位病人喝的药水是紫红色的，为什么现在这种药水变成白色了？顾客这一质问顿时使潘伯顿莫名其妙，他不得不追问自己的小伙计是怎么一回事，小店员只得如实地把经过说了一遍。

故事发展到这里，我们不妨想想，要是我们，接下来该会如何处理呢？可能大多会责骂和教训小店员，因为乱配药是会闯大祸的。潘伯顿本来也想狠狠骂小店员一顿，但他没有这样做。

此时，他的脑海里浮现出一个问题：为什么紫红色的药水特别受欢迎？刚才小伙计乱配的药水有什么特效呢？潘伯顿立即对小店员那种乱配的药水进行分析研究。经过反复试验，他很快就在原来的可口可乐药水基础上，吸取了小店员那一"乱配"药的成分，调制成当今流行全球的紫红色的可口可乐饮料。

谁也没有想到，一个小店员的漫不经心的失误，会导致一项重大发明的诞生，潘伯顿因此发了大财，他在1887年就销售了1049加仑。潘伯顿去世前把可口可乐的专利卖给别人，从中获得专利费2300万美元。大家可以想象，100年前的2300万美元，在当时可以说是个天文数字。有人说，潘伯顿是偶然致富的，但是，如果潘伯顿没有对新鲜事物的敏感，没有创新的意识，他能发明可口可乐吗？

潘伯顿的一项创新，创造了当今世界上最大的饮料产业。现在，可口可乐仍然风靡全球，世界上近200个国家和地区，每天要喝下三亿多瓶可口可乐，不仅为一任接一任的可口可乐公司老板带来巨大的财富，而且也使许许多多的经销商、生产商、广告商、运输商以及配套生产可口可乐瓶的生产企业赚足了钞票。

**【智慧点拨】**

只有不断创新，才能不断进步。所谓创新就是创造革新，它与墨守成规和因循守旧相对立。想成大事者，首先就必须在思维上达到这样一种程度：用新思维突破常规观念，超越自己的过去，更要超越对手的思维能力。这种思维，也就是我们常说的创造性思维或者叫创新思维，它决定一个人能否成就一番事业或者成就的大小。

# 笑话公司

人类的创新之举是极其困难的，因此便把巳有的形式视为神圣的遗产。

——蒙森

巴西有个企业家叫卢伊兹·卡洛斯·布拉沃，有一次到剧院观看演出，当看到一个讲笑话的节目时，被演员逗得捧腹大笑。绝大多数观众笑后就抛在脑后，但卢伊兹与众不同，他反复思考此事，认为可以将"笑话"变成赚钱的"商品。

经过认真的研究分析，卢伊兹决定搞一个独特的电话服务公司，叫作"笑话公司"。他千方百计汇集了世界各国出版的500多册笑话选集，从中精心挑选了成千上万则精彩的笑话，请专家教授译成英语，并使其富有英语的幽默感然后再聘请滑稽演员把这些笑话制成录音，在电话上增设一个特制系统，备有专用电话号码。用户只要一拨这个专用号码，就能听到令人捧腹大笑的笑话当然用户每听一次，就要交付一定的费用这种别开生面的业务一开张，就受到广大听众的欢迎，卢伊兹由此也获得了丰厚的利润。

为了保护自己的专利，卢伊兹在巴西全国工业产权局进行了注册登记。后来，随着生意的兴旺，又在英国等16个国家进行了专利注册，他在巴西先后与300个城市的电话局签订合同，都安上了特种设备，开展笑话业务在国内业务的基础上，他又开始向英国、日本、德国、法国、希腊、阿根廷、智利、西班牙、葡萄牙等市场出口，年业务额达3000多万美元。

**【智慧点拨】**

　　创新并不神秘，人人具备创新潜能，如果你懂得创造的奥秘，善于掌握科学的方法，你那潜在的创新才能就会迸发出来，以至成就大事，创造出自己的财富王国。

# 钢铁大王卡内基

　　一个成功的创业者，三个因素，眼光、胸怀和实力。

——佚名

　　钢铁大王安德鲁·卡内基创业之初，正是美国南北战争时期。战争的发生，使铁路桥梁屡屡被毁，国家损失惨重，但仍然要及时地进行补修重建，在这方面的耗资是十分巨大的。具有远见的安德鲁·卡内基马上发现了赚钱的机会，他打算成立一个铁桥建设公司。但当时他手头的钱还不足以建立一个公司，好多人劝他说：现在的工作收入也不错，干嘛要去冒险呢！但他一旦下定决心，就会立即付诸行动。他四处筹集资金，很快建立了铁桥建设公司，那时专门从事这一行业的公司还很少，且大多设备不全，不能担当所有项目的设计和施工。所以卡内基铁桥建设公司成立后，工程不断，大量的财源流入了安德鲁·卡内基的口袋。

　　正当他的事业十分红火之时，他却放弃了自己苦心创建的铁桥建设公司，这一做法让许多人不理解，他们认为卡内基太不自量力了，这么好的事业不去继续开拓，反而舍弃掉现有的胜利成果，改行做别的，让一切重新开始，一定是被成功冲昏了头脑。但卡内基不以为然，他的眼光比普通人看得远，他相信自己的判断。他认为："美洲大陆现在是铁路时代、钢铁时代！需要建造铁桥、火车头和铁轨，钢铁生意将是一本万利的。"铁路将成为美国最赚钱的行业，也是需要钢铁最多的地方。铁路造得越多，对生产和经营钢铁者就越有利。他决定在钢铁方面开拓自己的事业。

为了掌握钢铁技术和先进的经营方法，他毅然放下手头的一切，到欧洲作了长达280天的考察。在伦敦他参观了钢铁研究所，买下了工程师道兹兄弟的钢铁制造法的专利。同时，他还买下了焦炭洗涤还原法的专利。回国后，卡内基就像是重新上紧了发条的机器一样，迅速行动起来，全力向钢铁王国进军。

1868年，安德鲁·卡内基建立了联合制铁厂，并建立起了一座高22.5米当时世界最大的熔铁炉。1872年，他在匹兹堡的南面建起了一座钢铁厂，他的钢铁厂规模是当时美国最大的。卡内基的事业开始进入辉煌时期。在企业管理中，卡内基特别注意鼓励工人尤其是技术人员放远目光，努力学习当时最先进的生产技术，注重技术的革新，所以卡内基企业的生产力一直在美国甚至是整个欧洲都处于领先地位。

卡内基自己更是时时关注当时最新的市场变化，并注意分析整个市场的走向，适时采取最有效的经营策略，所以他永远都是走在时代最前列的企业家。1873年，一场严重的经济危机席卷了整个美国，他投资的新兴钢铁业却独领风骚，正如他所预测的那样：铁路公司正在用钢轨调换铁轨，军火工业和其他工业对钢铁的需求也在迅速增加。没有多长时间，安德鲁·卡内基的资产就翻了好几番，他的公司几乎垄断了美国的钢铁市场，他也一下子成了美国最有钱的富豪之一，并被誉为美国"钢铁大王"。

【智慧点拨】

站得高，才会看得远；看得远，才会行得长。凡事不能光看眼前利益，而要把目光放远，看到今后的发展趋势，只有事事走在别人前头，才有必胜的把握。

# 冷饮的流行

科学的幻想归根结底是科学和技术的大胆创造。

——费定

弗里德里克出生于美国旧金山的一个中产阶级家庭，少年时期便梦想成为一个成功的商人，由于没有什么太好的机遇，他的心中也时常显得焦躁不安。

在一个很偶然的机会里，他发现，常常被人们废弃的冰块的用途实际上是非常广泛的。而它的主要用途，也就是最普遍、最大众化的用途就是食用。而且，冰块加入水中，或者化为水，就可以成为冷饮，他立即敏锐地发现在气候炎热的地方，这种饮料一定会有广阔的市场。

弗里德里克由此看到了一个潜在的商机。但是，他发现现在自己的当务之急是改变人们的饮用习惯，用冷饮取代人们习以为常的热饮；创造一种冷饮流行的市场局面才可能使冰块销售业务有长足进展。

于是，弗里德里克开始不断地实验创造消费。他试着利用冰块做各种各样的冷饮，并将冰块加入各种酒中勾兑出各种口味的鸡尾酒。经过多次试验，他终于试制出适合于多数人饮用的冷饮。

实验成功之后，他开始思索怎样才能让冷饮自动地成为一种时尚，成为一种人们趋之若鹜的消费倾向，而不靠自己挨家挨户地去劝说顾客呢？

渐渐地，他观察到人们一般情况下只是在酒店或者热饮店里喝饮料或酒。到了夏天天气炎热的时候，这些酒店生意都不太好，店主也为之烦恼不已。于是，他决定从酒店入手，传播自己创造的时尚。

开始时，他免费给一些小酒店提供冰块，并且教会他们用冰块去做各种冰镇饮品及勾兑各种鸡尾酒；因为这些冷饮在炎热天气下有解暑降温的作用，经冰镇过的各种液体又会变得十分可口，这些饮品便立即在各个地方，尤其是那些气温高而又缺水的地区率先风靡起来。

于是，许多店主开始纷纷仿效他的做法，大量购买冰块制作冷饮。

一时间，冷饮蔚然成风，人们渐渐改变了以往只喝热饮的饮食习惯，学会了在热天里饮用冷饮止渴。于是，冷饮开始在全国各地广泛地流行起来，成为一新型的健康时尚。

冷饮的风行大大地带动了冰块的销售，一切都如弗里德里克所预料的那样，冰块的销售业务得到了巨大的发展，弗里德里克的一番努力终于使冰块的市场得到第一次的充分发掘，他的心态开始稳定下来，事业也逐渐从起始的艰难中走出来，开始慢慢向成功的高峰挺进。

### 【智慧点拨】

创新，让商机无处不在。只要你有心、留心，不断创新，占据市场主动，就可以从商机发掘无限的财富。

# 第六章
# 换个方向就是第一

# 聪明的老人

创新是科学房屋的生命力。

——阿西莫夫

美国芝加哥一位退休老人，在一所学校附近买了一栋简朴的住宅，打算在那儿安度他的晚年。

他住的地方最初的几个星期很安静，不久，就有三个年轻人开始在附近踢所有的垃圾桶，附近的居民深受其害，对他们的恶作剧，采用了各种各样的办法，好言相劝过，也吓唬过他们，可一直没有作用，等到人一走，他们又开始踢。邻居们无计可施，也只好听之任之。

这位老人实在受不了他们制造的噪音，就想办法让他们离开。

于是，他出去跟他们谈判："你们几个一定玩得很开心，我年轻的时候也常常做这样的事情。你们能不能帮我一个忙？如果你们每天来踢这些垃圾桶，我每天给你们一元钱。"

这三个年轻人很快就同意了，于是，他们使劲地踢所有的垃圾桶。

过了几天，这位老人愁容满面地去找他们，"通货膨胀减少了我的收入，"他说："从现在起，我只能给你们每人五毛钱了。"

这三个年轻人有点不满意，但还是接受了老人的钱，每天下午继续踢垃圾桶，可是，却没有以前那么卖力了，踢得浮皮潦草的。几天后，老人又来找他们。"瞧！"他说："我最近没有收到养老金支票，所以每天只能给你们两毛五分了，成吗？"

"只有两毛五分！"一个年轻人大叫道，"你以为我们会为了区区两角五分钱浪费时间，在这里踢垃圾桶？不成，我们不干了！"

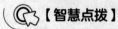

从此以后，老人过上了安静的日子。

### 【智慧点拨】

生活中总是有这样一些难题，其实只要我们换一个思路，那问题就可以迎刃而解。上例中的老人在正面劝说无效后，通过曲线方式，解决了问题，让三个年轻人自动放弃了踢垃圾桶的坏行为。

# 换个方向

横看成岭侧成峰，远近高低各不同。

——苏轼

有一个农民，他从小的理想就是当作家。虽然他只有小学的文化程度，但他仍一如既往的努力。10年来，他坚持每天写作500字。每写完一篇，他都改了又改，精心地加工润色，然后再充满希望地寄往各地的报刊杂志。遗憾的是，尽管他很用功，可他从来没有一篇文章发表，甚至连一封退稿信都没有收到过。

时至而立之年，他总算收到了第一封退稿信。那上一位他多年来一直坚持投稿的刊物的编辑寄来的，信里写道："看得出你是一个很努力的人，但我不得不遗憾地告诉你，你的知识面很狭窄，生活经历也显得过于苍白。但我从你多年的来稿中发现，你的钢笔字越来越出色……"

就是这封退稿信，点醒了他的困惑。他毅然放弃写作，换了个方向，练起了钢笔书法，而且长进很快，大有所成。现在，他已是一名颇有影响力的书法家了。就这样他让自己换了个方向，继而柳暗花明，走向了成功。

在生活中，当你发现某一条路走不通的时候，赶紧转换思路，试试走另一条路。通过思路转换，达成我们的理想，改变我们的命运，这才是我们所期盼的。

# 聪明的走私者

我们发现了儿童有创造力，认识了儿童有创造力，就须进一步把儿童的创造力解放出来。

——陶行知

一天凌晨，一位游客推着一辆装满稻草的手推车来到了两国之间的边境。边防哨兵疑心顿起：对稻草是不需要征税的，但是稻草下面到底是什么？这位哨兵仔细地对手推车中的稻草进行了搜查，但是一无所获。哨兵非常疑惑，亦感到很恼火，但是他只能给这位游客放行。

第二天这位游客又来了，还是推着一辆手推车，这次里面装满粪肥，粪肥也是不需要交税的商品。这位哨兵心想这次一定要查出点什么来。所以他不顾让人恶心的臭味，找来一把小铲，仔细检查了臭烘烘的手推车，还是没有发现什么走私品。

每天，当太阳刚刚升到海关对面建筑物顶端的时候，同样的场景就会发生。有一次手推车中是碎木屑，另外一次是砾石，后来又是粪肥，每次都是不用交税的物品。但是哨兵真的没有想到他究竟在走私什么东西。时间久了，哨兵的检查便成了友好的例行检查。

"我知道你一定在走私什么东西，我会找到的。"哨兵咧开嘴笑着对这位游客说。

"这么多次了，你已经知道我是一个很诚实的人。"这位游客这样答道。游客是位乐观派，在搜查过程中，他和哨兵会一起谈论前一天发生的事情：谁欺骗了谁、有关国家领导人的最新谣传以及现在已经被关在当地监狱中的走私犯的走私伎俩。

"我不希望那种事情发生在你身上。"边防哨兵说道。

"一个诚实的人没有什么可害怕的。"这位游客答道。

就这样过了一年多。突然有一天那位游客在日出之时没有来到边境，并且再也没有出现过。十几年之后，哨兵和游客都已经开始了完全不同的生活，他们在一个酒馆中不期而遇了。于是哨兵问那位游客，希望他能解答一下多年以来一直困扰他的一个问题。"我多年以前就离开海关了，我为政府尽心尽责地工作。我知道你当时在走私什么东西，你一定是在走私什么东西。"他说道，"都这么多年的老交情了，告诉我好吗？"

"是手推车。"

**【智慧点拨】**

为什么那个士兵并没有发现他走私的是什么，那是因为他习惯于遵循以往的观念和想法，认为走私物品一定藏在手推车里。那个游客正是抓住了人的思维定式，打破常规的思维，实现了自己的目的。所以，不要总是按照常规想法去思考问题，让思维转个弯，你将会看到一片更广阔的世界；换个角度思考，问题往往会迎刃而解。

# 德国舰队智闯海峡

*一个具有天才的禀赋的人，绝不遵循常人的思维途径。*

——司汤达

第二次世界大战期间，纳粹德国给世界人民带来巨大的灾难。但在战争期间，其军事将领们也给战争史留下了许多经典战例。

1942年2月12日中午，英国海军和空军重兵布防的英吉利海峡上空，一架英国战斗机在例行巡逻。突然，飞行员发现有一队德国舰队大摇大摆地从远处开了过来，他立即将这一发现向司令部报告。英国司令部的军官们大惑不解：德国舰队怎么可能在大白天从英吉利海峡通过，是不是飞行员看错了？英国人忙于思考和争论，却没顾及时间正一分分溜走。直到过了近一个小时，又一架英军侦察机发现德舰已经闯入海峡最窄也是最危险的地段了，并且正在全速行驶。英军指挥官们这才意识到敌情的严重性，等他们判明敌情，调集部队，下令进攻时，德国舰队已经远离了最危险的地段，给其致命打击的机会已然丧失。整个下午，英军虽然不断出动飞机、驱逐舰对德国舰队进行拦截，但由于仓促上阵，反而被严阵以待的德军给予沉重打击。就这样，德国海军在英国人的眼皮底下，将驻泊在法国布雷斯特港内的舰队顺利地移至挪威海面，增强了那里的战斗力。

原来，这一切都是德军为完成这次战略转移精心策划的大胆行动。因为从法国到挪威有两条路线可走，一条是向西绕过英伦诸岛北上，这条航线路途遥远，费时费力，如果遭遇兵力占绝对优势的英国军队，后果不堪设想；另一条航线则是直穿英吉利海峡，但此处有英海、空军的重兵布防，同样是危机重重。最后，德军指挥官经过反复权衡后，决定在英国根本没有想到的情况下，出其不意地闯过英吉利海峡，在夜间出发，白天通过英吉利海峡最危险的多佛和加莱之间的地段。

这一大胆冒险的行动果然获得了成功，庞大的德国舰队在飞机的掩护下，在英国人认为绝不可能的时候出现，英军来不及判断和阻挠的情况下，明目张胆地闯过英吉利海峡，给英国人上了一堂生动的战争教学课，也为我们上了一堂生动的创新教学课。

## 【智慧点拨】

出其不意，反其道而行之，是德军这次军事行动得以成功的基石。所以，无论在战场上还是在生活中，若要攻无不克、战无不胜，就必须拓展思维领域，不可执着于常规，以奇兵取胜。

# 改变电扇的颜色

正确对待前人理论，学百家之长，自主创新。

——陈国达

1952年前后，日本的东芝电气公司曾一度积压了大量的电扇卖不出去，7万名职工为了打开销路，费尽心机地想尽了办法，依然进展不大。

有一天，一个小职员向当时的董事长石板提出了改变电扇颜色的建议。在当时，全世界的电扇都是黑色的，东芝公司生产的电扇自然也不例外。这个小职员建议把黑色改成浅色。这一建议引起了石板董事长的重视。经过研究，公司采纳了这个建议。第二年夏天东芝公司推出了一批浅蓝色电扇，大受顾客欢迎，市场上还掀起了一阵抢购热潮，几个月之内就卖出几十万台，从此以后，在日本，以及在全世界，电扇就不再都是一副统一的黑色面孔了。

## 【智慧点拨】

一个小小的改变，其结果往往不是我们能估计的。在我们生活中，有很多这样的例子，永远没有一成不变的做法，针对不同的问题，采用不同的方式，结果是一样令人满意的。

# 加大牙膏管的口径

凡能独立工作的人，一定能对自己的工作开辟一条新的路线。

——吴有训

　　为了使目前已近饱和的牙膏销售量能够再加速成长，某世界著名的牙膏公司的总裁不惜重金悬赏，只要能提出足以令销售量增长的具体方案，该名员工一定会获得高达10万美元的奖金。

　　业务部全体员工正在绞尽脑汁，在会议桌上提出各式各样的点子，诸如加强广告、更改包装、铺设更多销售网点，甚至于攻击对手等等，几乎到了无所不用的地步。而这些陆续提上来的方案，最终都不被总裁所欣赏和采纳。

　　一天，一位刚进入公司不久的女秘书，在给总裁倒茶时，提出了自己的看法。

　　她对总裁说："我想，每个人在清晨赶着上班时，匆忙挤出的牙膏，长度早已固定成为习惯。所以，只要我们将牙膏管的出口加大一点，大约比原口径多40%，挤出来的牙膏重量就多了一倍。这样，原来每个月用一条牙膏的家庭，是不是可能会多用一条呢？"

　　总裁一听，大喜，立刻采用了她的建议。没过多久，公司的销售量就增长了。

## 【智慧点拨】

　　分析问题，不能只从一种思路上去思考，那样很容易进入一种惯性思维的误区。这个时候，可以尝试其他途径，进而找到解决问题的有效方法。

# 智商160的 "笨蛋"

若想要提高能力，就必须从冲破思维定式开始。

——佚名

美国科普作家阿西莫夫从小就聪明，年轻时多次参加"智商测试"，得分总在160左右，属于"天赋极高者"之列，他一直为此而洋洋得意。有一次，他遇到一位汽车修理工，修理工对阿西莫夫说："嗨，博士！我来考考你的智力，出一道思考题，看你能不能回答正确。"

阿西莫夫点头同意。修理工便开始说思考题："有一位既聋又哑的人，想买几根钉子，来到五金商店，对售货员做了这样一个手势，他把左手两个指头立在柜台上，右手握成拳头做出敲击的样子。售货员见状，先给他拿来一把锤子；聋哑人摇摇头，指了指立着的那两根指头。

于是售货员就明白了，聋哑人想买的是钉子。聋哑人买好钉子，刚走出商店，接着进来一位盲人。这位盲人想买一把剪刀，你想，盲人将会怎样做？"

阿西莫夫顺口答道："盲人肯定会这样。"说着，伸出食指和中指，做出剪刀的形状。

汽车修理工一听哈哈大笑："盲人想买剪刀，只需要开口说'我要剪刀'就行了，他干吗要做手势呀？"

智商160的阿西莫夫，这时不得不承认自己确实是个"笨蛋"。

## 【智慧点拨】

有时候，我们思考问题，总要把以往的经验加上去。但是如果不懂得转换思维，很容易就走进思维的死角，使判断出错。

# 起死回生的篮球赛

能够把人限制住的，只有人自己。

——佚名

在一次欧洲篮球锦标赛上，保加利亚队与捷克斯洛伐克队相遇。当比赛剩下8秒钟时，保加利亚队以2分优势领先，一般说来已稳操胜券。但是，那次锦标赛采用的是循环制，保加利亚队必须赢球超过5分才能取胜。可是用仅剩下的8秒钟再赢3分，谈何容易？

这时，保加利亚队的教练立即请求暂停。许多人对此举付之一笑，认为保加利亚队大势已去，被淘汰是不可避免的，教练即使有回天之力，也很难力挽狂澜。

暂停结束后，比赛继续进行。这时，球场上出现了众人意想不到的事情：只见保加利亚队员突然运球向自家篮下跑去，并迅速起跳投篮，球应声入网。这时，全场观众目瞪口呆，全场比赛时间到。但是，当裁判宣布双方打成平局需要加时赛时，大家才恍然大悟。保加利亚队这出人意料之举，为自己创造了一次起死回生的机会。加时赛的结果，保加利亚队赢得了6分，如愿以偿地出线了。

### 【智慧点拨】

当你面对看似无法解决的难题时，只要调整一下思维方式，换一个思考的角度，跳出习惯的思维怪圈，就会得到异乎寻常的答案，使不可能变成可能。

# 拍集体照

勤于思考，善于总结，勇于实践，敢于创新，当你退无可退，就只能勇往直前。

——佚名

有个摄影界的朋友，给大会拍集体照有年头了。照着照着出了新问题，一排排坐的站的，时间稍长，不免犯困，即使不是闭目养神，也不时会眨眼睛。几十号人，甚至上百口子，咔嚓一声照下来，就有睁眼的，有闭眼的，闭眼的看见照中，自然不高兴，这不是歪曲我的形象吗？

就拍照言拍照，形象是头等大事，全靠修改也难。于是喊："一！二！三！"但坚持了半天以后，恰巧在"三"字上坚持不住了，上眼皮打下眼皮，又是作闭目状，真难办。

这位朋友换了一个思路，大获成功。他请所有与会者全闭上眼，听他的口令，同样是喊"一，二，三"，在"三"字上一齐睁眼。果然，冲洗出来一看，一个闭眼的也没有，全都显得神采奕奕，比本人平时更精神。皆大欢喜。

**【智慧点拨】**

同样一个问题，如果可以换一个思路、换一种角度，就能很轻松地得到解决。

# 只借1美元

> 伟大的以及不仅是伟大的发现，都不是按逻辑的法则发现的，而都是由猜测得来，换句话说，大都是凭创造性的直觉得来的。
>
> ——福克

一个犹太人走进纽约的一家银行，来到贷款部，大模大样地坐了下来。

"您需要什么服务？先生。"贷款部经理一边问，一边打量着他的穿着：豪华的西服、高级皮鞋、昂贵的手表，还有领带夹子。

"我打算贷点款子。"

"可以，您想贷多少？"

"1美元。"

"1美元？"

"不错，只借1美元。可以吗？"

"当然可以，只要有担保，再多点也无妨。"

"好吧，这些担保可以吗？"

犹太人说着，从豪华的皮包里取一堆股票、国债等等，放在贷款部经理的写字台上。

"总共50万美元，够了吧？"

"够了，够了，只不过您真的只贷1美元吗？"

"是的。"说着，犹太人接过了1美元。

"年息为6%。只要您付出6%的利息，一年后归还，我们就可以把这些股票还给你。"

"谢谢。"

犹太人说完，就准备离开银行。

一直在旁边冷眼观看的行长，怎么也弄不明白，拥有50万美元的人，怎么会来借1美元？他马上追上前去，拉住对方问道：

"啊，这位先生……"

"有什么事情吗？"

"我实在弄不清楚，你拥有50万美元，为什么只借1美元呢？如果您要借30、40万美元的话，我们会很乐意的……"

"请不必为我操心。只是我来贵行之前，问过了几家金库，他们保险箱的租金都很昂贵。所以我就准备在贵行寄存这些股票。租金实在太便宜了，一年只须花6美分。"

### 【智慧点拨】

按照常理来说，人们通常会把贵重物品寄存在保险箱里，但上例中的犹太人没有困于常理，而是另辟蹊径，找到让股票锁进银行保险箱的办法，并且为自己节省了租金。这就是思考的妙用。改变常态的思维轨迹，用新的观点、新的角度、新的方式研究和处理问题，就能产生新的思想。

# 卖日本货

创造力是人类最变通的工具，创造机会和创造性问题比比皆是，关键是我们能否学会使用这一工具，能否发现这机会和问题。

——佚名

美国麦克公司董事长库里·恰克，以前只是一个小商贩，靠做小生意起家。那一年，他把所有的本钱取出来，购进了一大批日本货，准备在美国出售。不料进货不到两天，还没来得及出售，日本偷袭珍珠港的事件发生了，美国人抵制日货，使库里·恰克的经营面临破产的边缘。库里·恰克有苦难言，辛辛苦苦赚来的钱眼看就要泡汤了，他整天坐在椅子上，面对堆积如山的日货长吁短叹，度日如年，几乎想要跳楼自杀。

突然有一天，他想到了一个起死回生的点子，他认为这个生意点子大有一试的价值。于是，他就在他的商品广告单上用红字写下这么一句话："美利坚的同胞们，买日货是爱国的最好表现，有爱国心的人不可不买。为什么呢？在跟日本打仗的现在，如果人人都买日货，就等于省下一批国内资源。这部分资源就能用作军需品，以增强美国的国力。"这寥寥数语发生了很大的作用，看到广告单的人都纷纷买他的日货，这样他的日货很快就卖光了。

**【智慧点拨】**

面对生活中的诸多难题，如果从正面去想无法解决时，不妨打破常规，从另一方面或另一角度去思考。就像本来濒临破产的库里·恰克，把抵制日货改变成提倡购买日货，结果他不仅没有亏本，反而赚了一大笔。

# 解决宇宙飞船的难题

观念创新就是目标创新，目标创新就是提出别人认为不可能到达的目标，并用创新的办法实现它。

——张瑞敏

20世纪60年代，科学家遇到这样一个技术问题，宇宙飞船在重返地球大气层时，表面产生高温。然而，能用于宇宙飞船，又耐高温的材料，很难找到。

美国政府下达指令：要各有关的研究所集中研究力量，"寻找一种能耐高温的材料"。结果是毫无所获。因为越是"耐高温"的材料，在返回地球大气层时摩擦产生的温度也越高。科学家们陷入了难以解决的矛盾之中。

一位科学家把问题改了个提法："如何让快速行进物，在返回地球大气层时不完全瓦解？"他发现，问题有了新的出路："虽然快速行进物的表面在通过大气层时被汽化（以汽化吸收摩擦所生的热），该物内部并不受到伤害。"于是，他把寻找"耐高温"的材料的目光转向"可被汽化"的材料，矛盾得到解决。

最后，宇宙飞船与地球大气层摩擦生成的热，由于宇宙飞船表面覆盖的材料汽化而消散。牺牲了此材料，宇宙飞船的基本结构仍保持在对保护宇航员来说可以接受的水平。

从"耐高温"到"可被汽化"，将问题稍微转换一下，科学技术上的一个难题就被解决了。

## 【智慧点拨】

有时，人们会习惯于遵循以往的观念和想法，总是按照常规去做一些事情，但结果常常不如人意。所以，在遇到难题或困难时，不妨跳出原有的思想，从另一个方面考虑问题，往往会得到意想不到的结果。

# 新闻报道

但凡实际接触过科学研究的人都知道，不肯超越事实的人很少会有成就。

——赫胥黎

有一次某省文物管理部门召开新闻发布会，提供材料称，该部门经过千辛万苦，已全部追回近几年丢失的100多件珍贵文物，为此付出了大量财力、物力、人力，避免了重大损失云云。当地几十家媒体陆续刊发了这条消息，唯独新华社一名记者迟迟没有下笔。他越想越疑惑：追回的前提是丢失；如果管理严密，没有丢失，就无须如此劳民伤财去追回；那么今天这一事实的背后是否预示着该部门管理混乱，漏洞百出呢？思维的火花一闪而过，他立即兴奋起来，着手调查采访。果然，实际情况如他所预料：仓库铁锁锈迹斑斑；气窗没有护栏，形同虚设；珍贵字画被虫蛀、鼠咬，布满蜘蛛网……半个月后，一组三篇反映该部门严重管理问题的报道刊发了，引起舆论大哗。这是一个典型的成功运用逆向思维的例子。

### 【智慧点拨】

在生活中，一个人是否具有逆向思维能力，对于解决难题具有非常重大的意义。当运用习惯的思维方式、传统的方法难以奏效时，反过来想一想、试一试，常常会得到意想不到的良好效果。

# 从结尾做起

> 每一天创新一点点，是在走向领先。每一天多做一点点，是在走向丰收。每一天进步一点点，是在走向成功。
>
> ——邹金宏

有一家玻璃生产工厂。玻璃瓶生产线上总是有些残次的玻璃瓶，不是瓶口不圆就是瓶底破损。

厂里找了好多专家帮助解决，专家们也采取了很多科学合理的措施。他们先是对瓶口采取模具控制，设计了一个像瓶盖一样的模具，但还是有漏网之鱼；之后又对瓶底设计了垂直度检验，但还是难以达到预期的要求。

很多瓶子只有到了客户装液体的时候，才发现瓶底有裂纹或者瓶口有瑕疵，装进去的液体总是外溢。因为这个原因，厂里甚至提出：谁能降低残次产品率，就给予十万元奖金。

可问题一直没有得到解决，专家也一筹莫展。

一天，专家再次对检验设备进行细致调节的时候，一位流水线上的工人拿着一瓶矿泉水递给专家。蹲在地上的专家没有接好，瓶子一下碰到裤子上，弄湿了他的裤子。工人十分尴尬地一个劲儿道歉，并拿出毛巾给专家擦拭。这时，专家看到，掉在地上的瓶子里，水正不断从瓶口流出来……

蓦地，专家兴奋地抱着工人大喊大叫："你真是太了不起了！"工人一脸茫然。专家立即解释道："我们生产的瓶子，无论是装酒、饮料还是、食品，全部是用来装液体的。既然不合格的产品装上液体老是往外溢，为什么不从外面做起呢？"

问题的症结一下找到了，专家很快在流水线的末端放置了一个简易水盆，特制了一个瓶塞。每个瓶子无论好坏，全部用特制瓶塞盖住瓶口，然后将瓶子都从水盆里经过。如果发现哪个瓶子里有水，就说明这个瓶子一定漏水。

这个水盆，只花费了几十块钱。

### 【智慧点拨】

有时候，看似很难解决的事情，但只要你具有打破常规考虑问题的头脑，换一个思路，难题就会迎刃而解了。

# 花56元买一辆56型福特

你只要离开人们常走的大道，潜入森林，你就可能会发现前所未有的东西。

——佚名

1956年，美国福特汽车公司推出了一款新车。这款汽车式样、功能都很好，价钱也不贵，但是很奇怪，汽车的销路却比公司所预想的情况还要差。

公司的管理层绞尽脑汁也找不到解决的办法。这时，在福特汽车公司里，有一位名叫艾柯卡的员工，对这款新车产生了浓厚的兴趣。

艾柯卡当时是福特汽车公司的一位见习工程师，本来与汽车的销售毫无关系。但是，当他看到公司老总因为这款新车滞销而着急的神情后，他开始琢磨：我能不能想办法让这款汽车畅销起来？终于有一天，他灵机一动，有了一个好办法，他快速来到经理办公室，向经理提出了一个创意，在报上登广告，内容为："花56元买一辆56型福特。"

这个创意的核心是，谁想买一辆1956年生产的福特汽车，只需先付20%的货款，余下部分可按每月付56美元的办法逐步付清。

公司经理觉得他这个方法很棒，于是采用了。事情发展得很好，"花56元买一辆56型福特"的广告人人皆知。

"花56元买一辆56型福特"的做法，不但打消了很多人对车价的顾虑，还给人创造了"每个月才花56元，实在是太合算了"的印象。

短短的三个月，该款汽车在费城地区的销售量，就从原来的末位一跃而为全国的冠军。

而艾柯卡也很快得到了老板的赏识并委以重用，后来，艾柯卡不断地根据公司的发展趋势，推出了一系列富有创意的举措，最终脱颖而出，坐上了福特公司总裁的宝座。

**【智慧点拨】**

创新在于打破常规，只要能跳出传统守旧的观念，将自己思想方式巧妙地变一变，往往就会产生意想不到的效果。

# 扔下最胖的

掌握新技术，要善于领悟，更要善于创新。

——邓小平

某报纸曾举办一项高额奖金的有奖征答活动，题目是：在一个充气不足的热气球上，载着三位关系世界兴亡命运的科学家。

第一位是环保专家，他的研究可拯救无数人们，免于因环境污染而面临死亡的厄运时刻。

第二位是核子专家，他有能力可防止全球性的核子战争，使地球免于遭受灭亡的绝境。

第三位是粮食专家，他能在不毛之地，运用专业知识成功地种植食物，使几千万人脱离饥荒而亡的命运。

热气球即将坠毁，如果丢出一个人以减轻载重，可以使另外的两人得以存活，请问该丢下哪一位科学家？

问题刊出之后，因为奖金数额庞大，信件像雪片一样飞来。在这些信中，每个人都绞尽脑汁，甚至天马行空地阐述他们认为必须丢下哪位科学家的宏观见解。出乎意料，最后的结果。巨额奖金的得主是一个小男孩。

他的答案是：将最胖的那位科学家丢出去。

## 【智慧点拨】

扔下最胖的，就这么简单。其实事物本源是很简单的，但人们往往把它复杂化了。这件事值得我们所有人反思，当我们想尽办各种法去解决问题时，却忽略了最原始、最简单的方法，因为我们头脑里充斥着太多的理论，太多别人的成功经验，太多的干扰，我们把问题想得太复杂了。

# 跳出死胡同

我们要记着，作了茧的蚕，是不会看到茧壳以外的世界的。

——李四光

著名的心算家阿伯特·卡米洛从来没有失算过。

有一天在他上台做表演时，有人上台给他出了一道题："一辆载着283名旅客的火车驶进车站，有87人下车，65人上车；下一站又下去49人，上来112人；再下一站又下去37人，上来96人；再下站又下去74人，上来69人；再下一站又下去17人，上来23人……"

那人刚说完，心算大师便不屑地答道："小儿科！告诉你，火车上一共还有——""不，"那人拦住他说，"我是请您算出火车一共停了多少站口。"

阿伯特·卡米洛呆住了，这组简单的加减法成了他的"滑铁卢"。

真正"滑铁卢"的失败者拿破仑也有一个故事。

拿破仑被流放到圣赫勒拿岛后，他的一位善于谋略的密友通过秘密方式给他捎来一副用象牙和软玉制成的国际象棋。拿破仑爱不释手，从此一个人默默下起了象棋，打发着寂寞痛苦的时光。象棋被磨光滑了，他的生命也走到了尽头。

拿破仑死后，这副象棋经过多次转手拍卖。后来一个拥有者偶然发现，有一枚棋子的底部居然可以打开，里面塞有一张如何逃出圣赫勒拿岛的详细计划！

两个故事，两个遗憾。他们的失败，其实都是败在思维定式上。心算家思考的只是老生常谈的数字，军事家想的只是消遣。

要想成为一个成功的人，就不应受到传统的定式思维的影响，不拘泥于传统模式，走出死胡同，这样才能更快地跨过成功途中的绊脚石，才能更快地获得成功。

# 玻璃门

创新活动中，只有知识广博、信息灵敏、理论功底深厚、实践经验丰富的人，才易于在多学科、多专业的结合创新中和跳跃性的创造性思维中求行较大的突破。

——朗加明

在20世纪80年代，有一个小学的教学楼大门是木制的，经常被淘气的小学生踢坏或撞坏。无奈学校将木门换成了铁门，但不久，学生们居然以铁门为秋千荡来荡去，玩得更加起劲，踢门的力量更重了，不久铁门也变形了。于是学校发出通知，对破坏门的同学给予处罚，并抓了典型。但时隔不久，故伎重演，门依旧经常被弄坏。学校发动老师提建议，于是各位老师五花八门的建议又应运而生，都不外乎各种制度，各种惩处。这时一位老校工的建议引起了大家的注意："将门换成玻璃门行不行呀？"一语惊醒大家。何不试试？于是铁门换成了易碎的玻璃门，非常漂亮。奇迹发生了。玻璃门再也没被学生故意弄破过。

【智慧点拨】

有很多事情包括有些很简单的事之所以难做，是因为人们要么常常把自己的思维局限于既定的程式里，要么往往把问题想得太复杂。遇到问题时，总是想着用复杂的办法去解决，导致束手无策。这时，如果能打破常规，用简单对付简单，用简单对付复杂，问题往往就会迎刃而解了。

# "数学王子"高斯

不上思索的有才能的人，必定以悲剧收场。

——甘比大

高斯是德国伟大的数学家，有"数学王子"之称。小时候他就是一个爱动脑筋的聪明孩子。

有一次他的数学老师让他们全班解答一道习题：计算出"1＋2＋3＋4……＋100＝？"的答案。这个题目在今天早已家喻户晓了，可是在那个时候、那个场合，对于一群小学生来说，还真不容易。要算出这么长的算术题耗时不少，孩子们都想争取第一个把它算出来，立刻在草稿纸上做了起来。

只有小高斯还没有开始动手，不是想偷懒，也不是发呆，他在想，难道一定得经过这么复杂的计算过程吗？从客观上说，他在进行思维的谋划，谋划的目的是要寻找一种能够提高思维效率的策略，这个过程花去了相当于其他同学进行加法计算的二分之一的时间。这时候，老师看见了他，走上前来问他怎么了，为何还不开始计算。小高斯说他已经知道答案了，是5050。老师十分诧异，问他是否提前做过这道题。高斯于是告诉老师，他通过观察发现这一组数字中1加100等于101、2加99等于101……这样的等式一共有50个，因此这道题可以化简为"101×50＝5050"。

"真是太精彩了！"老师赞扬地说。

正是由于高斯善于思考，后来他成了近代数学奠基者之一，在历史上影响之大，可以和阿基米德、牛顿并列。

创新的关键就在于思考。当别人在按部就班做事时，你若能不断地去创新和思考，找到更简单、更便捷的方法，你就能够脱颖而出。

# 毛毛虫效应

也许我们正在被困在一个看似走投无路的境地，也许我们正圈于一种两难选择之间，这时一定要明白，这种境遇只是因为我们固执的定势思维所致，只在勇于重新考虑，一定能够找到不止一条跳出困境的出路。

——佚名

法国昆虫学家法布尔曾经做过一个著名的实验，称之为"毛毛虫实验"：把许多毛毛虫放在一个花盆的边缘上，使其首尾相接，围成一圈，在花盆周围不远的地方，撒了一些毛毛虫喜欢吃的松叶。毛毛虫开始一个跟着一个，绕着花盆的边缘一圈一圈地走，一小时过去了，一天过去了，又一天过去了，这些毛毛虫还是夜以继日地绕着花盆的边缘在转圈，一连走了七天七夜，它们最终因为饥饿和精疲力竭而相继死去。

法布在做这个实验前曾经设想：毛毛虫会很快厌倦这种毫无意义的绕圈而转向它们比较爱吃的食物，遗憾的是毛毛虫并没有这样做。后来，科学家把这种喜欢跟着前面的路线走的习惯称之为"跟随者"的习惯，把因跟随而导致失败的现象称为"毛毛虫效应"。

生活中，你是否也和毛毛虫一样，固守原有的本能、习惯、先例和经验，跟着别人一圈一圈地转，而没有想到转向另一条路觅食。为什么不能向外迈出一步，也许会有不同的发现。

# 以火灭火

如果我取得了一点成功的话，那是因为我对什么问题都倒过来思考。

——丰田喜一郎

一天，美洲草原上失了火，烈火借着风势，无情地吞噬着草原上的一切。那天刚好有一群游客在草原上游玩，一见不远处的烈火正向他们扑来，一个个惊慌失措，大喊大叫，不知该怎么办才好。幸好有一个年老的猎人与他们同行，他一见情势危急，便站起来喊道："为了我们大家都有救，现在都要听我的。"老猎人要他们把掉面前这片干草，清出一块空地来。于是大家一起动手，很快就清理出一块空地。这时大火越来越近，人们已经感觉到烈火的灼热了，大家看着面前这一小块空地，还是抑制不住内心的恐惧。因为风正挟带着烈火向这边扑来，看来这火不难越过他们面前的空地，在他们身后的干草和树林上烧起来，那他们将会葬身在这片火海里。但老猎人胸有成竹，他叫大家站在空地的一边，自己则站在靠近大火的一边，他看到烈火像游龙一样越来越近，便果断地在自己脚下放起火来，于是眨眼间在老猎人身边升起了一道火墙，这道火墙同时向三个方向蔓延开去。奇迹发生了，老猎人点燃的这道火墙并没有顺着风势烧过来，而是迎着那边的火烧过去，当两堆火终于碰到一块时，火势便骤然减弱，然后渐渐熄灭。游客们和老猎人都脱离了危险。

老猎人以火灭火的方法就是运用了逆向思维，他打破了以水灭火的正常思维，在遇到特殊情况，即草原失火，虽然风是向着游客们这边刮来的，但近火的地方，气流还是会向火焰那边吹去。因此，老猎人放的这把火就是抓准时机借这气流向那边扑去，用火把附近的草木烧了，这样那边的火也就烧不过来了，所以大家得救了。

### 【智慧点拨】

一条路，当我们清楚地看到它的前方已经山穷水尽时，不妨试着转个身，也许柳暗花明的惊喜就在眼前。我们应该培养自己逆向思维的好习惯，这样可以激发我们的创造力。

# 把犯人运到澳洲

凡善于考虑的人，一定是能根据其思考而追求可以通过行动取得最有益于人类东西的人。

——亚里士多德

18世纪末，英国人来到澳洲，随即宣布澳洲为它的领地。这样辽阔的大陆，怎么开发呢?当时英国没有人愿意去荒凉的澳洲。英国政府想了一个办法：把罪犯统统发配到澳洲去。

私人船主承包了大规模运送犯人的工作。为了便于计算，政府以上船的人数为依据支付船主费用。当时运送犯人的船只多是由破旧的货船改装的，设施极其简陋，没有储备药品，更没有随船医生，条件十分恶劣。

船主为了牟取暴利，上船前尽可能多装犯人，一旦船离了岸，船主按人数拿到了钱，就对这些人的死活不闻不问了。他们把生活标准降到最低，有些船主甚至故意断水断食，致使3年间从英国运到澳洲的犯人在船上的死亡率高达12%，有一艘船424个犯人竟然死了158个，死亡率高达37%。不仅英国政府为此遭受了巨大的经济和人力资源损失，英国民众对此也极为不满。

于是英国政府开始想办法改善这种状况。他们在每艘船上派一名官员监督，再派一名医生负责医疗，并对犯人的生活标准做了硬性规定。但死亡率不仅没降下来，连有的监督官和医生也不明不白地死在船上。政府后来查清了原因：一些船主为了贪利而行贿官员，官员如果拒不顺从，就被扔进大海。

一些绅士提出，把船主召集起来进行教育，有的法官建议对一些人进行严厉制裁。政府试着这样做了，但情况依然没有好转，死亡率依然居高不下。

一位英国议员想到了制度问题。那些私人船主钻了制度的空子，而制度的缺陷在于政府付给船主的报酬是以上船人数来计算的！假如倒过来，政府以到澳洲上岸的人数为准计算报酬呢？政府采纳了他的建议，不论在英国装了多少人，到澳洲上岸时再清点人数，据此向船主支付运费。

于是，难题迎刃而解。船主们积极聘请医生跟船，在船上准备药品，改善生活，尽可能让每一个犯人都健康抵达澳洲。因为在船上死掉一个人就意味着减少一份收入。

一段时间以后，英国政府又做了一个调查。自从实行以上岸计数的办法后，船上的死亡率降到了1%以下，有些运载几百人的船只，经过几个月的航行竟然没有一人死亡。

### 【智慧点拨】

在思考问题的时候，我们往往用最常用的思路、最习惯的思维，却不知这样容易形成定势思维。最后我们解决问题的方法就会逐渐变少，也许会面对问题束手无策，这时候，不妨用另一个角度思考问题，也许就会"柳暗花明又一村"。

# 一个螺帽

> 一些陈旧的、不结合实际的东西，不管那些东西是洋框框，还是土框框，都要大力地把它们打破，大胆地创造新的方法、新的理论，来解决我们的问题。

> ——李四光

某厂引进了一台样机。在仿制生产时，有技术员发现，样机的底座上有一个螺帽，仅仅是旋在底座上，与其他部件没有任何联系。那么，这样一个螺帽起什么作用呢?该厂从领导到技术员无一能够理解。最后，领导拍板说："既然人家的样机上有这样一个螺帽，那想必就有它存在的道理，我们照葫芦画瓢就行了。"

于是，该厂工人便在本来完好无缺的底座上钻一个孔，然后旋上一个螺帽。不久后，样机的生产商派技术员来进行回访，发现该厂生产的机器底座上都安了一个螺帽，忍不住放声大笑:原来样机上的那个螺帽，是因为当时生产时工人不小心钻错了一个孔，为了掩饰这个错误，才安的一个螺帽，哪想到这个厂竟会如此不动脑筋地照葫芦画瓢?

其实也不是这个厂的人不动脑筋，事实上他们也就这个问题进行过多次研究，但因为他们头脑里有个固定的思路，那就是人家的东西就是完全正确的，我们只要照着做就行了，如此墨守成规，结果闹出笑话。

## 【智慧点拨】

人的思维容易受原有知识、经验的束缚，有时被知识和经验淹没，形式思维定式。这种思维定式会使思维按照固有的路径展开。我们的思维长期局限在一个狭小的环境中，是容易僵化的。这个道理谁都知道，但真正做到的却不多。一个人只有不受死板的观念所约束，才能产生新创意，进而创造新事业。

# 出售"一无所有"

*不下决心培养思考的人，便失去了生活中的最大乐趣。*

*——爱迪生*

日本兵库县有一个小村子叫丹波村，是一个比较贫穷落后的地方。当日本全国普遍都已逐渐富裕起来的时候，这里依然很贫困。交通十分不便，既不通公路，更不通铁路。村子里的人看见其他地方都先后富起来了，大家不甘心，也决心要富起来，但这里出产什么都谈不上，怎么富呢？想来想去，谁也想不出办法。后来他们派人去东京请来一位名叫井坂弘毅的专家。井坂弘毅了解了这个村子的情况以后也感到很棘手：要想富起来，总得要出卖一些什么去同别人交换才行，只有卖得多，才可能赚得多。怎么可能什么都不出售而富起来呢？井坂弘毅顺着这一思路想总也想不出一个办法来。后来他倒过来想：既然只有"贫穷落后"那就出售"贫穷落后"。既然这个村子"一无所有"，那就出售它的"一无所有"。

井坂向村民们建议说：你们唯一的一条致富之路就是出售贫穷落后，出售一无所有。大家听了莫名其妙。接着井坂又进一步解释：要出售贫穷落后，你们就还得再贫穷落后一些。从现在起，你们就不要再住在房子里了，要住到树上去；不要再穿布做的衣服了，要披树叶、兽皮。要像几千年前我们的老祖宗那样生活，这样城里的人就会来参观、旅游，你们不就可以富起来了吗？

村民们最初听了觉得太荒唐，甚至觉得是对他们的侮辱。可是后来一想，既然一无所有，又想富起来，也就只好采取这个办法试试了。村民们照办以后，消息传到各个城市，很快就吸引来了大批的旅游者。这些旅游者们住在大树上，披树叶，穿兽皮，吃野菜，喝泉水，在小溪边洗脸洗脚，晚上不但能听到风声、雨声，还能听到各种野兽的怪叫声。旅游者们感到太新奇了！太有趣了！来这里旅游的人越来越多。

井坂弘毅通过逆向思维，将问题倒过来想而想到的出售"一无所有"，也就是将与丹波村的"一无所有"这一现象密切相关的一个重要条件——"没人关注"，改变成了"令世人惊奇"。这样，这个村子一定很快会富起来。

### 【智慧点拨】

在顺着想不能解决问题时，千万不要在一棵树上吊死；不妨利用逆向思维倒过来想，也许会有意想不到的惊人发现。

# 三个著名演员

要独立思考问题，不要人云亦云。

——爱默生

有一次，三个著名演员应邀到一个剧场同台演出，他们向剧场经理提出同样一个要求，即在海报上把自己的名字排在前面，否则，他们将退出演出。

三名演员同台献艺的消息早已传出，总不可能改为个人专场演出，何况这几位演员都是走红明星，得罪哪一个都对剧场经营不利，这真是个令人头疼的问题。不过，剧场经理略加思索之后就满口答应了他们的要求。

到演出那天，三位演员到剧场一看，海报不是一般的平面形式，而是一个不断转动的大灯笼，三个演员的名字都写在灯笼上，三个名字转圈出现，谁都可以说自己的名字排在前面，于是三位演员皆大欢喜地参加了演出。

在现实中，人们时常会遇到这样或那样的困难，看起来好像没有什么解决的办法，其实只要积极地运用思维，换一种思考方法，一切都将变得皆具可能。

# 驼鹿与防毒面具

不创新，就死亡。

——李·艾柯卡

有一位推销员，他可以把任何的东西都卖出去。他已经卖给过牙医一把牙刷，卖给过面包师一个面包，卖给过盲人一台电视机，可以说是什么都卖。

有一天，一个朋友和他打赌说：如果他能卖给驼鹿一个防毒面具，就服他，而且承认他是全世界最优秀的推销员。

于是，这位推销员不远万里来到北方，跋山涉水地在雪地里走了好几天，终于来到了只有驼鹿居住的森林。走了很久，他终于找到一只驼鹿，便对它说："驼鹿先生，您好！您一定需要一个防毒面具，我给您带来了。不贵，只要10块钱。"

驼鹿哈哈大笑说："你傻呀，森林里的空气多新鲜，我要那个东西做什么！"

推销员说："现在每个人都要有一个防毒面具。"

驼鹿对推销员说："对不起，这个东西我真的不需要。"

推销员说："您稍候，您马上就需要这个东西。"

于是，这位推销员找来一批工人在驼鹿生活的这片森林里锯木头，把这片森林夷为平地，并建起了一座工厂。工厂建成之后，有毒的废气、浓烟从大烟囱里呼呼地冒了出来。

没过多久，驼鹿就跑到这位推销员那里，花10块钱买了个防毒面具。就在推销员给它讲防毒面具的好处时，驼鹿又说："推销员先生，现在我们那里一个防毒面具是不够了，在那里生活的驼鹿每个都得要一个，您这里还有吗？"

驼鹿说："别的驼鹿现在也需要防毒面具，你还有吗？"

"你真走运，我还有成千上万个。"推销员说。

"可是你的工厂里生产什么呢？"驼鹿好奇地问。

"防毒面具。"推销员兴奋而又简洁地回答。

## 【智慧点拨】

许多事情看似不可能，其实是被常规思维束缚，打破常规思维，许多不可能就会变为可能。

# 哥伦布立鸡蛋

有些问题动用传统的常规方法理解确实很困难，但如放开思路，打破常规，灵机一动，问题顷刻迎刃而解。

——马丁·加德纳

意大利著名的航海家哥伦布发现新大陆后不久，在西班牙的一次欢迎会上，有位贵族突然口出狂言："发现新大陆并没有什么了不起，这不过是件谁都可以办到的小事，根本不值得如此张扬。"这位贵族继续说道："哥伦布只不过是坐着轮船往西走，再往西走，然后在海洋中遇到了一块大陆而已。我相信我们之中的任何人只要坐着轮船一直向西行，同样会有这个微不足道的发现。"哥伦布听完贵族的这番"高论"之后，并没有表现出丝毫的尴尬，只见他漫不经心地从身边的桌上拿起一个煮熟的鸡蛋，微笑着说："各位请试一试，看谁能够使鸡蛋的小头朝下，并竖立在桌上。"

大家用尽了各种办法，结果却没有一个人获得成功。哥伦布拿起手里的鸡蛋，用小头往桌上轻轻一敲，鸡蛋便稳稳地竖立在桌上了。

那位贵族不服气地说："你把鸡蛋敲破，当然就能竖立起来，用这样的方法我也能够做到。"

哥伦布起身很有风度地环顾着在座的每个人说："是的，世界上有很多事情做起来都非常容易，不过其中最大的差别，就在于我已经动手做了而你们却至今没有。"

**【智慧点拨】**

很多时候，看似无法解决的问题换个角度后会豁然开朗。我们的思维方式太容易懒惰了，容易走老路，形成了一个个的思维定式，我们要开动脑筋，不断地打破阻碍我们发展的这些定式。

# 为上司找工作

打破常规，你会打开人生的另一片天地。

——佚名

詹姆斯是一家大公司的高级主管，他面临一个两难的境地，一方面，他非常喜欢自己的工作，也很喜欢伴随工作而来的丰厚薪水——他的位置使他的薪水具有只增不减的特点。但是，另一方面，他非常讨厌他的老板，经过多年的忍受，最近他发觉自己已经到了忍无可忍的地步了。在经过慎重考虑之后，他决定去猎头公司重新谋一个别的公司高级主管的职位。猎头公司告诉他，以他的条件，再找一个类似的职位并不费劲。

回到家中，詹姆斯把他的想法告诉了他的妻子。他的妻子是一个教师，她刚刚教学生如何重新界定问题，也就是把你正在面对的问题换一个面考虑，把正在面对的问题完全颠倒过来看——不仅要跟你以往看这问题的角度不同，还要和其他人看这问题的角度不同。她把上课的内容讲给了詹姆斯听。这给了詹姆斯以启发，一个大胆的创意在他脑中浮现。

第二天，他又来到猎头公司，这次他是请公司替他的上司找工作。不久，他的上司接到了猎头公司打来的电话，请他去别的公司高就。虽然他完全不知道这是他的下属和猎头公司共同努力的结果，但是正好这位上司对于自己现在的工作也厌倦了，所以没考虑太长时间，他就接受了这份新工作。

这件事最美妙的地方，就在于上司接受了新的工作，结果他目前的位置就空出来了。詹姆斯申请了这个位置，于是他就坐上了以前他上司的位置。

詹姆斯是想替自己找个新的工作，以躲开令自己讨厌的上司。但他的太太教他换一个角度想问题，就是替他的上司而不是他自己找一份新的工作，结果，他不仅仍然干着自己喜欢的工作，而且摆脱了令自己烦心的上司，还得到了意外的升迁。

【智慧点拨】

解决问题的办法有很多种。当你对眼前的处境一筹莫展、束手无策时，可以试着从另一个方面、另一个角度去考虑，不能被眼前约定俗成的条条框框束缚，要发散自己的思维，最终一定能轻松找到解决问题的最佳办法。

# 林肯问案

青年长于创造而短于思考，长于猛干而短于讨论，长于革新而短于持重。

——培根

美国前总统林肯早年曾当过律师。

有一次，他接到这样一件案子：一个叫阿姆斯特朗的人被人诬告为谋财害命的杀人凶手。证人福尔逊一口咬定，亲眼看到阿姆斯特朗在半夜行凶杀人。对此，阿姆斯特朗百口难辩，直喊"冤屈"。

林肯接案后，经过大量调查、访问，并亲自勘查现场，终于明白了其中的真相和事实。

于是，审判开始了：

林肯："你起誓说认清了阿姆斯特朗吗？"

福尔逊："是的。"

林肯："你说你在草堆后面，阿姆斯特朗在大树底下，两处相距二三十码，能认清吗？"

福尔逊："看得清清楚楚，因为月光很亮。"

林肯："你敢肯定不是凭衣着猜测的吗？"

福尔逊："我肯定认准了他的面容，因为月光正照在他脸上。"

林肯："你能肯定凶杀时间正是晚上11点钟吗？"

福尔逊："绝对肯定，因为回家时，我看了时钟，为11点1刻。"

林肯笑着点了点头，之后，迅速转向陪审团，大声地向大家宣布："证人是个十足的骗子。他发誓说18日晚上11点钟月光照在凶手脸上，使他认出了阿姆斯特朗。但是，请法官注意，10月18日是上弦月，不到11点月亮便已下山。就算月亮没有下山，月光照到被告脸上，这时被告脸朝向西面，而证人在树东面的草堆后，根本看不到被告的脸。如果被告回头，因为月光照不到脸，证人也无从认准。"

### 【智慧点拨】

有时，常规的方法并不是解决问题的最好方法，但如果换个方向和角度解决问题，往往会带来意想不到的结果。

# 哪里的萝卜大

把时间用在思考上是最能节省时间的事情。

——卡曾斯

乾隆皇帝平日公务繁忙，休闲时就找一些学识丰富的大臣，如纪晓岚和刘墉之辈的才子来到御花园陪他论古道今，饮酒作乐。

一天，纪、刘两位情同兄弟的大臣，说着说着竟然争执起来了。纪晓岚问刘墉："你们山东的萝卜一向比较出名，最大的有多大？"

刘墉想都没想就比划着他们家乡有名的大萝卜。

纪晓岚却不以为然地回答："你们山东的萝卜再大，也不可能比我们直隶的大。"

刘墉对此非常不服气，因为山东的萝卜是出了名的大，这是人人皆知的事情。于是两个人你一言我一语地争论不休。乾隆皇帝在旁边听了觉得很好笑，觉得这个问题很容易解决，没有必要在这里争来争去，于是告诉两人，明日准备好他们认为最大的萝卜，带上朝来让大家评一评。

第二天，刘墉带着一个大萝卜上朝，所有朝臣看到这么大的一个萝卜，都赞叹不已。

乾隆问纪晓岚："你的萝卜在哪儿？把你的萝卜抬进来吧！"没想到纪晓岚从袖口内掏啊掏啊，掏出一个非常瘦小的萝卜。大臣们不知纪晓岚又在搞什么鬼，看了都大吃一惊，议论纷纷。

乾隆有些生气地对纪晓岚说："你这是开什么玩笑。"

只见纪晓岚不慌不忙，用非常诚恳的语气说："回皇上，我找遍了直隶全省，才找到这个直隶最大的萝卜。皇上，直隶的土壤十分贫瘠，再加一上近半年来天灾不断，因此农作物普遍收成不佳，百姓无法缴纳太多的粮食，请皇上明鉴。"

乾隆沉思了一会儿说："我看这样吧！直隶穷就少纳粮，山东富就多纳些粮。"

聪明的纪晓岚运用迂回变通的方法，达到了自己的目的，难怪人称"纪大才子"。

**【智慧点拨】**

做事要学会灵活变通。任何事物的发展都不是一条直线。智慧之人能看到直中之曲和曲中之直，并能不失时机地把握事物迂回发展的规律，通过迂回应变，达到既定的目标。反之，一个不善于变通的人，"一根筋"只会四处碰壁，被撞得头破血流。

# 西门豹治邺

你可以从别人那里汲取某些思想，但必须用你自己的方式加以思考——在你的模子里铸成你思想的砂型。

——兰姆

战国时，魏文侯攻下了中山国，派西门豹镇守邺城。他上任后，发现邺城非常凄凉，人口也很少。他就把当地的父老们召集到一起，了解情况。他问："这地方怎么这么凄凉？老百姓一定很苦吧。"

父老们回答说："苦于给河伯娶媳妇，因为这个缘故，本地民穷财尽。"西门豹问这是怎么回事，这些人回答说："邺县的三老、廷掾每年都要向老百姓征收赋税搜刮钱财，收取的这笔钱有几百万，他们只用其中的二三十万为河伯娶媳妇，而和祝巫一同分那剩余的钱拿回家去。到了为河伯娶媳妇的时候，女巫巡查看到小户人家的漂亮女子，便说'这女子合适作河伯的媳妇'。马上下聘礼娶去。给她洗澡洗头，给她做新的丝绸花衣，让她独自居住并沐浴斋戒；并为此在河边上给她做好供闲居斋戒用的房子，张挂起赤黄色和大红色的绸帐，这个女子就住在那里面，给她备办牛肉酒食。这样经过十几天，大家又一起装饰点缀好那个像嫁女儿一样的床铺枕席，让这个女子坐在上面，然后把它浮到河中。起初在水面上漂浮着，漂了几十里便沉没了。那些有漂亮女子的人家，担心大巫祝替河伯娶她们去，因此大多带着自己的女儿远远地逃跑。也因为这个缘故，城里越来越空荡无人，以致更加贫困，这种情况从开始以来已经很长久了。老百姓中间流传的俗语有'假如不给河伯娶媳妇，就会大水泛滥，把那些老百姓都淹死'的说法。"西门豹说："到了给河伯娶媳妇的时候，希望三老、巫祝、父老都到河边去送新娘，有幸也请你们来告诉我这件事，我也要去送送这个女子。"这些人都说："是。"

到了为河伯娶媳妇的日子，西门豹到河边与长老相会。三老、官员、有钱有势的人、地方上的父老也都会集在此，看热闹来的老百姓也有二三千人。那个女巫是个老婆子，已经七十多岁。跟着来的女弟子有十来个人，都身穿丝绸的单衣，站在老巫婆的后面。西门豹说："叫河伯的媳妇过来，我看看她长得漂亮不漂亮。"人们马上扶着这个女子出了帷帐，走到西门豹面前。西门豹看了看这个女子，回头对三老、巫祝、父老们说："这个女子不漂亮，麻烦大巫婆为我到河里去禀报河伯，需要重新找一个漂亮的女子，迟几天送她去。"就叫差役们一齐抱起大巫婆，把她抛到河中。过了一会儿，说："巫婆为什么去这么久？叫她弟子去催催她！"又把她的一个弟子抛到河中。又过了一会儿，说："这个弟子为什么也这么久？再派一个人去催催她们！"又抛一个弟子到河中。总共抛了三个弟子。西门豹说："巫婆、弟子，这些都是女人，不能把事情说清楚。请三老替我去说明情况。"又把三老抛到河中。西门豹帽子上插着簪，弯着腰，恭恭敬敬，面对着河站着等了很久。长老、廷掾等在旁边看着的都惊慌害怕。西门豹说："巫婆、三老都不回来，怎么办？"想再派一个廷掾或者长老到河里去催他们。这些人都吓得在地上叩头，而且把头都叩破了，额头上的血流了一地，脸色像死灰一样。西门豹说："好了，暂且留下来再等他们一会儿。"过了一会儿，西门豹说："廷掾可以起来了，看样子河伯留客要留很久，你们都散了吧，离开这儿回家去吧。"邺县的官吏和老百姓都非常惊恐，从此以后，不敢再提起为河伯娶媳妇的事了。

西门豹接着就征发老百姓开挖了十二条渠道，把黄河水引来灌溉农田，田地都得到灌溉。老百姓因此而家给户足，生活富裕。

## 【智慧点拨】

西门豹采取的是以其人之道，还治其人之身的方法，以罚治那些借迷信谋取私利的人。如果他采用痛斥或其他严令禁止的办法，则很难让人心服口服，也达不到根治的目的。这个办法的特点就是"逆向思维"，不采用人们通常思考问题的思路，而是从对立的、完全相反的角度去思考问题，也就是人们常说的"反其道而行之"。

# 第七章
# 敢于异想天开

# 德国作家歌德

　　科学家必须具备想象力，这样才能想象出肉眼观察不到的事物如何发生，如何作用，并构思出假说。

——贝弗里奇

　　德国著名作家歌德是个独生子，父母很疼爱他，对他的教育也十分用心。父亲经常拉着小歌德到公园里游玩，或者到田野里散步。这些时候，父亲总要教他唱些通俗易懂的歌谣，父亲的用意是想在游戏中向儿子灌输一些知识。

　　母亲的教育艺术更不亚于父亲。在歌德刚刚两岁的时候，妈妈每天像上课一样给儿子讲故事，先从讲小故事做起，并且形成习惯。然后给儿子讲一些"长篇"故事。为了使歌德养成多动脑勤思考的好习惯，母亲从不一次性把故事讲完，而常常在故事讲到关键处时有意停住，问歌德："你说以后该怎么样啊？"

　　母亲向老师给学生留作业那样，让歌德自己回去好好想象以后的情节，到底应该怎样才合乎情理。歌德对母亲留的作业，非常认真地去完成。晚上，他躺在床上，回想着母亲讲的故事，按照故事发展的脉络想象下去，设想故事发展的各种可能，做出各种各样的猜想，有时还同奶奶商量，直到想出一个自己认为满意的答案为止。

　　父母出色的家庭教育，使歌德在文学、音乐、绘画多方面受到了良好的熏陶。歌德8岁时便能精通4国语言，成年后写下了许多名著——如《浮士德》《少年维特的烦恼》等，一直流传于世。

　　成功的文学创作离不开特殊的想象力，而未成年时期又是这种特殊想象力形成的关键时期。德国大作家歌德所拥有的敏感和想象力，得归功于她的母亲。

在创造发明和探索新知识的过程中，想象力是一切希望和灵感的源泉。世界上凡是具有创造性的活动，都是想象的结晶。没有想象，人类就没有预见，就没有发明创造，就没有艺术创作，更没有我们现在的生活。

# 学画的男孩

若无某种大胆放肆的猜想，一般是不可能有知识的进展的。

——爱因斯坦

从前，有个小男孩要去上学了。他的年纪这么小，学校看起来却是那么大，所以，他有些害怕。而当小男孩发现进了校门口，便是他的教室时，又高兴了。因为这样学校看起来，不再那么巨大了。

一天早上，老师开始上课。老师说："今天，我们来学画画。"那小男孩心想："好哇！"他喜欢画画。

他会画许多东西，如：狮子和老虎，小鸡和母牛，火车以及船儿……

他开始兴奋地拿出蜡笔，径自画了起来。

但是，老师说："等等，现在还不能开始。"老师停了下来，直到全班都专心看着他。老师接着说："现在，我们来学画花。"那男孩心里高兴。我喜欢画花，他开始用粉红色、橙色、蓝色蜡笔，勾勒出他自己的花朵。

但此时，老师又打断大家："等等，我要教你们怎么画。"于是她在黑板上画了一朵花。花是红色的，茎是绿色的。"看这里，你们可以开始学着画了。"小男孩看着老师画的花。又再看看自己画的，他比较喜欢自己的花。

但是他不能说出来，只能把老师的花画在纸的背面，那是一朵红色的花，带着绿色的茎。

又有一天，小男孩进入教室，老师说："今天，我们用黏土来做东西。"男孩心想："好棒。"他喜欢玩黏土。他会用黏土做许多东西：蛇和雪人，大象及老鼠，汽车和货车——他开始捶揉一个球状的黏土。

老师说："现在，我们来做个盘子。"男孩心想："嗯，我喜欢。"他喜欢做盘子，没多久各式各样的盘子便出笼了。

但老师说："等等，我要教你们怎么做。"她做了一个深底的盘子。

"你们可以照着做了。"小男孩看着老师做的盘子，又看看自己的。

他实在比较喜欢自己的，但他不能说，他只是将黏土又揉成一个大球，再照着老师的方法做。那是个深底的盘子。

很快的，小男孩学会等着、看着，仿效老师，做相同的事。

很快的，他不再创造自己的东西了。

一天，男孩全家人要搬到其他城市，而小男孩只得转学到其他学校。

这所学校比那所学校更大，教室也不在校门口边，现在，他要爬楼梯，沿着长廊走，才能到达教室。

第一天上课，老师说："今天，我们来画画。"男孩想："真好！"他等着老师教他怎么做，但老师什么也没说，只是沿着教室走。

老师来到男孩身边，她问："你不想画吗？""我很喜欢啊！今天我们要画什么？""我不知道，你们可以自由发挥。""哪，我应该怎样画呢？""随你喜欢。"老师回答。

"我可以用任何颜色吗？"小男孩又问。

老师对他说："是的。如果每个人都画相同的图案，用一样的颜色，我怎么分辨是谁画的呢？"于是，小男孩开始用粉红色、橙色、蓝色画出自己的小花。

小男孩喜欢这个新学校，即使教室不在校门口边。

### 【智慧点拨】

没有想象就没有创造。小男孩的想象力在第一所学校被老师所扼杀，在第二所学校又被老师所点燃。想象，是人类在脑中孕育智慧潜能的超级矿藏，它能使思维充满创造活力。

# 叩诊法的发明

> 想象力是人类能力的试金石，人类正是依靠想象力征服世界。
>
> ——奥斯本

17世纪，奥地利有一位医生，他的父亲是一个卖酒的商人。那时候，酒店的酒都是装在一人高的大木桶里，存放在地窖内的。每次取酒，酒商都要用手指头敲敲大木桶，然后根据声音的强弱，来判断酒量的多少。

一次，这位医生给人看病，病人说胸口不舒服。那时没有什么设备，医生只能靠询问来判断病因，结果没查出病因，没过几天，病人死了。医生征得死者家属同意，剖尸查病因。原来是死者胸部发炎化脓，胸腔里积了水。这件事使医生想起父亲取酒敲木桶的情景。从此，这个医生再给胸部有病的人检查时，就用手指头敲敲听听，日子久了，他从不同部位的叩击声音，就能分辨出胸部是否有了病。这种叩诊法一直沿用到现在。

从敲木桶，到叩诊，两者虽然方法不同，功能和目的都不一样，但方法大致相同。一个简单的联想，产生了一种新的诊法。

### 【智慧点拨】

联想是打开智慧大门的最简便和最适宜的钥匙。生活中有许多事情是值得"联想"的，你尝试过吗？

# 印有导游图的手帕

想出新办法的人在他的办法没有成功以前，人家总说他是异想天开。

——马克·吐温

日本东京有一家专卖手帕的"夫妻老店"，由于超级市场的手帕品种多、花样新，他们竞争不过，生意日趋清淡。眼看经营了几十年的老店就要关门了，他们在焦虑中度日如年。

一天，丈夫坐在小店里漠然地注视着过往行人，面对那些穿着时尚的旅游者，忽然灵感飞来，他不禁忘乎所以地叫出来，把老伴吓了一跳，以为他急疯了。正要上前安慰，只听他念念有词地说："导游图，印导游图。"

"改行？"妻子惊讶地问。

"不不，手帕上可印花、印鸟、印山、印水，为什么不能印上导游图呢？一物二用，一定会受游客们的青睐！"老伴听了，恍然大悟，连连称妙。

于是，这对老夫妻立即向厂家订制了一批印有东京交通图及有关风景区导游的手帕，并且广为宣传。这个点子果然灵验，手帕销路大开。他们原本清淡的生意也红火起来，不久就赚了一大笔钱。

**【智慧点拨】**

做生活中的有心人，抓住每一丝灵感，你将受益无穷。

# 联邦快递的创举

只有求新求异，事物才会有生命力。

——佚名

美国空运公司联邦快递于1971年成立，到1985年，联邦快递在田纳西州孟菲斯国际机场的货物集散中心处理的包裹，高达40万件。它是怎样获得如此迅猛的发展的呢？

在联邦快递成立以前，美国已经有著名的大型快递公司。但过去，各个企业必须把商业文件赶在截止日的前两三天就封好，剩下的时间留给空运服务公司，这样才能准时将商业文件送达客户手中。而联邦快递则允许这些公司把工作拖到最后一分钟，联邦快递保证：隔夜就送达。没错，绝对第二天就送到！以前大家只要能听到"会尽快送到"就很满意了。承诺隔夜就送到之后，联邦快递好像成了一部时光机器。

于是，一些企业开始以每封单页信函付十多块钱费用的方式，把信件从东岸康涅州的哈特福寄到美国中部的孟菲斯，以确保能在次日中午以前，抵达哈特福以南一百英里处的曼哈顿（也在东岸）。

起初，公司董事长史密斯产生联邦快递的构想时，心里也很矛盾。那些"专家"告诉他，这个构想愚不可及。原来，史密斯是想成立一家公司，能保证把包裹隔天送到，这构想的核心是建立在一个"轮壳及轮辐式"（以下简称为轴辐系统）的运输概念上，他提议货运公司可以拿张地图，以一座机场为"轴心"画个圈，圈内再画上许多卡车路线，成为"辐条"。这些卡车花一整天的时间到一家家企业收集包裹，傍晚时再全部集中到机场，这时卡车司机和飞机驾驶员便把包裹填入机舱，满载包裹的飞机再飞到美国中部某个较大的轴心——孟菲斯，这是最理想的地点，因为从芝加哥、洛杉矶、纽约、迈阿密各地都有通往孟菲斯的航线，这些航线则是一些大幅条。抵达孟菲斯的班机机舱清出包裹以后，就把所有的包裹分类，然后交给飞至各城市的飞机，连夜飞返各地。第二天日出以前，各个城市的卡车便在机场周围的小轴辐区里运送包裹，顺便收集下一批要送出的包裹。

史密斯说，只要每天依次循环，就能够有很大的发展前景。他告诉满腹狐疑的教授，这想法并不新鲜，并说："美国航空公司1948年在堪萨斯州的托比卡就试过建立一套空运轴辐系统，印度邮局和法国空邮也是用这个方式营运。最好的运货方式，就是先在一中心点把货物集中起来，然后在集散中心分类，再把它们运往目的地。如同银行把所有要注销的支票都送到中心站，经过票据交换处理，再把支票送还。"

可是，那些怀疑的人表示，就算银行和其他组织有过轴辐系统，但是他们是在白天用的啊！优比速公司、艾默德和美国邮局等大规模的货运业者早就想过要这么做，但后来这种构想又遭否决，因为花在飞机、卡车、飞机驾驶、送货员和各轴心设备上的成本庞大，而且从来没有顾客要求包裹隔一夜就得送到。

但史密斯推测，消费者不但会喜欢上这种服务，而且还会依赖它。美国人逐渐期望获得动作快、水准高的服务，而且高科技行业激增，也使得大家愈来愈需要隔天送达文件。史密斯表示："我只要占有目前空运市场的1%，就可以支撑这项服务。"同时史密斯强调：空运业必须改变形象。他说："如果要充分利用机会，就必须改变我们在公众面前的不良形象。"

联邦快递里的人都没有经营过服务业，连史密斯也不例外。但他们彼此关怀、互相照顾的理念却渗透到工作中，这种感觉也传达给了顾客。举例来说：公司每一季会向1/4的顾客调查，他们最喜欢联邦快递哪一项特质。传回来的问卷会夹着这一类的便条：请帮我向金尼问好。后来才发现，顾客是把包裹交给员工，而不是交给联邦快递；他们并不在乎飞机好不好，他们只知道金尼从不让他们失望。这样，在掌握了消费者的心理后，又进行了严密的产品设计。联邦快递就是凭着这种被别人认为是不可能的产品设计和服务，成为全球最大的快递公司，并带动了整个美国快递业的变革。

【智慧点拨】

要想成功，必须要有创意。只有拥有与别人不一样的想法才能脱颖而出，才能超越自己，超越对手，从竞争中脱颖而出。

# 提高锗的纯度

什么是创造？当你按老路走走不下去的时候，突然挥起一把斧头朝路边砸去，砸出一个可以爬进去的窟窿，这就是创造。

——佚名

20世纪60年代中期，索尼公司以江崎玲于奈博士为核心，全力投入新型电子管的研制。为了制造出高灵敏度的电子管，人们一直在提高锗的纯度上下功夫。当时锗的纯度已达到99.99999999％，如要再提高一步，实在是比登天还难。

这时，有一个刚从学校毕业的小姐，名叫黑田由里子，被分配到江崎研究所工作，担任提高锗纯度的助理研究员。这位小姐初出茅庐，很难适应那样艰难的工作，实验中屡屡出错，经常受到江崎博士的批评。

一天，黑田发牢骚似的对江崎说："看来，我才疏学浅，难以胜任提纯锗的研究工作。如果让我干往锗里掺杂的事，可能要干得好一些。"

黑田的话突然提醒了江崎教授，他想，如果反过来一点一点往锗里掺加其他物质，会有什么结果？于是，江崎真的安排黑田小姐每天朝着相反的方向做实验。当黑田把杂质增加到一千倍时，锗的纯度降到原来的一半，测定仪上出现了大弧度的曲线，几乎使人认为测定仪出了故障。黑田立刻向江崎报告了这一结果。江崎多次重复了这种掺杂实验，终于发现了鲜为人知的电晶体现象，并在此基础上发明出震动电子技术领域的电子新元件。

使用这种电晶体技术，电子计算机的体积缩小到原来的1/10，运算速度提高了十多倍。江崎由此荣获诺贝尔物理学奖。

【智慧点拨】

　　人们已经习惯了正常的思维方式，即使没有什么成效也很难改变。这时候，逆向思维能给人以新的思路，何不反过来试试，或许会带来与众不同的胜局。

# 福特的创新精神

*不断变革创新，就会充满青春活力；否则，就可能会变得僵化。*

*——歌德*

　　亨利·福特，美国福特汽车公司的创始人，他虽然不是汽车的发明人，但他依靠一个企业家伟大的创新精神，首先以"流水线生产""薄利多销"向社会大众提供廉价实用的小轿车，开创了人类社会崭新的生活方式。

　　1863年，亨利·福特出生在密歇根州狄尔本镇附近的一个农场主家庭，少年时代的福特就具有极强的好奇心与创造性。1880年，年仅17岁的福特放弃学业到底特律市去追寻他的"机器梦"。在经历了两次失败后，1903年初，福特在煤炭商马尔科姆逊的支持下，创办了福特——马尔科姆逊汽车公司。

　　在创业初期，福特为了能研制出更为大众喜爱的理想的汽车。在技术上，他亲自领导自己的技术部门全力以赴寻找各种创新途径。他不但买进国内其他公司的汽车，同时也购入颇受好评的法国雷诺汽车，作为自己研究创新的参考。在生产上，福特意识到，要进行大批量的生产，首先要使零部件具有通用的性能，即"标准化"。这样，很多零部件就可以进行大批量的生产，装配汽车时也不会因零件的不同在挑选零件上浪费大量的时间，同时，顾客也容易对汽车进行维修和保养。他提出的"标准化"生产方式成了世界工业的"通用法则"。

终于在1908年的春天，福特的T型车诞生了，这是福特创新精神的一枚璀璨成果。

在当时人们的观念里，汽车是奢侈品，价格贵得吓人。福特针对这一现象，决定另辟蹊径——采用"薄利多销"的营销理念，每辆车售价仅900美元，福特认为：浪费和商人的贪利妨碍了卖主对切身利益的追求，他提倡以最小的成本来生产，再以最小的利润把汽车卖出去，以达到整个销售额的增加。这就是福特"薄利多销"的创新营销理念的集中体现。1913年，福特把流水线的概念推广到汽车制造的总装线上，使一辆汽车的生产最快时仅需10秒，流水线的生产方式被成功地运用于汽车生产是福特对汽车工业乃至整个现代工业发展做出的最杰出贡献。截至今日，大批量的生产方式，仍被称为福特生产方式，或称"福特制"生产方式。

从研制生产大众喜欢的汽车，到薄利多销的营销理念，从大批量流水线生产，到后来的"以人为本"管理理念的提出，都体现了福特作为一个杰出企业家的必备素质——创新精神。

【智慧点拨】

成功源于思维超前的创新精神。如果没有创新精神，就很难在这个社会中立足。只有保持一种创新思维，用新思维突破常规观念，才能使自己立于不败之地。

# 精神航空公司决胜 "9·11"

独辟蹊径才能创造出伟大的业绩，在街道上挤来挤去不会有所作为。

——布莱克

"9·11" 对约翰的影响是深远的。作为一家小型航空公司的市场部经理，"9·11" 不仅使约翰的收入锐减，更使得本来聪明能干的他束手无策。任凭如何努力，航空市场的大萧条，使得约翰所在的美国精神航空公司（Spirit Airline）面临的不再是以往如何尽快增长的问题，而是巨大的生存压力。

眼看2002年的9月11日就要到了。由于担心恐怖分子在周年当天再次发动类似行动，公众普遍预测，"9·11" 当天的上座率将非常低，削减航班或赔钱已成定局。甚至有人半开玩笑地对约翰说："贵公司这样的中小型航空公司，9月11日当天全公司休假可能会好一些。"

约翰清楚地知道这一切，甚至知道董事会已经准备提出削减航班的计划，可是，难道就没有一点办法吗？

不行，得努力想想！

有了，有办法了。行动！

2002年8月6日，美国精神航空公司宣布："9·11" 周年祭乘机免费！

8月7日，精神航空公司机票预订中心的电话就开始响个不停，公司网站也因为访问者过多而发生网络大塞车；公司30架中小型飞机所能提供的1.34万个座位，几个小时内就被预订一空。公司领导层对此表示满意，董事会成员和所有公司高级官员决定在9月11日这一天，亲自到机场为乘坐免费航班的乘客送行。

媒体和相关分析人士认为，这一活动带来的社会效应和广告效应，远远超过了公司的机票损失。公司的核算部门估计，免票活动将带来50万美元的损失。

这笔款项对于这个拥有12年历史，主要市场仅包括佛罗里达、底特律和纽约的小航空公司来说，不是一个小数目。但精神航空公司今后得到的回报将远大于50万美元，起码大多数乘客在预订免费航班的同时，订购了几天后的回程票。

精神航空利用"9·11"周年祭的机会不但打响了品牌，更赢得了声誉，是独辟蹊径的典范。除此之外，美国大小媒体都在报道精神航空公司"独树一帜"提供免费机票的事情，一时间"精神航空"成了媒体上出现频率最高的公司。这样的宣传效果，绝非50万美元可以达到的。可以说，精神航空已经从一个名不见经传的小公司，转瞬之间成为全美著名的"爱国航空公司"。

《今日美国》旅游版的专栏记者说："精神航空的招儿，绝了！"的确，几个星期前，精神航空和所有其他航空公司面临的问题一样——9月11日前后的订票数量奇低，上座率不足20%。这一招，使精神航空成为全美9月11日上座率最高的航空公司。

相比之下，美国多家大型航空公司——美洲、联合、三角等，以及经营美国航线几十年的英航、法航等公司，都计划减少9月11日的航班数量。

## 【智慧点拨】

成功之路在于独辟蹊径，干他人不想干，想他人不敢想。因为抄袭和模仿都不能使人获得成功，能使人获得成功的，只有创造。生活中，处处隐藏着机遇，只要你的思维不僵化，不循规蹈矩，发挥出自己的潜能，就会成就伟大的事业。

# 劣画大展

当我检验我自身和我的思想方法时，我得出的结论是，对我来说，幻想的天赋比我吸收积极知识的能力更有意义。

——爱因斯坦

一个名叫诺曼·沃特的美国收藏家，他看到众收藏家为收购名贵物品而不惜千金，他忽发奇想灵机一动：为什么不收藏一些劣画呢？于是他开始公开在市场上收购劣画，他收购劣画有两个标准：一是名家的"失常之作"；二是价格低于5美元的无名人士的画。那些画家听说后，纷纷将自己的劣作卖给他或送给他。没多久，他便收藏了200多幅劣画。

1974年，他在报纸上登出广告，声称要举办首届劣画大展，目的是让年轻的学画人在比较中学会鉴别，从而发现好画与名画的真正价值。

出乎人们的意料，这一画展举办得非常成功。沃特的广告广为流传，成为人们茶余饭后经常谈论的话题。

观众争先恐后参观，有的甚至千里迢迢赶来观看。

沃特取得了巨大成功，成功之处在于他的"劣画大展"独树一帜，十分新鲜，迎合了观众的"逆反心理"。

收藏家看似疯狂的行为，却是一种很独特的创新。

### 【智慧点拨】

打破常规、求思创新是一个人走向成功的必备因素。如果你一味地在原地打转，不思进取，而且不求改变，那么就不能拥有创新的思想。而没有创新，就不会有发展，成功自然很难眷顾你。

# 王永庆卖米

要想比别人更优秀，只有在每一件小事上比功夫。

——佚名

台湾首富王永庆早年因家贫读不起书，只好去做买卖。16岁的王永庆从老家来到嘉义开一家米店。那时，小小的嘉义已有米店近30家，竞争非常激烈。当时仅有200元资金的王永庆，只能在一条偏僻的巷子里承租一个很小的铺面。他的米店开办最晚，规模最小，更谈不上知名度了，没有任何优势。在新开张的那段日子里，生意冷冷清清，门可罗雀。

刚开始，王永庆曾背着米挨家挨户去推销，一天下来，人不仅累得够呛，效果也不太好。谁会去买一个小商贩上门推销的米呢?可怎样才能打开销路呢?王永庆决定从每一粒米上打开突破口。那时候的台湾，农民还处在手工作业状态，由于稻谷收割与加工的技术落后，很多小石子之类的杂物很容易掺杂在米里。人们在做饭之前，都要淘好几次米，很不方便。但大家都已见怪不怪，习以为常。

王永庆却从这司空见惯的小事中找到了切入点。他和两个弟弟一齐动手，一点一点地将夹杂在米里的秕糠、砂石之类的杂物拣出来，然后再卖。一时间，小镇上的主妇都说，王永庆卖的米质量好，省去了淘米的麻烦。这样，一传十，十传百，米店的生意日渐红火起来。

王永庆并没有就此满足。他还要在米上下大功夫。那时候，顾客都是上门买米，自己运送回家。这对年轻人来说不算什么，但对一些上了年纪的人来说，就是一个大大的麻烦了，而买米的顾客以老年人居多。王永庆注意到这一细节，于是主动送米上门。这一方便顾客的服务措施同样大受欢迎。当时还没有"送货上门"一说，增加这一服务项目等于是一项创举。

王永庆送米，并非送到顾客家门口了事，还要将米倒进米缸里。如果米缸里还有陈米，他就将陈米倒出来，把米缸擦干净，再把新米倒进去，然后将陈米放回上层，这样，陈米就不至于因存放过久而变质。王永庆这一精细的服务令顾客深受感动，并很快赢得了口碑。

如果给新顾客送米，王永庆就细心记下这户人家米缸的容量，并且问明家里有多少人吃饭，几个大人、几个小孩，每人饭量如何，据此估计该户人家下次买米的大概时间，记在本子上。到时候，不等顾客上门，他就主动将相应数量的米送到客户家里。

王永庆精细、务实的服务，使嘉义人都知道在米市马路尽头的巷子里，有一个卖好米并送货上门的王永庆。有了知名度后，王永庆的生意更加红火起来。这样，经过一年多的资金和客户积累，王永庆便自己办了个碾米厂，在最繁华热闹的临街处租了一处比原来大好几倍的房子，临街做铺面，里间做碾米厂。

就这样，王永庆从小小的米店生意开始了他后来问鼎台湾首富的事业。

**【智慧点拨】**

创新存在于每一个细节之中。善于发现细节，在创造性思维的指导下化平凡为神奇，你就能掌握到更多的机会，才能多角度、多渠道地解决好问题。

# 小针孔成就了百万富翁

现实的世界是有限度的，想象的世界是无涯际的。

——卢梭

19个世纪中叶，美国流传着一个小针孔成就百万富翁的故事：

美国许多制糖公司把方糖运往南美洲时，都会因方糖在海运途中受潮而遭受巨大损失。这些公司花了很多钱请专家研究，却一直未能解决这个问题。而一个在轮船上工作的工人却用最简单的方法解决了这个问题：在方糖包装盒的一角戳个通气孔，这样，方糖就不会在海上运输时受潮了。

这种方法使各制糖公司减少了几千万美元的损失，而且简直不花成本。这个工人专利意识十分强，他马上为该方法申请了专利保护。后来，他把这个专利卖给各制糖公司，成了百万富翁。

上面这个创意又启发了一个日本人，这个日本人想：

钻孔的方法是否还可用于其他许多方面，不光是方糖包装盒。他研究了许多东西，最终发现：在打火机的火芯盖上钻个小孔，能够延长油的使用时间。他凭着这个专利也发了财。

### 【智慧点拨】

创意往往就来自那"黑暗中闪出的一道光芒"，抓住了就会有大的突破，熟视无睹则只能留在原地，无法进步。

创新源于生活，是在实践中不断得到提高发展的。做个生活的有心人，你或许可以得到创意的灵感，盛开美丽的创意之花。

# 零分与满分

创造力是每一个人都有可能发展的一种能力。把创造力限制在少数科学家文学家和艺术家的多产创作上是一种陈腐的观念。

——佚名

一位物理老师给学生出了一道试题："怎样利用一个气压计测定一栋楼的高度。"

一个学生的答案是："把气压计拿到高楼顶部，用一根长绳子系住气压计，然后把气压计从楼顶向楼下坠，直到坠到街面为止。然后把气压计拉上楼顶，测量绳子放下的长度，这长度即为楼的高度。"

物理老师想也没想，就要给这个学生打零分，因为这不是他理想的答案。但这个学生却不同意，他认为自己的方法没错。于是他们找来了校长。

校长知道，这个学生的答案没有任何错误，应该得满分，但如果给了他满分，就证明这个学生的物理水平很高，但通常物理水平很高的学生的答案却不会跟物理没有任何关系。

于是，校长让这个学生用6分钟回答同一个问题，但必须用物理知识来回答。这个学生不假思索就说出了物理老师原本想要的答案：把气压计拿到楼顶，让它斜靠在屋顶边缘。让气压计从屋顶落下，用秒表记下它落下的时间。然后用落下时间中经过的距离等于重力加速度乘下落时间平方的一半算出建筑高度。

看了这个答案之后，校长问那位老师是否让步。老师让步了，于是校长给了这个学生几乎是最高的评价。

正当校长准备离开办公室时，他听那位学生说他还有另外的答案，于是校长问他是什么样的答案。

学生回答说："利用气压计测出一个建筑物的高度有许多办法，例如，你可以在有太阳的日子记下楼顶上气压计的高度及影子的长度，再测出建筑物影子的长度，就可以利用简单的比例关系，算出建筑物的高度。"

"很好，"校长说，"还有什么答案？"

"还有，"那个学生说，"还有一个你会喜欢的最基本的测量方法。你拿那气压计，从一楼登梯而上，当你登梯时，用符号标出气压计上的水银高度，这样你可利用气压计的单位得到这栋楼的高度。这个办法最直接。"

"当然，如果你还想得到更精确的答案，你可以用一根线的一段系住气压计，把它像一个摆那样摆动，然后测出街面g值和楼顶的。从两个g值之差，在原则上就可以算出楼顶高度。"

最后他又说，"如果不限制我用物理方法回答这个问题，还有许多其他方法。例如，你拿上气压计走到楼底层，敲管理员的门。当管理员应声时，你对他说下面一句话：'管理员先生，我有一个很漂亮的气压计。如果你告诉我这栋楼的高度，我将我的这个气压计送给您……'"

问题答案并非只有一个，将你的思维发散开来，从不同角度、不同方面着手，你会发现解决问题的方法其实有很多。

# 想象力的辩护

孩子是可敬佩的，他常想到星月以上的境界，想到地面下的情形，想到花卉的用处，想到昆虫的语言，他想飞到天空，他想潜入蚁穴。

——鲁迅

在美国，曾发生过这样一个故事：

1968年，内华达州一位叫伊迪丝的3岁小女孩告诉妈妈，她认识礼品盒上"OPEN"的第一个字母"O"。这位妈妈听后非常吃惊，问她是怎么认识的。伊迪丝说是"薇拉小姐教的。"

令人想不到的是，这位母亲立即一纸诉状把薇拉小姐所在的幼儿园告上了法庭，她的理由令人吃惊，竟是说幼儿园剥夺了伊迪丝的想象力，因为她的女儿在认识"O"之前，能把"O"说成苹果、太阳、足球、鸟蛋之类的圆形东西，然而自从幼儿园教她识读了"O"后，伊迪丝便失去了这种能力。

诉状递上去之后，幼儿园的老师们都认为这位母亲大概是疯了，一些家长也感到此举有点莫名其妙。

3个月后，此案在内华达州立法院开庭，最后的结果却出人意料，幼儿园败诉，因为陪审团的23名成员都被这位母亲在辩护时讲的一个故事感动了。

这位母亲说："我曾到东方某个国家去旅行，在一家公园里见过两只天鹅，一只被剪去了左边的翅膀，一只完好无损。剪去翅膀的被放养在较大的一片水塘里，完好的一只被放养在一片较小的水塘里。当时我非常不解，那里的管理人员说，这样能防止它们逃跑。他们的解释是，剪去一边翅膀的天鹅无法保持身体的平衡，飞起后就会掉下来，因此可以放在大水塘里；而在小水塘里的天鹅，虽然没有被剪去翅膀，但起飞时因没有必需的滑翔路程，也会老实地待在水塘里。当时我非常震惊，震惊于东方人的聪明和智慧。可是我也感到非常悲哀，今天，我为我女儿的事来打这场官司，是因为我感到伊迪丝变成了幼儿园的一只天鹅，他们剪掉了伊迪丝的一只翅膀，一只幻想的翅膀，他们早早地把她投进了那片小水塘，那片只有26个字母的小水塘。"

这段辩护词后来竟成了内华达州修改《公民教育保护法》的依据，其中规定幼儿在学校必须拥有的两项权利：

1、玩的权利；

2、问为什么的权利，也就是拥有想象力的权利。

**【智慧点拨】**

想象力是一种创造性的能力，它比知识更重要。因为知识是有限的，而想象力概括着世界上的一切，并且是知识进化的源泉。如果没有想象，一个人不论多么坚强，多么敏锐，都不会取得成功。

# 丁谓修宫殿

丰富的想象力来源于饱满的创新激情，当一个人的创新激情处于高潮时，我们常常会发现它他会有一位"恋人"经常形影相随，这位"恋人"便是灵感。

——朗加明

宋代沈括《梦溪笔谈》记载：北宋时期，有个叫丁谓的，当过参知政事，也就是宰相。宋真宗大中祥符八年，荣王元俨宫室失火，殃及殿阁内库。真宗让丁谓组织修复，并责令他尽快完成。修宫殿需要泥土以及砖瓦木料，从外地运到京城皇宫路途遥远，光是运输一项就要耗费不少时间和金钱——这不符合皇帝的旨意。

丁谓可是个机敏之人。经过一番思考和筹划，丁谓命令工匠在都城大街就地挖沟取土，把土运到皇宫里面。原来的大道变成了宽阔的深沟。于是，丁谓又下命令，将城外汴河水引到刚刚挖好的深沟。河水进沟，把远方山里的木料、石头、砖瓦等，用船只直运到到皇宫门口。

皇宫很快修好，烧焦的碎砖、烂瓦、废土再回填入沟中。如此计划，取土、运材料、处理废物同时完成，不仅工期缩短，还计省费以亿万计。

### 【智慧点拨】

变通是生活中不可缺少的智慧。当我们遇到复杂的事情时，不能总是一味地固执己见，或无法应对时就束手无策、坐以待毙。只要灵活变通，脑子转快些、灵活点，别"一条道跑到黑"，就可以很好地解决问题。

# 花园的门

我们要敢于思考"不可想象的事情"，因为如果事情变得不可想象，思考就停止，行动就变得无意识。

——富布赖特

有一座花园，种植着奇花异草。每到春天，百花斗艳吐香，是人们观赏流连的好地方。但是，花园的主人围起了篱墙，只留着一扇门，想观赏的人只能从门进入。

有一个人走到门前，想进花园，他推推门却推不开，便说："真是的，一座花园也安上门。"说完，他很生气地走了。

过了一会儿，又来了一个人，也想进花园。他推了推门也没推开，歪头看看，见门上有一把锁，说："一个花园还上锁，种花栽草给谁看呢。"叹了口气也走了。

又过了一会儿，第三个人也来到了花园的门旁，他看到门上的锁伸手摇了摇，发现锁只是挂在那里，根本没有锁住门。就推了推，也没推开。他无可奈何地说："这么明媚娇丽的天气，一扇钉死的门把春天也钉死了，真是太遗憾了。"说完他也叹叹气走了。

这时，花园的主人来了，他走到门前轻轻一拉，门开了——门根本没有钉死。

### 【智慧点拨】

很多人习惯地认为，打开门的方式是向内"推"而不是向外"拉"，这显然是一种思维定式。如果人们不打破固有的习惯，不仅拉不开花园的大门，也很难拉来开成功的大门。

# 制造引擎

但凡人能想象到的事物，必定有人能将它实现。

——儒勒·凡尔纳

福特汽车的创始人亨利·福特在制造著名的V—8汽车时，明确指出要造一个内附8个气缸的引擎，并指示手下的工程师立刻着手设计。

但在讨论设计方案时，其中一个工程师却认为，要在一个引擎中装设8个气缸是根本不可能的。他对福特说："我的上帝啊，这简直是天方夜谭！以我多年的经验来判断，这是绝对不可能的事情。我愿意和您打赌，如果谁能够把它设计出来，我宁愿放弃我一年的薪水。"

福特先生笑着答应了他的赌约，他坚信自己的设想是正确的。他认为尽管现在世界上还没有这种车，但只要多搜集一些资料，并把它们的长处加以改进，是完全可以设计和生产出来的。

后来，其他工程师通过精心研究和设计，不但成功设计出了8个汽缸的引擎，而且还将它正式生产出来了。于是那个工程师对福特先生说："我愿意履行自己的赌约，放弃一年的薪水。"

然而这时，福特先生却满脸严肃地对他说："不用了，你可以领走你的薪水，但看来你并不适合在福特公司工作了。"

尽管那个工程师在其他方面的表现很不错，但他仅仅凭借自己现有的知识和经验就妄下结论，而不去积极主动地广泛搜集相关资料，不去寻找实现这个设计的方法，这注定了他被解雇的命运。

**【智慧点拨】**

许多事情看似不可能，其实是被缘由的知识、经验和惰性所束缚，多动脑思考，真刀真枪地干起来，许多不可能就会变成可能。

# 慧心创意

今天在实践中证明的东西，就是过去在想象中存在的东西。

——布莱克

晚清有一位和尚画家，法名叫竹禅。他云游到北京，被召到宫里作画。一天，一位宦官向宫内画家宣布："这里有一张五尺宣纸，慈禧太后要画一幅九尺高的观世音菩萨站像，谁来接旨？"那些画家按常规思维，认为在五尺宣纸上画九尺高的观音菩萨是根本不可能的，因此，无人敢接旨。而竹禅想了一下说："我来接！"他磨墨展纸，一挥而就。大家一看，无不惊叹。原来竹禅采用了创造性思维：他画的观音和大家常画的并无多大差异，只是把观音画成了弯腰在拾净水瓶中的柳枝，如果直起腰来则正合九尺。慈禧看罢，连连称赞。

宋代画院招考画工，用"踏花归来马蹄香"为题。考生一接到题目，几乎都不假思索，提笔作画，一时完成。大部分考生采用了常规思维：有的画达官显贵，有的画文人仕女，这些人物均骑着马穿梭于花丛之中，主考官阅卷时大摇其头，只有一幅画吸引了他。这幅画整个画面上不见一朵花儿，只见一匹骏马扬鬃缓步走来，几只蝴蝶围绕着触地轻抬的马蹄飞舞追逐，踏花的马蹄沾有的芳香之气竟然引来了蝴蝶。绘画本是诉之于视觉的艺术，而要把看不见摸不着的嗅觉形象（花香）通过画面表现出来，是相当困难的。而这个画工竟然做到了，真可谓妙手回春。

**【智慧点拨】**

要想获得成功，创新是必不可少的。抛开旧思维，使用新奇和进步的方法，别出心裁，独树一帜，你就会开出一条新路。

# 由闪电引起的联想

科学最伟大的进步是由崭新的大胆的想象力所带来的。

——杜威

19世纪德国医学家罗伯特·科赫，在进行医学实践中深刻意识到：必须对病原细菌进行全面深入的研究，才能彻底消灭病菌，防止人体受到感染。

然而，细菌体积极小，又透明无色，在当时条件下，即使使用最精密的显微镜也很难观察和分辨各种细菌的形状和特征，罗伯特陷入苦苦思索之中。

突然有一天狂风大作，天黑得像锅底，紧接着电闪雷鸣，一场大雨倾盆而至。望着窗外一道道闪电，罗伯特·科赫意识到闪电之所以那么明亮耀眼，那是因为有漆黑如墨的天空为底色的反衬。那么，把无色透明的细菌放在一种深色的颜料中，不就可以观察清楚了吗？

他先后用了几十种染料做实验，结果都不满意，尤其是染色液很难在玻璃片上凝固。

他向一位化学剂师请教，化学剂师告诉他，有一种叫苯胺的蓝色染料很容易在玻璃上凝固。经过实验，他终于获得了成功。

细菌染色法的发明，使人们揭开了细菌的神秘面纱，从此对细菌病原体的研究跨进了一个新时代。

罗伯特·科赫由闪电在墨黑的天空中显得格外明亮耀眼，通过联想，找到了将无色透明细菌放在深色染料中，使其"一目了然"的创新方法。

### 【智慧点拨】

联想是创意思维的根基。许多巧妙的新观念和主张，常常由联想的火花首先点燃。事实上，任何创意活动都离不开联想，联想又是孕育创意幼芽的温床。

# 第八章
## 奇迹在探索中产生

# "钒"的诞生

只要我们能梦想的，我们就能够实现。

——肯尼迪

1831年，曾以成功进行人工合成尿素实验而享誉世界化学界的德国著名化学家维勒，收到老师贝里齐乌斯教授寄给他的一封信。

信是这样写的：

从前，一个名叫钒娜蒂丝的既美丽又温柔的女神住在遥远的北方。她究竟在那里住了多久，没有人知道。

突然有一天，钒娜蒂丝听到了敲门声。这位一向喜欢幽静的女神，一时懒得起身开门，心想，等他再敲门时再开吧。谁知等了好长时间仍听不见动静，女神感到非常奇怪，往窗外一看：原来是维勒。女神望着维勒渐渐远去的背影，叹气道：这人也真是的，从窗户往里看看不就知道有人在，不就可以进来了吗?就让他白跑一趟吧。

过了几天，女神又听到敲门声，依旧没有开门。

门外的人继续敲。

这位名叫肖夫斯唐姆的客人非常有耐心，直到那位漂亮可爱的女神打开门为止。

女神和他一见倾心，婚后生了个儿子叫"钒"。

维勒读罢老师的信，唯一能做的就是一脸苦笑地摇了摇头。

原来，在1830年，维勒研究墨西哥出产的一种褐色矿石时，发现一些五彩斑斓的金属化合物，它的一些特征和以前发现的化学元素"铬"非常相似。对于铬，维勒见得多了，当时觉得没有什么与众不同的，就没有深入研究下去。

一年后，瑞典化学家肖夫斯唐姆在本国的矿石中，也发现了类似"铬"的金属化合物。他并不是像维勒那样扔在一边，而是经过无数次实验，证实了这是前人从没发现的新元素——钒。

维勒因缺乏主动探索的精神把一次大好时机拱手让给了别人。

**【智慧点拨】**

探索是成功的重要因素。只有你去探索了，你才会发现出乎意料的、不可思议的、有趣的、新颖的东西。是否具备永不停歇的探索精神正是人与人之间差距越来越大的秘密。有些人喜欢新鲜、喜欢尝试、喜欢探索，在不断探索的过程中，他看到了新的风景、见识了新的东西、有了新的想法，于是，他就比其他人掌握了先机，成了其他人眼中的成功者。

# 富兰克林与避雷针

> 科学也需要创造，需要幻想，有幻想才能打破传统的束缚，才能发展科学。
>
> ——郭沫若

现代避雷针是美国科学家富兰克林发明的。富兰克林认为闪电是一种放电现象，为了证明这一点，他在1752年7月的一个雷雨天，冒着被雷击的危险，将一个系着长长金属导线的风筝放飞进雷雨云中，在金属线末端拴了一串银钥匙.当雷电发生时，富兰克林手接近钥匙，钥匙上迸出一串电火花。手上还有麻木感。幸亏这次传下来的闪电比较弱，富兰克林没有受伤。在成功地进行了捕捉雷电的风筝实验之后，富兰克林在研究闪电与人工摩擦产生的电的一致性时，他就从两者的类比中作出过这样的推测：既然人工产生的电能被尖端吸收，那么闪电也能被尖端吸收。他由此设计了风筝实验，而风筝实验的成功反过来又证实了他的推测。他由此设想，若能在高物上安置一种尖端装置，就有可能把雷电引入地下。富兰克林把这种避雷装置：把一根数米长的细铁棒固定在高大建筑物的顶端，在铁棒与建筑物之间用绝缘体隔开。然后用一根导线与铁棒底端连接，再将导线引入地下。富兰克林把这种避雷装置称为避雷针。经过试用，果然能起避雷的作用，避雷针的发明是早期电学研究中的第一个有重大应用价值的技术成果。

### 【智慧点拨】

成功总是青睐那些具有冒险精神的人，因为他们的成功之路都是一系列创新、一系列打破常规、一系列冒险的结果。

# 虚掩的门

勇气是人类最重要的一种特质，倘若有了勇气，人类其他的特质自然也就具备了。

——丘吉尔

一次公司的工作例会上，总经理特意向全体员工宣布了一条纪律："谁也不能进保安科旁那个破烂的房间。"但是，他没有解释为什么。当时大家也没在意这条与自己毫无关系的纪律，此后也没有人违反这条"禁规"。

5个月后，公司招聘了一批员工。在全体员工大会上，总经理再次将上述"禁规"予以重申。这时，只听见了一个新来的年轻人在下面小声嘀咕了一句："为什么？"总经理听了后并没有因为这位新人的不礼貌而恼怒，只是满脸严肃地答道："不为什么！"

回到岗位上，那个年轻人百思不得其解，还在思考着总经理为什么要这样做。同事则劝他只管干好自己的那份差事，别的不用瞎操心。因为"听领导的，总是没错"。难道那破房还装有金子不成？那个年轻人偏偏来了犟脾气，非要把事情弄个水落石出不可。于是他决定冒着被炒鱿鱼的危险，去那个房间探个究竟。

这天中午，他趁其他同事还在休息时，悄悄来到那间房门前。轻轻地叩了叩那扇门，没有反应。年轻人不甘心，进而轻轻一推，虚掩的门开了(原来门并没有上锁)。房间里没有任何摆设，只有一张陈旧的桌子。年轻人来到桌旁，看到桌子上放着一个纸牌，上面用毛笔写着几个醒目的大字——"请速将纸牌转递给总经理"。

年轻人拿起那个已堆满灰尘的纸牌，似乎明白了什么，走出房间，乘电梯直奔10楼总经理办公室。当他自信地把纸牌交到总经理手中时，仿佛期待已久的总经理一脸笑意地宣布了一项让年轻人感到震惊的任命："从现在起，你被任命为推销部经理助理。"

在后来的日子里，年轻人果然不负所望，不断开拓进取，把销售部的工作搞得红红火火，并很快被提为销售部经理。事后许久，总经理才向众人做了如下解释："这位年轻人不为条条框框所束缚，敢于对上司的话问个'为什么'，并勇于冒着风险走进某些'禁区'，这正是一个富有开拓精神成功者应具备的良好素质。"

【智慧点拨】

很多人认为，创新需要很多的条件，比如说才能、智慧、机遇等。其实创新很简单，只要你有想法、有敢于一试的勇气，就可以解决问题。

# 请让我试一试

聪明人会抓住每一次机会，更聪明的人会不断创造新机会。

——莎士比亚

一天，在西格诺·法列罗的府邸将要举行一场盛大的宴会，主人邀请了一大批客人，他们都是社会名流。

就在宴会开始前，负责餐桌布置的工作人员派人来说，他用来摆放在桌子上的那件大型甜点饰品不小心被弄坏了。听到这个消息，管家急得团团转。

这时，一个在厨房里干粗活的小仆人走到管家的面前，怯生生地对他说："先生，如果您能让我来试一试的话，我想我能做一个甜点饰品来代替它。"

"你？"管家惊讶地喊道，"你是什么人，竟然敢说这样的大话？"

"我叫安东尼奥·卡诺瓦，是雕塑家皮萨诺的孙子。"

这个脸色苍白的孩子回答道。

"小家伙，你真的能做吗？"管家半信半疑地问。

"如果您允许我试一试的话，我可以做一个东西摆放在餐桌的中央。"小孩儿显得镇定了一些。看到仆人们个个都显得手足无措，管家只得答应让安东尼奥去试试。他在一旁紧紧地盯着这个孩子，注视着他的一举一动，看他到底要怎么办。

只见这个厨房的小帮工不慌不忙地让人端来了一些黄油。就一会儿的工夫，本来不起眼的黄油在他的手中竟然变成了一只威武的雄狮。

管家惊讶地张大了嘴巴，喜出望外，连忙派人把这个黄油做成的狮子摆到了桌子中央。

晚宴开始了，客人们陆陆续续地被引到餐厅里来。

在这些客人当中，有威尼斯最著名的企业家，有傲慢的王公贵族们，还有眼光挑剔的专业艺术评论家。最后，连王子殿下都来了。

当客人们一眼望见餐桌上卧着的黄油狮子时，都不禁交口称赞起来，纷纷认为这是一件天才之作。他们站在狮子面前不愿离去，甚至忘记了自己来这里的真正目的了。结果，这个宴会变成了对黄油狮子的鉴赏会。

客人们在狮子面前细细欣赏着，情不自禁地流露出赞叹之情。他们不断地问西格诺·法列罗，究竟是哪一位伟大的雕塑家竟然肯将自己的高超技艺浪费在这样一种很快就会溶化的东西上。

法列罗也愣住了，他立即叫来管家问话。于是，管家就把小安东尼奥带到了客人们的面前。当这些尊贵的客人得知，面前这个精美绝伦的黄油狮子竟然是一个小孩儿在仓促中完成的作品时，都不禁大为惊讶，整个宴会又立刻变成了对这个小孩儿的赞美会。

富有的主人当即宣布，将由他出资给安东尼奥请最好的老师，让他的天赋充分发挥出来。

西格诺·法列罗果然没有食言，他不惜重金给安东尼奥请来了整个威尼斯最好的雕塑老师，而安东尼奥也没有被眼前的幸运冲昏头脑，他依旧是一个淳朴、热情而又诚实的孩子。他把自己所有的时间都用在了学习上，希望使自己成长为皮萨诺门下一位优秀的雕刻家。

也许，很多人并不知道安东尼奥是如何利用第一次机会充分展示了自己的才华。然而，却没有人不知道著名雕塑家卡诺瓦的大名，也没有人不知道他是世界上最伟大的雕塑家之一。

### 【智慧点拨】

没有人会主动给你送来机会，机会也不会主动来到你的身边，只有你自己去主动争取。成大事者的习惯之一是：有机会，抓机会；没有机会，创造机会。

# 卜镝的绘画之路

　　　　观察对于儿童之必不可少，正如阳光、空气、水分对于植物之必不
可少一样。在这里，观察是智慧的最重要的能源。

——苏霍姆林斯基

　　卜镝，八岁时获全国儿童画比赛一等奖，九岁时出版新中国第一本个人儿童画集，并先后在青岛、深圳、香港、澳门、台湾、荷兰、德国等地区和国家举办个人画展。他的父母是如何教育儿子取得成功的呢？

　　当卜镝的父母意识到，在孩子脑力和心理发展的过程中，观察力具有相当重要的意义时，便不失时机地利用游戏对卜镝进行有效的训练，让他的观察力得到快速的提高。当父母发现卜镝热爱观察大自然这一特点时，便经常带着他去参加各种活动，让他感受外部世界，丰富他的感性经验。父母还不断诱导卜镝以游戏的方式，养成善于观察的习惯，从而引导他走上了画画的道路。

　　一天，爸爸下班回来，看到地板上涂满了密密麻麻的粉笔道子。便弯下腰仔细一看，不禁高兴地叫起来，"画得太好了！"卜镝画的是他自己和森林里的动物伙伴们一起捉迷藏的有趣情景。而他却说是画着玩的，看来孩子一般是把画画当成一种开心的游戏了。

　　从游戏中得到启发，父母懂得在鼓励孩子勤于观察的同时，还要注意让孩子善于观察。

　　随着孩子的成长，父母不断地把卜镝送入新的生活中去，让他用自己的眼睛去发现"美"，而卜镝也正是在生活中用他自己的眼睛发现了美，然后用画笔富有创造性地表现出了这种美。在每次观察活动结束后，卜镝都会记美术日记。把他的爱、他的激动，把他眼里、心里的愿望都凝固在纸上。他的日记与日俱增，这些成了他童年生活的缩影，也为他日后的成功打下了坚实的基础。这个好习惯

使他拥有了一双聪明的眼睛，观察到了别人看不到的东西。他用欣赏的眼光去观察世界，用爱的情怀去感受世界，用热情的图画去表现世界。

善于观察的好习惯，使卜镝走上了画画的道路；观察的积累与发现，使卜镝踏上了成功之路。

### 【智慧点拨】

观是看，察是想。如果把观察比作蜜蜂采花粉，那么思维就等于是酿造蜂蜜，没有花粉就酿不出蜂蜜。没有细心的观察，思维就会因为缺少素材而得不到良好的发展。观察是认识的基础，是思维的触角。只有不断地去观察和思考，我们才能不断创新，不断进步。

# 诺贝尔的成功

对于不屈不挠的人来说，没有失败这回事。

——俾斯麦

1864年9月3日这天，寂静的斯德哥尔摩市郊，突然爆发出一阵震耳欲聋的巨响，滚滚的浓烟雾时间冲上天空，一股股火花直往上蹿。仅仅几分钟时间，一场惨祸发生了。当惊恐的人们赶到出事现场时，只见原来屹立在这里的一座工厂已荡然无存，无情的大火吞没了一切。火场旁边，站着一位三十多岁的年轻人，突如其来的惨祸和过分的刺激，已使他面无血色，浑身不住地颤抖着……这个大难不死的青年，就是后来闻名于世的弗莱德·诺贝尔。

诺贝尔眼睁睁地看着自己所创建的硝化甘油炸药的实验工厂化为灰烬。

人们从瓦砾中找出了五具尸体，其中一个是他正在大学读书的活泼可爱的小弟弟，另外四人也是和他朝夕相处的亲密助手。五具烧得焦烂的尸体，令人惨不忍睹。诺贝尔的母亲得知小儿子惨死的噩耗，悲痛欲绝。年老的父亲因大受刺激引起脑出血，从此半身瘫痪。然而，诺贝尔在失败和巨大的痛苦面前却没有动摇。

惨案发生后，警察当局立即封锁了出事现场，并严禁诺贝尔恢复自己的工厂。人们像躲避瘟神一样避开他，再也没有人愿意出租土地让他进行如此危险的实验。困境并没有使诺贝尔退缩，几天以后，人们发现，在远离市区的马拉仑湖上，出现了一只巨大的平底驳船，驳船上并没有装什么货物，而是摆满了各种设备，一个青年人正全神贯注地进行一项神秘的实验。他就是在大爆炸中死里逃生、被当地居民赶走了的诺贝尔！

大无畏的勇气往往令死神也望而却步。在令人心惊胆战的实验中，诺贝尔没有连同他的驳船一起葬身鱼腹，而是碰上了意外的机遇——他发明了雷管。雷管的发明是爆炸学上的一项重大突破，随着当时许多欧洲国家工业化进程的加快，开矿山、修铁路、凿隧道、挖运河都需要炸药。于是人们又开始亲近诺贝尔了。他把实验室从船上搬迁到斯德哥尔摩附近的温尔维特，正式建立了第一座硝化甘油工厂。接着，他又在德国的汉堡等地建立了炸药公司。一时间，诺贝尔生产的炸药成了抢手货，源源不断的订货单从世界各地纷至沓来，诺贝尔的财富与日俱增。

然而，获得成功的诺贝尔并没有摆脱灾难。

不幸的消息接连不断地传来：在旧金山，运载炸药的火车因震荡发生爆炸，火车被炸得七零八落；德国一家著名工厂因搬运硝化甘油时发生碰撞而爆炸，整个工厂和附近的民房变成了一片废墟；在巴拿马，一艘满载着硝化甘油的轮船，在大西洋的航行途中，因颠簸引起爆炸，整个轮船全部葬身大海……一连串骇人听闻的消息，再次使人们对诺贝尔望而生畏，甚至简直把他当成瘟神和灾星，如果说前次灾难还是小范围内的话，那么这一次他所遭受的已经是世界性的诅咒和驱逐了。

诺贝尔又一次被人们抛弃了，不，应该说是全世界的人都把自己应该承担的那份灾难给了他一个人。面对接踵而至的灾难和困境，诺贝尔没有一蹶不振，他身上所具有的毅力和恒心，使他对已选定的目标义无反顾，永不退缩。在奋斗的路上，他已习惯了与死神朝夕相伴。

炸药的威力曾是那样不可一世，然而，大无畏的勇气和矢志不渝的恒心最终激发了他心中的潜能，最终征服了炸药，吓退了死神。诺贝尔赢得了巨大的成功，他一生共获专利发明权355项。他用自己的巨额财富创立的诺贝尔科学奖，被国际科学界视为一种崇高的荣誉。

**【智慧点拨】**

科学技术的发展是一个不断探索、不断突破、不断前进的过程，尽管迂回曲折，有失败、有挫折，但我们还是要以开拓的精神、顽强的姿态在不断探索、前进。

# 华裔女企业家

无论在个人经历中还是在社会历史中，冒险总能带来生机。

——威·博莱索

美国华裔企业家林敏芝是诸多成功的温州女人之一。1982年，林敏芝把两个年幼的女儿留在国内，只身一人来到美国经商。当时，她的举动令人十分惊讶和不久，因为她既没有资本又没有熟人关系在美国，连买机票的钱还是借的。然而林敏芝到了美国，她先是在车衣厂和餐馆打工。经过一年的打拼，一家名叫"梨园"的餐馆诞生了。她是一个善于经营和吃苦的人，没几年，她分别在布鲁克林闹市区和曼哈顿的时报广场开出了两家百货礼品店。在海外打拼，光靠吃苦是不够的，还需要胆量和智慧。1986年，林敏芝考到了地产执照，开始介入地产界。

上天总是眷顾那些富有冒险精神的有心人。1997年底，林敏芝遇到了事业上的一个转机。她偶然得知，一个名叫河头镇的地方有一家旅馆要拍卖。那是当地最破旧的旅馆，拥有56个房间，但林敏芝却越过旅馆表面的破旧，看到了它价值的所在——旅馆边有非常美的风景：平缓清澈的河流、茂密的树林、嬉戏的白天鹅……同时她发现，这家旅馆附近有一个名牌专卖店的集聚区，每年会有很多有钱的游人来到这里。林敏芝凭借温州人敏锐的商业嗅觉捕捉到了商机——这样的地方，开启一家环境优雅的度假酒店岂不是很好嘛？于是她开始留意并计划起来。然而，当她开始着手去做的时候才发现事情并没有她想象的那么简单。首先，改造这个旅馆就是一个很大的难题。因为这个旅馆一度是流浪猫狗的安居所，还时常有毒贩和妓女在此落脚。林敏芝买下旅馆后，当第一次打开房间时，她被吓了一大跳：里面的住客衣着褴褛、臭气熏天，地上到处是烟头、酒瓶、针头。当地居民对这个旅馆十分厌恶，甚至有人声称，想修起一堵墙来把这个旅馆隔离开。林敏芝开始着手对这家旅馆改造的第一步很具戏剧性——在警察的协助下，清理走了所有寄主在这里的"不良人士"，并且为流浪猫狗找到了新的寓所。接下来，她申请了消防许可，把家具、地毯等各种物件堆在院子里，一把火全烧了。她又花了100多万美元的装修费用将这个小旅馆来了一次彻头彻尾的换脸，这个破旧旅馆，终于被改造成了小镇上最好的一家旅馆——绿景旅馆。当时小镇上的居民都被感动了，林敏芝用自己的爱与魄力，塑造了一个全新的旅馆，把美丽的风景还给了小镇，让这个小镇终于成了完整的高尚社区。

之后，林敏芝从这个小旅馆做起，生意越做越大，在美国华人社区建立起了相当高的知名度。她还在美国创建了华美地产公司、并担任纽约第一百货公司的董事长兼总经理，被授予"首届美国50位杰出华裔企业家"称号。

## 【智慧点拨】

创新意味着要向未知迈进，这就需要去"冒险"。世界上没有万无一失的成功之路，我们不能缺少冒风险精神，什么事情都要去勇敢地尝试。对于一项需要冒险的投资，当别人犹犹豫豫的时候，你迅速做出决断，大胆承担起来，很可能这就是改变你命运的关键性一步。

# 一个南非女孩的世界奇迹

事实上是，哪个男孩女孩没有做过上天入地、移山倒海的梦啊，只不过在生活面前，很多人慢慢放弃了自己童年的梦想，所以他们沦落为失去梦想的人；而有些人，无论生活多么艰难，从来没有放弃梦想，于是，他们成为永葆青春梦想、永葆奋斗激情的人、能够改变世界、创造未来的人。

——徐小平

有一位南非女孩，从十六岁就开始徒步旅行，用两年多时间，途经十四个国家，步行一万六千一百八十一公里，纵跨非洲大陆，闯入吉尼斯世界奇迹榜。这就是二十六岁的菲奥娜·坎贝尔。

在菲奥娜的整个旅途中，最艰苦的日子是在扎伊尔境内。1991年9月，那里政局混乱，她被法国外籍军团空运出境。当她又回来时，她的野外生存训练教练米尔斯陪她日行五十公里。但以后的几个月如噩梦一般，她走到哪里都遭到满怀敌意者的攻击，他们向她扔石头，肆意侮辱她、打她。

后来她说："当地人害怕并仇视我们，他们认为我们是人贩子，是专吃妇幼的野人。面对落在我身上的石头和侮辱，唯一的办法就是保持原来的速度继续前进，不要抱怨，也不要消沉。"

之后，她又在热带雨林里整整被困了7个月，从早到晚，身上从来没有干过，衣服发霉，身上也长了疮。她对人们说："你看外面干了，以为疮好了，其实里面还是烂的。"

是什么让菲奥娜敢去做这样的旅行？

菲奥娜说："当你不知道何去何从的时候，你会感到世界如此空旷，令人迷茫。这是一次折磨人的探险，所以必须好好地安排生活。"

就是在这样周游世界的真实跋涉中，菲奥娜真正地成长起来，甚至超出了普通的人。她曾怨恨过让她搬了22次家、转了15次学的父亲。父亲是海军军官，这一旅程让她走出了对父亲的怨恨。

现在的菲奥娜更加成熟和自信了，虽然周游计划没变，但周游的初衷已经变了。她认真地说："虽然我说不出自己哪儿变了，但我肯定是有不少变化的。我现在已经看到了以前我从未意识到的，我需要它们。"

在旅途中，她也对自己原有的文化背景作了深刻的反思："回忆起在非洲的日子，那是我一生中最幸福的时光。在那些人中间能看到一种恬淡与和谐，一种愉悦与温馨。他们拥有真正的快乐与友谊，他们对人的洞察力远比西方人强，他们总是注意你的一举一动，包括你的身体语言。在他们面前，你无法掩饰什么。"

菲奥娜勇敢地将自己的梦想变成行动，而且在行动中发现并升华了自己对一个个崭新环境的敏锐感悟和重新理解。正是那些极特殊的环境、挫折从不同角度开发了她的潜能，激活了她的潜在力量。当她阅历了各种文化后，她才清楚地重新审视自己，才真正懂得了生命的真谛。

### 【智慧点拨】

说到梦想，几乎每个人都会有，可是为了梦想去努力，去奋斗而实现梦想的人却并不多。所以只有梦想是不够的，你还必须有为自己的理想追求到底的决心，并且要马上行动。梦想，是成大事者的起跑线，决心是起跑时的枪声，行动才是奔跑者全力的奔驰。唯有不断付诸行动，方能实现梦想。

# 李嘉诚与塑胶花

做生意主要有三种方式：一是创新，二是改进，三是跟风。创新吃的就是"一招鲜"，虽然不易，一旦使出来，却费力少而收获大；改进是在别人的基础上做得更好，虽不易造成轰动，后劲却很足；跟风是跟在别人后面亦步亦趋，这样做起来较容易，风险也较小，但跟吃人的残羹冷饭差不多，收获有限。

——李嘉诚

当年，李嘉诚创办长江塑胶厂，开始生产塑胶玩具，尽管生意状况很不错，但由于竞争者日渐增多，他已隐隐感到了某种危机。他决定寻找一个新的突破口。一天深夜，他从杂志上看到了一则意大利生产塑胶花的消息，心中一动，决定前往意大利取经。他进入一家塑胶公司打工，借机偷师学艺。

从意大利学艺归来，回到长江塑胶厂，李嘉诚不动声色地把几个部门的负责人和技术骨干们召集到了他的办公室，把带来的塑胶花样品一一展示给大家看。众人看了这些千姿百态、形象逼真的塑胶花，无不拍案叫绝。

随后，李嘉诚满怀信心地向大家宣布，长江厂今后将以塑胶花为主攻方向，一定要使其成为本厂的拳头产品，使长江厂更上一层楼。

选定设计人员之后，李嘉诚便把样品交给他们研究，要求他们尽快开发出塑胶花新产品。他强调新产品应着眼于三点：一是配方调色，二是成型组合，三是款式品种。

塑胶花说白了就是植物花的复制品，不同国家、不同地区，甚至每个家庭、每个人喜爱的花卉品种都不尽相同。李嘉诚发现他带回来的样品，无论从品种还是花色方面看都太意大利化了，不适合香港人的口味。

因此，李嘉诚要求设计者顺应香港和国际大众消费者的口味和喜好，设计出一套全新的款式来，不必拘泥于植物花卉的原有形状和模式。

设计师们经过精心研制，终于做出了不同色泽款式的"蜡样"。李嘉诚对设计师的作品很满意，但他依然不敢确信是否适合香港大众的口味，于是他便带着蜡花走访了不同消费层次的家庭，最后决定以其中的一批蜡花作为主打产品。此时，技术人员经过反复试验，已把配方调色确定到最佳水准。又经过连续一个多月的昼夜奋战，终于研制出了第一批样品。

李嘉诚携带自产的塑胶花样品，像最初做推销员那样，一一走访经销商。当李嘉诚把样品展示给他们时，这些经销商被眼前这些小巧玲珑、惟妙惟肖的塑胶花弄得瞠目结舌、眼花缭乱。有些经销商是长江厂的老客户，正因为太了解长江厂了，他们才更加不敢相信自己的眼睛，心说，就凭长江厂那破旧不堪的厂房、老掉牙的设备，能生产出这么美丽的塑胶花？确实令人难以置信。

"这是你们生产出来的吗？"一位客户狐疑地问道，"论质量，可以说与意产的不分上下。"

"你们大概怀疑我是从意大利弄来的吧？"李嘉诚早已看出了客户的狐疑，他心平气和地微笑道，"你们可以将两者比较，看看是港产的，还是意产的。"

大家围着塑胶花仔细察看，这才发现李嘉诚带来的塑胶花，的确与印象中的意大利产品有所不同。在样品中，有好多种中国人喜爱的特色花卉品种。

不久，塑胶花迅速风行香港及东南亚。更精确地说，应该是在数周之间，香港大街小巷的花卉店中，几乎全都摆满了长江出品的塑胶花。寻常百姓家、大小公司的写字楼里，甚至汽车驾驶室里，无不绽放着绚烂夺目的塑胶花。

李嘉诚用他的塑胶花掀起了香港消费新潮，长江塑胶厂渐渐开始蜚声香港业界。

## 【智慧点拨】

许多人能解决问题或是获得成功，都是在模仿的基础上，进行创新，并加入自己独特的元素，从而将原本属于他人的创意变成了自己的创意。上例中的李嘉诚就是在模仿中找到结合点，在结合中求新鲜，以新鲜攻占市场。

# 金门大桥堵车

问题永远不在于如何使用头脑里产生崭新的、创造性的思想，而在于如何从头脑里淘汰旧观念。

——迪伊·霍克

美国旧金山的金门大桥横跨1900多米的金门海峡，连接北加利福尼亚与旧金山半岛，大桥建成通车后，大大节省了两地往来的时间。但是，新问题随之出现，由于出行车辆太多，金门大桥总会堵车。原先金门大桥的车道设计为"4+4"模式，即往返车道都为4道，这是非常传统的设计。当地政府为堵车的问题迟迟不能解决感到头疼，如果筹资建第二座金门大桥，必定要耗资上亿美元，当地政府决定以重金1000万美元向社会征集解决方案。最终一个年轻人提出了一个方案：将原来传统的"4+4"车道改成"6+2"车道，即上午左边车道为6道，右边车道为2道；下午则相反，右边6道，左边为2道。他的方案试行之后，困扰多时的堵车问题迎刃而解。同样是8条车道，"6+2"的效果明显优于"4+4"。当地政府付给了他奖金，并给予高度赞扬。

## 【智慧点拨】

聪明的人总是让自己从成旧的观念中走出来，他们深知变通的能量，懂得改变一以贯之的规则去自我突破，创造自己的辉煌！

# 洗澡水的流向

细节在于观察，成功在于积累。

——爱默生

洗澡，可谓一件非常普通的事情。洗完澡，把浴缸的塞子一拔，水哗哗地流走，谁也不会去注意它。然而，美国麻省理工学院机械工程系的系主任谢皮罗教授，却敏锐地注意到：每次放洗澡水时，水的漩涡总是向左旋的，也就是逆时针的！

谢皮罗紧紧抓住这个问号不放。他设计了一个碟形容器，里面灌满水，每当拔掉碟底的塞子，碟里的水也总是形成逆时针旋转的漩涡。这证明放洗澡水时漩涡朝左，并非偶然，而是一种有规律的现象。

1962年，谢皮罗发表论文，认为这漩涡与地球自转有关。如果地球停止自转的话，拔掉澡盆的塞子，水不会产生漩涡。由于地球是自西向东不停地旋转，而美国又处于北半球，所以洗澡水总是朝逆时针方向旋转。

谢皮罗由此推导出，北半球的台风，同样是朝逆时针方向旋转的，其道理与洗澡水的漩涡是一样的。他断言，如果在南半球，则恰好相反，洗澡水将按顺时针形成漩涡；在赤道，则不会形成漩涡。

谢皮罗的论文发表之后，引起各国科学家的莫大兴趣，纷纷在各地进行实验，结果证明谢皮罗的论断完全正确。

## 【智慧点拨】

任何的发明和创造都离不开观察与实践。观察是培养创造性的重要途径之一。只有养成了细心观察生活的习惯，我们才能发现新现象。在学习和生活中，我们要积极主动培养自己细心观察的习惯。

# 分期付款

> 一个人必须经常突破他已造成的藩篱而使之更扩大。
>
> ——罗曼·罗兰

1831年，史乐恩·梅考克发明农机具取得了重大突破，并且研制出了世界上第一台收割机。这台机器的诞生是农业生产史上的一次重大突破，具有划时代的意义。梅考克很为自己的这一杰作得意。他认为，人们将会对这种收割机趋之若鹜。但是，现实却恰恰相反，收割机的推出没有引起轰动效应，销量寥寥可数。许多习惯旧生产方式的农民认为用镰刀凭力气干活，足可温饱，何必用机器。而且机器的价格也很贵，对于一个只够温饱的农民来说，要买一台收割机简直是难于上青天。

为了打开销路，梅考克采取了很多措施，诸如增设销售网点，加派推销人员，增加投资等，结果还是无人问津。

梅考克几年的发奋努力，不但没有打开销售市场，反而把本钱赔个精光。思想狭隘、目光短浅的农民，对新生产力的抵制，使梅考克实现农业机械化的理想成了泡影，也使他的发财梦破灭了。

为了让农民购买他的收割机，以挽救他的公司，史乐恩·梅考克发动全公司的员工出主意、想办法，但仍没有一个周全完美的计划。梅考克为此万分焦急，夜不能寐。他之所以不考虑转产或破产，是因为他认为，收割机虽然暂时不受欢迎，但它的发展前途将是远大的，只要能找到好的销售办法，一切问题都会迎刃而解。梅考克的这一想法非常正确，事实证明，并不是收割机不好，而在于农民不了解它，支付不起费用。梅考克为了刺激农民购买收割机，他将收割机的价格一再下调。虽然如此，这对农民来说，仍是一个天文数字。一次偶然的机会，梅考克获得了新方法的启示。

这是在一次下班回居住地的路上，他看到几个孩子在做游戏，于是驻足观看。

游戏要完了，一个较大的孩子拿出一包包软糖放在伙伴面前炫耀说："真好吃呀。"边说边把糖塞进了嘴里。

他把大家馋得直流口水，大孩子好像看透了伙伴们的心思，他说："我吃不了这么多。但要白送给你们，我又舍不得。这样吧，每包一角钱，卖给你们。"

小伙伴们争先恐后地从兜里掏钱，其中一个小朋友的脸上显出为难的神情，原来他的口袋里只有3分钱，他很窘迫地说："我可不可以只买3块？"

大孩子果断地说："我是不零卖的。"

梅考克向小孩子投去同情的目光并想替他买下那包糖。

这时，旁边不知哪个小孩子说："让肯德先欠你7分，以后再还给你。"

孩子想了一下："可以，不过是要付利息的呀！"

"好的。"小肯德满口答应，"明天我还你8分，只要你肯先把糖卖给我。"

几个小孩子游戏中的小小赊欠，使梅考克顿时豁然开朗，想到了一个主意，那就是分期付款。他这样设想：那些因资金问题而不敢问津商品的顾客，如果先让他们付一小部分钱，拿走机器，剩余的款项等他们能付款时再付，这样收割机不就销出去了吗？他不禁为自己想出好主意而高兴得手舞足蹈。

回到公司后，梅考克立即召集全体管理人员开会，把想法告诉他们并得到了一致的赞同。分期付款很快就付诸实施，效果很明显，公司的产品库存积压逐渐减少，公司也开始有了转机。

1849年，梅考克公司的收割机创年销售2000部的高纪录。从此，梅考克公司的销售量始终居美国同类大企业之首。

### 【智慧点拨】

分期付款，在梅考克那个时代，可以说是个了不起的创举，恐怕比他的发明本身更具意义。所以，做别人没做过的事，走别人没走过的路，敢于打破思维定式，开辟新领域，你就会获得巨大成功。

# 西奥雷尔的探索精神

生命的全部的意义在于无穷地探索尚未知道的东西。

——左拉

西奥雷尔是瑞典医学家、著名的教育家。他的主要贡献是对氧化酶的研究，并阐明了酶的基本构造及作用。由于西奥雷尔的卓越贡献，他荣获了1955年度的诺贝尔生理学及医学奖。

西奥雷尔1903年出生在瑞典南部的林彻市。父亲是一名外科医生，自从西奥雷尔开始懂事起，父亲就从各个方面进行指点，提出各种各样的要求。通过父亲的指导，西奥雷尔渐渐地懂得了不少科学知识。他很早就对父亲那把神秘的手术刀发生了兴趣。他很奇怪，父亲那把小刀子怎么有那么大的神通，能使病人解掉绷带，恢复健康。他对父亲所做的一切都无比神往，总想自己也能动手干一干。父亲鼓励他说，你肯定能行！

西奥雷尔从小热爱学习，胆大心细。有一次，他和几个小伙伴一起玩，发现了一条不断蠕动的虫子。这条虫子长的花花绿绿的，还有一身毛，小伙伴们看到了都非常害怕，而西奥雷尔却十分镇静，一把将小虫子抓住，准备带回家去将其解剖，看看这条虫子的内部结构。

他将虫子带回了家，找出父亲的手术刀，准备开始解剖。可是，他不知道该如何着手，举刀未定，迟迟不能下手。

这时，刚好父亲回来了。他看到这个情景就问西奥雷尔："你怎么把虫子带回家了？"

西奥雷尔看着父亲，嗫嚅起来，"爸爸，我想解剖这只虫子，看看它的构造。"

"哦，原来是这样啊，那你知道该如何解剖吗？"

"不知道，所以我一直在想。"

"那么，让爸爸来教你吧！"说完，父亲拿出工具，亲自开始做示范。

西奥雷尔的这种求知欲望和探索精神大受父亲赞赏，父亲的赞扬和鼓励使小西奥雷尔极为高兴，这使他更加勇敢、更加富于想象力，并且更大大锻炼提高了动手动脑的能力。

从此以后，西奥雷尔在父亲的帮助下，开始解剖各种昆虫和小动物，对动物内部结构越来越熟悉，为以后从事胜利科学的研究奠定了良好的基础。正是在父亲的鼓励和支持下，使西奥雷尔走上了探索科学的道路，也才有了他以后取得的巨大成就。

**【智慧点拨】**

一般来说，人们对未知的领域都会感觉到非常好奇，从而喜欢探索活动，努力在生活中寻找问题的答案。在进行探索活动的过程中，我们不仅仅得到了探索的乐趣，思维能力、创造力也会得到良好的发展。上例中的西奥雷尔正是因为从小就有探索精神，才走上了科学的道路。

# 激发潜能

杰出的人不是那些天赋很高的人，而是那些把自己的才能尽可能发挥到最高限度的人。

——罗斯福

有一位大学毕业生，应聘做了保险公司的推销员。刚开始，他还雄心勃勃，梦想着做一个最杰出的保险推销员。可是，干了几个月以后，他就对自己的能力发生了怀疑。有时候，大半个月他也不能谈成一个客户。他因此而陷入了苦恼：

难道我真的不是干保险的材料吗？我真的连这点儿能力都没有吗？正当他打算打退堂鼓的时候，他看到了这样一句话："每个人都具有超出自己想象两倍的能力。"他决定试一试，看看这句话是否真的有道理。

他开始重新思考自己以往的工作态度及工作状况。他惊讶地发现，过去的工作并不是非常令自己满意，过去常常因为萎缩倦怠而白白浪费了许多机会，有的时候遇到大的保户，由于自己的胆怯没有及时抓住。他重新给自己订立了目标：增加每天的访问次数，绝不因各种理由而拖延访问；要多与顾客面谈，减少电话访问形式；对于有些客户要穷追不舍；访问有可能成为大保户的公司老板，不许怯弱和退却。

后来的结果如何呢？经过一段时间的努力工作，这位大学生惊讶地发现：自己的能力远远超出过去，每个月的保单比以前足足多了5倍。

### 【智慧点拨】

每个人都隐藏着惊人的潜能，任其埋没，就会平庸一生；激发潜能，就能辉煌一生。

# 选拔人才

走自己的路，让别人说去吧！

——但丁

电动机工业大厂的培训部主任梅尔瓦因对选拔人才有敏锐的嗅觉，他总能在为数众多的应试者中找出他所需要的人。因为他择优录取的方法简单而又有效。

现在正有一批报考学徒工的年轻小伙子等在他的门前。弗兰茨·贝尔纳——一个17岁的中学生就站在他们中间。他的父亲在战争中阵亡了，所以他是唯一一拿不出介绍信的人。就在他们敲门的时候，梅尔瓦因正坐在自己的写字台边喝咖啡。小青年们敲了半天门也得不到回音，只得面面相觑。于是，弗兰茨·贝尔纳壮起胆子说道："没准他没听见，我再敲一下试试！"

其他青年耸耸肩头，他爱干就干吧！于是，弗兰茨·贝尔纳又使劲儿敲了一阵。

这时，屋子里传来了一阵叫骂声。

"他说什么？"这次弗兰茨没把握了。

"好像是在说：'进来吧！'"另一个人回答。

于是，弗兰茨扭动把手，门开了一条缝，小青年们都站在门框里。

"一群脸皮厚的东西！我说了不要打扰我，难道你们没有耳朵吗？"屋里传来了暴跳如雷的吼叫声，小青年们不由自主地往后退缩了一下。

"嗯，怎么不吭气了？快说呀！"这个声音嚷嚷道。

弗兰茨往前跨了一步："是别人派我们来的，请您原谅！我们还以为您是让我们进来呢。"

"噢？谁派你们来的？那你们就没学会等一等？给我滚到外面去等着！难道你们没有看见我正忙着吗？"

随后，门一下子关上了。小青年们愤愤地议论着，坐到了一张长椅上。

过了好半天，梅尔瓦因才让他们进去。这时，他终于变得有点人情味了。梅尔瓦因的提问简短而精当，并且要求别人也用同样的风格回答他的问题。

"你们懂得刚才的教训了吗？"他忽然出其不意地问。小青年们显得有点惶恐，小声嘀咕了一句什么。

"你们大声说呀！"

一个人回答道："当然是您做得对！"

梅尔瓦因的面孔显得深不可测，他严厉地盯住弗兰茨："你是怎么看的？"

弗兰茨坚定地回答："我不这么认为！我们不是想打扰您。我们只是没听明白您的话，当时我们还以为您是叫我们进来呢。"

"你大概就是这么想的，对吗？"

"是的。"

"孩子，你要记住这一点：要想，还是让马去想吧，马的脑袋可比你大得多！"

弗兰茨的脸庞一下子涨得通红，他的牙齿紧紧地咬住了下嘴唇。其他的应考者笑了起来，笑声里既有一点讨好的意味，还有一点幸灾乐祸。

梅尔瓦因先生仍然毫不留情地问："我说得不对吗？"

"不对！我绝不让人控制我的思想！"

"噢，那好，这个问题咱们再谈谈。别的人都可以走了，过后你们会接到通知的。这位'思想家'还要在这里多留一会儿。"

报考学徒工的这些人鞠了一个完美无缺的大躬，离去了。他们放肆的笑声对弗兰茨来说意味深长，对经验丰富的梅尔瓦因来说也是再清楚不过了。

门刚刚从他们身后关上，梅尔瓦因先生就拍拍弗兰茨的肩膀："孩子，你能坚持自己的想法，真是好样的！好好保留你的这种精神吧！这对你的一生都会有用的。"

弗兰茨难以置信地盯着眼前这位男子，只见他笑着对自己说："你被录取了！复活节以后就开始来我们这儿干吧！"

**【智慧点拨】**

人贵在坚持自己的想法，敢说敢做，敢于去尝试，敢于去冒险，即使很多人反对，也能坚持自己的想法。

# 皮尔·卡丹的创新之路

一个从未犯错的人是因为他不曾尝试新鲜事物，这样的人墨守成规，是前进途中的废物。

——佚名

著名服装品牌皮尔·卡丹的缔造者皮尔·卡丹，是法国乃至世界上最伟大的服装设计大师，也是法国首屈一指的富翁。他声名显赫，是创新和冒险的奇才。

1950年，皮尔·卡丹用他全部积蓄买下了一家缝纫工厂，并租了一个铺面，独立开办属于自己的公司。

"二战"后的法国，经济迅速复苏，大批妇女的消费大增。皮尔·卡丹敏锐地捕捉住这一机遇，毅然提出了"成衣大众化"的口号，并将设计的重点偏向一般消费者，使更多的人穿上时装。

不久，卡丹源源不断地推出了一系列风格高雅、质料适度的成衣，这些物美价廉的服装深受广大消费者的欢迎，卡丹时装店天天门庭若市。

"成衣大众化"在商战中是出奇制胜的妙计，而在服装界则是一种创造性的革命。

卡丹这一大胆创举，惹怒了保守而嫉妒的同行，他们群起而攻之，说他离经叛道，有伤风化，联手欲将卡丹逐出巴黎时装界。

面对世俗的偏见、同行的嫉妒，卡丹没有屈服退缩，而是我行我素，一次又一次使用奇招妙计，攻克和占领时装市场的一个又一个阵地。

在卡丹之前，法国时装可以说是女人的领地，根本没有男人的一席之地。这是法国时装界一直维持着的传统，谁也没想过变更。卡丹却从此处找到了开拓市场的缺口。于是，他继"成衣大众化"之后，又掀起一股男性时装的旋风。不久，在那些被女性时装长期垄断的橱窗里，开始出现充满阳刚之美的男性高级时装。

紧接着，卡丹又把开拓市场的目光转向了童装，他的系列童装一问世，就迅速占领了整个欧洲市场。他所设计的童装怪诞离奇，富于幻想，仿佛在为儿童世界演绎着一个个神话和梦想。这不仅打破了传统童装单调、平淡的陈旧样式，而且使落后的法国童装与高级时装一起走向了国际市场。

尔后，卡丹又推出一系列妇女秋季套装，以款式新颖、料质柔顺、做工精细而成为年轻太太、时髦女郎的抢手货，并再一次轰动整个巴黎。

卡丹不仅在服装领域里出奇制胜，而且在企业经营管理方面也奇招迭出。

他首先在法国倡导转让设计和商标，利润提成7%～10%的经营方式，打破了服装行业长期一成不变的呆板经营局面，推动了法国服装产量的增长，而且将法国服装设计艺术推向一个高潮。

1962年，法国服装行会在所有会员的要求下，请卡丹出任行会的主席。

他还先后三次获得法国时装的最高荣誉大奖——金顶针奖。这一大奖对一个时装设计师来讲，就像电影奥斯卡金奖或学术界的诺贝尔奖一样，代表至高无上的荣誉。而今，皮尔·卡丹的名字可以和法国的埃菲尔铁塔齐名，被视为法国的骄傲。

所有这些成就和随之而来的数不清的财富，都是他打破行业传统禁忌别出心裁的结果。

### 【智慧点拨】

成功就是要不走寻常路。经验告诉我们：想众人都能想的问题，做众人都能做的事情是很难获得成功的。成功必然要求你具有独到之处。只要你走的路子与众不同，你就成功了一半。

# 章光101

世上最艰难的工作是什么？思想。——凡是值得思想的事情，没有不是人思考过的；我们必须做的只是试图重新加以思考而已。

——歌德

在多年前，赵章光凭借着自身不错的医术，在家里开了一个小诊所，成了一名赤脚医生。当时，村子里常常有人来找他治脱发，为此，他专门研制了治疗脱发的药品，命名为"101"，并决定开始创造自己的事业。

出人意料的是，当赵章光把自己的生发剂装进玻璃瓶，准备作为一种产品销售的时候，却因没有批号，被指为"非法行医"。无奈之下，赵章光只好找大医院合作。但是，在这些大医院的眼中，他不过是一个"江湖郎中"，根本就